KB006025

〈김광순 소장 필사본 고소설 100선〉

낙셩비룡

역주 권영호權寧浩

경북 경산에서 태어나 경북고등학교를 졸업한 후 경북대학교 문리과대학 국어국문학과에 입학하
였다. 경북대학교 대학원에서 1984년에 「홍부전 이본 연구」로 석사학위를, 1995년에 「장끼전
작품군 연구」로 문학박사 학위를 취득하였다. 대표 저서로 『고전서사문학의 전승에 나타난
변이와 담당층 의식(2013 문체부 지정 우수학술도서)』이 있고, 『경북의 누정 이야기(2015)』,
『울진인의 의리정신, 그 충과 효와 열(2014)』, 『근현대 경북지역 문학의 흐름과 특성(2006)』
등이 있다. 논문으로는, 「금달래이야기의 전승양상과 의미」, 「장끼전의 민요화」, 「심산 김창숙
시에 나타난 자탄과 의미」, 「옥낭자전 작품군의 형성과 사회적 성격」, 「박제상 전승의 양상과
의미」 등이 있다. 현재 경북대학교 영남문화연구원 연구교수로 활동하고 있다.

택민국학연구원 연구총서 23
〈김광순 소장 필사본 고소설 100선〉

낙셩비룡

초판 인쇄 2015년 12월 21일
초판 발행 2015년 12월 31일

발행인 비영리법인택민국학연구원장
역주자 권영호
주 소 대구시 동구 아양로 174 금광빌딩 4층
홈페이지 http://www.taekmin.co.kr

발행처 (주)박이정
         대표 박찬익 ┃ 편집장 권이준 ┃ 책임편집 김지은
주 소 서울시 동대문구 천호대로 16가길 4
전 화 02) 922-1192~3 ┃ **팩스** 02) 928-4683
홈페이지 www.pjbook.com ┃ **이메일** pijbook@naver.com
등 록 2014년 8월 22일 제305-2014-000028호

ISBN 979-11-5848-095-0 (94810)
ISBN 979-11-5848-090-5 (셋트)

* 책값은 뒤표지에 있습니다.

택민국학연구원 연구총서 23

김광순 소장 필사본 고소설 100선

낙성비룡

권영호 역주

(주)박이정

21세기를 '문화 시대'라 한다. 문화와 관련된 정보와 지식이 고부가가치를 지니기 때문에, '문화 시대'라는 말을 과장이라 할 수 없다. 이러한 '문화 시대'에서 빈번히 들을 수 있는 용어가 '문화산업'이다. 문화산업이란 문화 생산물이나 서비스를 상품으로 만드는 산업 형태를 가리키는데, 문화가 산업 형태를 지니는 이상 문화는 상품으로서 생산·판매·유통 과정을 밟게 된다. 경제가 발전하고 삶의 질에 관심을 가질수록 문화 산업화는 가속도가 붙을 것이다.

문화가 상품의 생산 과정을 밟기 위해서는 참신한 재료가 공급되어야 한다. 지금까지 없었던 것을 만들어낼 수도 있으나, 온고지신溫故知新의 정신으로 오랜 세월에 걸쳐 그 훌륭함이 증명된 고전 작품을 돌아봄으로써 내실부터 다져야 한다. 고전적 가치를 현대적 감각으로 재현하여 대중에게 내놓을 때, 과거의 문화는 살아 있는 문화로 발돋움한다. 조상들이 쌓아 온 문화유산을 소중히 여기고 그 속에서 가치를 발굴해야만 문화 산업화는 외국 것의 모방이 아닌 진정한 우리의 것이 될 수 있다.

이제 고소설에서 그러한 가치를 발굴함으로써 문화 산업화 대열에 합류하고자 한다. 소설은 당대에 창작되고 유통되던 시대의 가치관과 사고 체계를 반드시 담는 법이니, 고소설이라고 해서 그 예외일 수는 없다. 고소설을 스토리텔링, 영화, 드라마, 애니메이션 등 새로운 문화 상품으로 재생산하기 위해서는, 문화생산자들이 쉽게 접하고 이해할 수 있게끔 고소설을 현대어로 번역하는 작업이 선행되어야 한다.

고소설의 대부분은 필사본 형태로 전한다. 한지韓紙에 필사자가 개성 있는 독특한 흘림체 붓글씨로 썼기 때문에 필사본이라 한다. 필사본 고소설을 현대어로 번역하는 작업은 쉽지가 않다. 필사본 고소설 대부분이 붓으로 흘려 쓴 글자인데다 띄어쓰기가 없고, 오자誤字와 낙자脫字가 많으며, 보존과 관리 부실로 인해 온전하게 전승되지 못하는 경우가 대부분이다. 그뿐만 아니라, 이미 사라진 옛말은 물론이고, 필사자 거주지역의 방언이 뒤섞여 있고, 고사성어나 유학의 경전 용어와 고도의 소양이 담긴 한자어가 고어체로 적혀 있어서, 전공자조차도 난감할 때가 있다. 이러한 이유로, 고전적 가치가 있는 고소설을 엄선하고 유능한 집필진을 꾸려 고소설 번역 사업에 적극적으로 헌신하고자 한다.

필자는 대학 강단에서 40년 동안 강의하면서 고소설을 수집해 왔다. 고소설이 있는 곳이라면 주저하지 않고 어디든지 찾아가서 발품을 팔았고, 마침내 474종의 고소설을 수집할 수 있게 되었다. 필사본 고소설이 소중하다고 하여 내어놓기를 주저할 때는 그 자리에서 필사筆寫하거나 복사를 하고 소장자에게 돌려주기도 했다. 그렇게라도 하지 않았다면 지금쯤 벽지나 휴지의 재료가 되어 소실되었을 가능성이 크다. 본인이 소장하고 있는 작품 중에는 고소설로서 문학적 수준이 높은 작품이 다수 포함되어 있고 이들 중에는 학계에도 알려지지 않은 유일본과 희귀본도 있다. 필자 소장 474종을 연구원들이 검토하여 100종을 선택하였으니, 이를 〈김광순 소장 필사본 고소설 100선〉이라 이름 한 것이다.

〈김광순 소장 필사본 고소설 100선〉제1차본 번역서에 대한 학자들의 〈서평〉에서만 보더라도 그 의의가 얼마나 큰지를 알 수 있다. 한국고소설학회 전회장 건국대 명예교수 김현룡박사는 『고소설연구』(한국고소설학회)제39집에서 "이번의 기획에 실로 감격적인 의지가 내포되었다. 아직까지 연구된 적이 없는 작품들이 다수 포함되어 있어서 앞으로 국문학연구에 크게 기여할 것"이라 했고, 국민대 명예교수 조희웅박사는 『고전문학연구』(한국고전문학회)제47집에서 "문학적인 수준이 높거나 학계에 알려지지 않은 유일본과 희귀본 100종만을 골라 번역에 임했다"고 극찬 했다. 고려대 명예교수 설중환박사는 『국학연구론총』(택민국학연구원)제15집에서 "한국문화의 세계화라는 토대를 쌓은 것으로 선구적인 혜안이라 하면서 한국문학에 크게 기여할 것이라"고 했다. 영남대교수 신태수박사는 『동아인문학』(동아인문학회)31집에서 "전통시대의 대중이 향수하던 고소설을 현대의 대중에게 되돌려준다는 점과 학문분야의 지평을 넓히고 활력을 불어 넣는다고 하면서 조상이 물려준 귀중한 문화재를 더 이상 훼손되지 않도록 갈무리 할 수 있는 문학관이나 박물관 건립이 화급하다며 이 과업의 주체는 어느 개인이 아니고 대한민국 전체 국민이 되어야 마땅하다."고 했다.

　　보존이 어째서 얼마나 중요한지는 『금오신화』 하나만으로도 설명할 수 있다. 『금오신화』는 본격적인 한국 최초의 소설로서 역사적 가치뿐만 아니라 문학적 가치가 다른 소설에 견줄 수 없을 정도로 대단하다. 이 『금오신화』는 임진왜란 이전까지는 조선 사람들에게 읽히고 유통되었다. 최근 중국 대련도서관 소장 『금오신화』가 그 좋은 근거이다. 문제는 임란 이후로 자취를 감추었다는 데 있다. 우암 송시열도 『금오신화』를 얻어서 읽을 수 없었다고 할 정도이니, 임란 이후에는 유통이 끊어졌다고 해야 할 것이다. 그럼에도 『금오신화』가 잘 알려진 데는 이유가 있다. 작자 김시습이 경주 남산 용상사에서 창작하여 석실에 두었던 『금오신화』가 어느 경로를 통해 일본으로 반출되어 몇 차례 출판되었기 때문이다. 육당 최남선이 일본에서 출판된 대총본 『금오신화』를 우리나라로 역수입하여 1927년 『계명』 19호에 수록함으로써 비로소 한국에 알려졌다. 『금오신화』 권미卷尾에 "서갑집후書甲集後"라는 기록으로 보면 현존 『금오신화』가 을집과 병집이 있었으리라 추정되며, 현존 『금오신화』 5편이 전부가 아닐 가능성이 높다. 귀중한 문화유산이 방치되다 일부 소실되는 지경에까지 이르렀으니, 한국인으로서 부끄럽기 그지없다.

　이런 문제를 해결하기 위해서는 필사본 고소설을 보존하고 문화산업에 활용할 수 있는 고소설 문학관이나 박물관을 건립해야 한다. 고소설 문학관이나 박물관은 한국 작품이 외국으로 유출되지 못하도록 할 뿐 아니라 개인이 소장하면서 훼손되고 있는 필사본 고소설을 체계적으로 관리하는 데 크게 기여할 수 있다. 현재 가사를 보존하는 '한국가사 문학관'은 있지만, 고소설의 경우에는 그와 같은 시설이 전국 어느 곳에도 없으므로, 고소설 문학관이나 박물관 건립은 화급을 다투는 일이다.

　고소설 문학관 혹은 박물관은 영남에, 그 중에서도 대구에 건립되어야 한다. 본격적인 한국 최초의 소설은 김시습의 『금오신화』로서 경주 남산 용장사에서 창작되었음을 상기할 필요가 있다. 경주는 영남권역이고 영남 권역 문화의 중심지는 대구이기 때문에, 고소설 문학관 혹은 박물관을 대구에 건립하지 않으면 안 된다. 고소설 문학관 혹은 박물관 건립을 통해 대구가 한국 문화 산업의 웅도이며 문화산업을 선도하는 요람이 될 것을 확신하는 바이다.

　필사본 고소설은 우리가 문화민족이었다는 증거이며 보고寶庫로서 우리 조상이 물려준 고유의 문화유산이다. 고유의 문화유산은 말만으로는 보존되지 않는다. 고소설 문학관이나 박물관을 실제적으로 건립해야 길이 보존할 수 있다고 생각하며, 다음과 같은 염원을 피력해본다.

　"우리 고전에 대한 뜨거운 애정과 관심을 가지고 〈김광순 소장 필사본 고소설 100선〉을 즐겨 읽고 음미해 주시기 바랍니다."

2015년 10월 31일

경북대명예교수 택민국학연구원장 문학박사　김 광 순

일러두기

1. 해제를 앞에 두어 독자의 이해를 돕도록 하고, 이어서 현대어역과 원문을 차례로 수록하였다.

2. 번역문의 제목은 현대어로 옮겼으며, 원문의 제목은 원문대로 표기하였다.

3. 현대어 번역은 김광순소장 필사본 한국고소설 474종에서 정선한 〈김광순 소장 필사본 고소설 100선〉을 대본으로 하였다.

4. 현대어 번역은 독자들이 쉽게 이해할 수 있도록 한글 맞춤법에 맞게 의역하였고, 어려운 한자어에는 한자를 병기하며, 타 이본을 참조하거나 의역할 수도 있다.

5. 화제를 돌려 다른 장면으로 넘어갈 때 쓰는 각설却說·화설話說·차설且說 등은 현대어역에도 그대로 쓰는 것을 원칙으로 하되, 다른 접속사나 한 행을 띄움으로 이를 대신할 수 있다.

6. 낙장과 낙자가 있을 경우 이본을 참조하여 원문을 보완하였고, 이본을 참조해도 판독이 어려울 경우 그 사실을 각주로 밝혔으며, 그래도 원문의 판독이 불가능한 경우에는 □로 표시하였다.

7. 고사성어와 난해한 어휘는 본문에서 풀어쓰고, 그렇지 않은 경우에는 각주를 달았다.

8. 원문은 고어 형태대로 옮기되, 연구를 돕기 위해 띄어쓰기만 하고 원문 면수를 숫자로 표기하였다.

9. 각주의 표제어는 현대어로 번역한 본문을 대상으로 하여 아래 예문과
   같게 한다.

   1) 이백李白 : 중국 당나라 시인. 자는 태백太白, 호는 청련거사靑蓮居士 중국
      촉蜀땅 쓰촨[四川] 출생. 두보杜甫와 함께 시종詩宗이라 불렸다.

10. 문장 부호의 사용은 다음과 같다.

    1) 큰 따옴표(" ") : 직접 인용, 대화, 장명章名.

    2) 작은 따옴표(' ') : 간접 인용, 인물의 생각, 독백.

    3) 『 』: 책명册名.

    4) 「 」: 편명篇名.

    5) 〈 〉 : 작품명.

    6) [ ] : 표제어와 그 한자어 음이 다른 경우

목차

낙성비룡

낙셩비룡

I. 〈낙성비룡〉 해제

『낙성비룡』은 김광순 소장 필
사본 고소설 474종에서 정선된
〈택민 소장 필사본 고소설 100
선〉 중의 하나이다. 정선된 배경
에는 여러 가지가 있겠으나, 가장
뚜렷한 이유는 주인공의 형상화
에서 발견되는 독자성이다. 이러
한 독자성은『낙성비룡』의 소설
적 흥미를 당대의 향유층에 강하
게 각인시켰다고 보인다. 물론 그

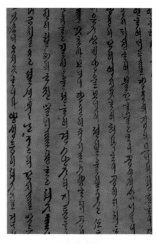

〈낙성비룡〉

로 인한 고소설사적 위상도 만만치 않다. 이러한 점에서『낙성
비룡』은 주목을 받기에 충분한 고소설 작품이다.

　『낙성비룡』은 한때『소대성전』과 비교되는 작품으로 다루어
지기도 했다. 이는『낙성비룡』이『소대성전』과 이본 관계를
지닌다고 할 수 있을 만큼 유사성이 크다는 데 기인한다. 그래서
『낙성비룡』은 독립된 연구 대상으로보다 대표적 영웅소설인
『소대성전』과의 상관관계를 중심으로 연구되었다. 그러나 최
근에는 독자적 가치가 인정되어 연구자들의 관심이 증대되는
추세에 있다.

'낙성비룡'은 한자로 '洛城飛龍'으로서, '(주인공이) 구렁텅이에 떨어졌다가 용이 되어 승천하다'는 뜻이다. 고소설이 대개 해피엔딩이어서 이 뜻이 유별나게 와 닿지 않을 수 있으나, 『낙성비룡』의 주인공이 겪는 고난의 정도가 매우 크기에 '낙성비룡'의 뜻은 특별하다. 작품에서 주인공은 남의 집 종이 되었다가 서른 살에 일국의 재상 자리에 오른다. 뿐만 아니라 주인공은 독특한 캐릭터로 인해 온갖 수모를 당하는 인물로 설정되어 있다. 작품의 내용이 작품의 제목과 일치하는 셈이다.

택민본 『낙성비룡』은 권지일과 권지이가 합책되어 있다. 일권과 이권은 서로 다른 사람이 필사하여 필체가 다르지만 달필인 점은 마찬가지이다. 이로 볼 때 택민본 『낙성비룡』은 세책가에서 유통되던 자료로 추정된다. 각권의 끝에 후기가 있으니, 각각 '임오壬午년 삼월 이십삼일에 시작하다.', '갑자甲子년 납월臘月 십오일'이란 글귀가 적혀 있다. 임오년과 갑자년의 차이는 42년인데 42년 동안 필사했다고 볼 수 없으므로, 일권과 이권의 후기를 연관시키기는 어려울 듯하다. 지질과 후기로 미루어 본다면, 임오는 1882년, 갑자는 1864년이나 1924년에 해당된다. 어림잡아 19세기 후반을 필사시기로 추정할 수 있다.

택민본 『낙성비룡』은 지금까지 연구 자료로 다루어진 적이 없다. 『낙성비룡』은 5종 이상의 이본이 있고, 이본들은 크게 두 종류로 나누어진다. 지금까지의 연구에서 대상이 된 이본은 낙선재樂善齋 소장본이고, 다른 종류의 이본으로는 고려대학교

도서관 소장 『성룡전星龍傳』이 있다. 『성룡전』은 낙선재본 『낙성비룡』의 한문투의 표현이 한글 문장으로 풀어져 있는 이본인데, 택민본도 여기에 속한다.

택민본에는 낙선재본과 비교해, 세부적인 사건에 대한 서술이 거의 다르게 나타난다. 이는 한글 문장으로 풀어 쓰면서 나타난 결과로서, 구체적으로는 낙선재본에 비해 문맥이 부드럽거나 자연스럽다. 또한 한글로 풀어쓰는 과정에서 필연적으로 발생하는 분량의 증가를 막기 위해 장면묘사나 사건서술 등이 축약되어 있다. 또한 등장인물의 이름이 바뀌어 나타나기도 한다. 전반적으로는 낙선재본에 비해 읽기에 쉬운 느낌을 준다.

택민본 『낙성비룡』의 줄거리는 다음과 같다.

1. 명나라 정통 연간에 북경 유화촌에 선비 이주현이 산림처사로 산다.
2. 부인 오씨와 사이에 늦도록 자식이 없다가 별이 떨어지고 용이 되어 나는[落星飛龍] 태몽을 꾼 후 아들을 낳는다.
3. 아들 경작은 3세에 기골이 장대하였는데, 그 해 양친을 여읜다.
4. 노복들이 금주에 장사 지내고 경작은 유모와 함께 금주에 사는데 매우 총명함을 보인다.
5. 경작이 7세 때 유모가 병사하고, 경작은 이웃의 장부자

집에 거두어지나 노씨부인에게 많이 먹고 많이 잔다는 이유로 종으로 부려진다.

6. 11세 때 재상으로 퇴직한 양윤이 소를 치는 경작을 발견하고는 한 눈에 일국을 호령할 인물임을 알고 둘째 사위로 삼는다.

7. 양윤은 경작을 지극히 아끼나 부인 화씨는 미천한 출신이라고 구박한다.

8. 잠이 많고 먹는 양이 많은 경작은 장모 화씨의 온갖 구박과 두 처남의 조롱과 종들의 멸시를 받고 오직 부인에게서만 공경의 예우를 받게 된다.

9. 장인 양윤이 세상을 뜨면서 경작을 부탁하나 경작에 대한 구박과 멸시는 갈수록 더해진다.

10. 첫째 사위 설생이 태수가 되면서 구박은 더 심해지다가 경작에 대한 미움으로 병이 든 장모를 위해 출문을 받아들여 눈물로 부인과 이별한다.

11. 유랑하던 경작은 환곡으로 곤경에 처한 노인에게 은자 삼백 냥을 희사하고 빈털터리가 된다.

12. 양윤이 신선으로 화해 경작에게 글, 주머니, 차, 은자 삼백 냥을 주고 청운사로 가서 공부하도록 가르침을 주고 사라진다.

13. 경작은 청운사로 가서 현불장로에게 의탁해 학문에 열중한다.

14. 산중에 지내는 중 유백문과 임강수와 절친한 사이가 되고, 십 년 공부의 뜻을 밝힌다.

15. 부인 양소저는 경작의 당부대로 시부모 제사를 극진히 모시면서 경작을 기다린다.

16. 슬퍼하는 양소저의 꿈에 경작의 부모가 나타나 위로하고 격려한다.

17. 화부인이 양소저에게 개가를 권유하나 양소저는 거절하고 두 올케인 남씨부인과 경씨부인의 위로를 받는다.

18. 유백문과 임강수는 과거급제하여 관리가 되고, 경작은 장로와 함께 산천을 유람한다.

19. 임강수는 유람하던 경작 일행을 우연하게 만나 회포를 풀고 경작은 과거응시의 권유를 받아들인다.

20. 경작이 과거에 응시해 제출한 답안에 천자가 탄복하고 경작은 잠을 자다가 겨우 장원급제된 것을 알게 되고 천자는 시어사를 제수한다.

21. 경작은 북경에 있는 옛집을 어렵게 찾아 노복들과 재회하고 부모를 생각하며 슬퍼한다.

22. 경작은 천자가 하사한 집에서 제사를 지내어 효를 다하고 유백문과 임강수를 만나 기쁨을 나눈다.

23. 경작이 부인을 데려 오려 할 때 번왕이 강서를 침입하여 경작은 진압하는 원수로 천거되어 전쟁터로 나간다.

24. 경작이 싸울 때마다 승리하자 번왕은 경작의 진법과 무예

에 탄복하고는 암살할 계획을 세운다.

25. 경작은 자객이 올 것을 알고 자객 방요를 설득시켜 돌려보내고 양민으로 살게 한다.

26. 번왕은 스스로 항복하여 용서를 빌고 경작은 백성들을 진정시킨다.

27. 경작은 동서인 설태수를 만나 부인의 근황을 알게 되고, 설태수의 부인은 경작에게 선처를 눈물로 호소한다.

28. 세 달 후 개선하다가 승상이 되는 교지를 받고 도중에 금주를 찾아간다.

29. 경작은 부모의 묘를 참배하고 처가를 들러 장모와 처남들과 화해하고 양소저와 눈물로 재회한다.

30. 양소저는 남편의 간호에 힘입어 쾌차하고, 경작은 처가에 비단을 선물한다.

31. 천자는 서울로 돌아온 경작을 환대하고, 부인과 부모에게 봉작을 내린다.

32. 경작은 천자에게 양윤의 사위임을 밝히고 처남 양명수 형제를 천거하여 관직에 복귀시킨다.

33. 부인 양소저가 서울로 올라와서 경작과 함께 살고 경작은 임, 유 두 친구와 즐겁게 지낸다.

34. 천자는 경작을 청광후에 봉하고 경작은 천자를 잘 보필한다.

35. 천자가 늦잠 잔 경작을 옹호하는 등 더욱 아끼고 경작은

부인의 현덕에 탄복한다.

36. 경작은 장모 화부인의 수연에 참석하여 잔치를 빛내고 높은 위의를 자랑한다.

37. 화부인이 세상을 뜨고 두 아들과 사위 설태수 모두 고관이 된다.

38. 나라는 태평성대가 되고 경작은 임, 유 두 친구와 태평세월을 즐긴다.

39. 천자는 경작을 청원왕에 봉하고 장안에 칭송하는 비석을 세운다.

40. 경작은 슬하에 십남삼녀를 두고 장수한다.

이러한 줄거리에서 주인공은 대식가大食家이고 잠이 매우 많은 인물로 나타난다. 대식大食과 장면長眠은 신화적 속성을 가진 모티프로서 주인공의 영웅상을 암시하는 화소로 볼 수 있기도 하지만, 독자들은 대식과 장면에 근거해 주인공에 대해 친근감을 느낀다. 평범한 인물성은 아니나 그렇다고 비범한 인물상은 아닌데다 이로 밀미암아 겪는 고난은 독자들에게서 동징을 끌어내기가 쉽다. 더욱이 정작 본인은 태연하고 아랑곳하지 않으니 흥미의 대상이 된다.

이러한 면모를 지닌 주인공은 긍정적인 인물이니, 고난을 겪을 때마다 주인공의 미래에 대한 독자들의 기대치가 높아진다. 장모에게 구박을 받고, 동서와 노골적으로 차별대우를 받고, 처남들에게 심한 조롱을 받고, 종들에게조차 멸시를 당한다. 급기야는 고아인 주인공은 처가에서 쫓겨나니, 이렇게 고난이 연속되고 가중될수록 독자들은 주인공의 삶의 반전을 열망하게 된다. 여기에 유일하게 주인공을 옹호하고 인정하는 부인 양소저에 대한 독자들의 반응도 더해진다.

〈낙성비룡〉

이러한 구성과 효과는 『낙성비룡』만이 갖는 유일한 것이다. 대식과 장면 화소만을 두고 『소대성전』과 비교할 때 『낙성비룡』에 대식과 장면이 훨씬 확대되어 있고 지속적으로 나타난다. 그만큼 주인공의 고난도 다양하면서 심화된다. 이를 하강이라고 한다면 이후 전개되는 상승은 하강만큼이나 다양하고 거침없이 이루어진다. 주인공은 과거응시를 미룰 대로 미루어 30세에서야 급제하고 이후 출세가도를 달리니, 벼슬이 높아질 때마다 장원-원수-승상-청광후-청원왕으로 호칭이 바뀐다. 독자들은 주인공의 삶의 반전과 그에 따른 부인의 고난 극복에 대해 감격과 희열을 느낌직하다.

『낙성비룡』의 이러한 특징은 작가가 『소대성전』을 발전적으로 개작하는 데 성공하고 있음을 말해준다. 물론 영웅소설의 대표작 중의 하나인『소대성전』만큼 인기가 있지는 않았겠지만 독자성만큼은 충분히 확보하고 인정되었다고 보인다. 이는『낙성비룡』이 지닌 현실적 요소와도 연관이 있다.『낙성비룡』에는 몰락한 양반이 일상생활에서 겪는 고난이 심각한 문제로 제시되어 있다. 주인공인 이경작의 삶에서 짐작할 수 있는 바로서, 이는 작품의 현실성을 부각시킨다. 이경작이 잠이 많고 먹는 양이 큰 인물로 형상화된 것도 이와 무관하지 않다. 또한 경작이 번왕과의 전투에서 높은 인품으로 항복을 유도하는 장면도 현실성에 근거한 새로운 영웅상으로 평가된다. 이러한 점에 유의하면서『낙성비룡』을 읽는다면 고소설 독서의 색다른 묘미를 느낄 수 있을 것이다.

II. 〈낙성비룡〉 현대어역

낙성비룡 권지일

 명나라 정통正統 연간[1]에 북경 유화촌에 한 선비가 살았는데 이름은 '이주현'이라고 하였다. 대대로 명문거족으로서 홍진紅塵을 피하여 아홉 세대를 산 속에 은거하니 글을 읽고 달로써 벗을 삼고 지냈다.

 [2][인물이 아름답고 학문은 넓은데 명구관수命嶇孑貫數[3]하여 공명을 이루지 못하니 세대가 쇠미衰微[4]하여 가빈궁경家貧窮境[5]하되 적선積善을 널리 행하였다. 그 아내 오씨는 사족士族의 아름다운 숙녀로서 부덕婦德이 미진未盡함이 없었다. 부부 사이의 금슬이 화합함이 교칠膠漆[6]과 같았는데, 쉰 살이 되도록 농

---

1) 정통正統 연간年間 : 1435~1449년. 명영종明英宗이 제6대 황제로 재위한 기간이다. 명영종은 명나라의 제6, 8대 황제로서 이름은 주기진朱祁鎭이다. 명나라 왕조 사상 첫 복위를 한 황제이니, '정통'의 연호를 사용하다가 복위한 후에는 '천순天順'으로 고쳤다. 천순연간은 1457~1464년이다. 명나라는 한 황제에 하나의 연호만을 사용하는 것을 원칙으로 하였으나, 유일하게 복위하여 연호를 개원하였으므로 혼란을 피하기 위해 묘호인 명영종明英宗이라고 일컫는다.
2) [ ] 부분은 원문의 판독이 불가능해 낙선재본 「낙성비룡」(한국학중앙연구원 장서각 소장)의 것으로 대신한 것임.
3) 명구관수命嶇孑貫數 : 운명이 기구하고 운수가 다함.
4) 쇠미衰微 : 쇠잔하고 미약함.
5) 가빈궁경家貧窮境 : 집안이 가난하여 생활이 매우 어려운 지경.
6) 교칠膠漆 : 아교칠과 같이 교분이 두터움을 비유함.

장弄璋[7]하는 경사가 없었다. 주현이 본래 대대로 독자로서 오대조五代祖가 급제하여 한림학사가 되었지만 일찍 죽고 그 후로는 대대로 유학幼學[8]이었고, 주현에 이르러서는 더욱 쇠미하였다. 이러한 가운데 다시 조종祖宗[9]을 받들 데가 없었다.

주현이 오씨와 함께 항상 탄식하여 말하였다.

"우리 부부가 세상에 태어나면서부터 특별히 적악積惡[10]하지 않았는데, 영귀榮貴[11]하기는 관수歹貫數[12]하거니와 오직 슬하에 일점一點[13] 혈육이 없으므로 속절없이 세월이 흘러 우리 죽은 후에 조상의 신명을 의탁할 곳이 없으니 천하의 죄인으로서 지하에 가서 무슨 면목으로 뵈오리오."

오씨가 또한 탄식하고 대읍對泣[14]하면서 말하였다.

"군자君子[15]께서 염려하시는 것은 사정私情[16]이 간절한 바입니다. 제가 비박非薄한 기질로서 군자의 건기巾裿[17]를 받든 지 삼십여 년에 죄악이 무거워 그대 군자의 혈속血屬[18]이 끊어지

---

7) 농장弄璋 : 아들을 낳은 즐거움.
8) 유학幼學 : 벼슬하지 않은 선비.
9) 조종祖宗 : 조상을 받드는 제사.
10) 적악積惡 : 못된 짓을 많이 함.
11) 영귀榮貴 : 영화롭고 귀함.
12) 관수歹貫數 : 운수가 막힘.
13) 일점一點 : 하나.
14) 대읍對泣 : 마주 보고 욺.
15) 군자君子 : 아내가 남편을 일컫는 말.
16) 사정私情 : 자식을 얻고 싶고 가문의 대를 잇고 싶은 사사로운 정.
17) 건기巾裿 : 남편을 시중하는 일.

게 되었으니 어찌 슬프지 않겠으며, 부끄럽지 아니하리오! 저의
나이가 쉰이 되어 자식을 낳을 길이 없습니다. 마땅히 재실再
室19)을 구하여 다행히 아들을 낳는다면, 이는 조상에 대한 불효
를 면하는 일이 될 것입니다."

공이 탄식하면서 말하였다.

"나는 가난한 선비로서 모두 충분한데 어찌 재실再室을 구하
여 뉘20)를 보겠습니까?"

라고 하고 서로 깊이 탄식하였다. 며칠 후 부부가 잠자리에
함께 들었는데, 갑자기 번개 치는 소리가 천지를 진동시키면서
하늘의 문이 열리는 듯하더니 큰 별이 방안에 떨어졌다. 크기가
동아21)만 하고 광채가 찬란하여 네 벽이 밝게 비치니 눈과 귀가
어지럽고 황홀하였다. 마침내 변하여 황룡이 되어 방 한가운데
서리었다가 번개 소리가 나자 두 날개를 벌려 하늘로 날라 올라
가는데, 길이가 일만여 장丈22)이나 되고 금빛이 조요照耀23)했
다. 공이 놀라 깨어나서 부인을 부르니 부인이 깨어 말하였다.

"바야흐로 꿈을 오랫동안 꾸고 있는데, 깨우시면 어떻게 합니

---

18) 혈속血屬 : 대를 이어가는 살붙이.
19) 재실再室 : 두 번째로 장가들어 얻은 아내.
20) 뉘 : 자손에게 받는 덕.
21) 동아 : 박과의 한해살이 덩굴성 식물로서, 줄기는 굵고 단면이 사각이고
    갈색 털이 있고, 잎은 어긋나게 나 5~7개로 얕게 갈라지며 심장 모양임.
22) 장丈 : 길이의 단위로서, 한 자尺의 열 배로 약 3미터에 해당하는 길이,
    혹은 사람의 키 정도의 길이를 가리킴.
23) 조요照耀 : 밝게 비치어 빛남.

까?"

공이 꿈속에 나타난 일을 말하니, 오씨가 놀라서 말하기를,

"제 꿈속의 일도 또한 이와 같았습니다."

라고 말하면서 부부는 희행喜幸[24]함을 이기지 못하여 혹 귀한 아들을 얻지 않을까 하고 바랐다. 과연 그 달부터 잉태하였는데 열여덟째 달에 이르렀는데도 아직 산기産氣가 없어 태기가 아닌지 근심하였다. 하루는 붉은 기운이 집을 에워싸면서 기이한 냄새가 방안에 가득하였다. 이윽고 부인이 해만解娩[25]하니 일척一擲 백옥白玉이었다.[26] 울음소리가 웅장하고 몸을 백옥으로 씻긴 듯 빛나고 골격이 비범하여 영웅의 기상이었다. 부부가 크게 기뻐하면서도 한편으로는 너무 웅위雄偉[27]한 것을 걱정하여 이름을 '경작'이라고 짓고 자를 문성이라고 하였다. 경작이 세 살이 되었을 때, 기골이 늠름하여 대인군자의 자질이므로 보는 사람이 모두 칭찬하였다.

슬프다. 경작의 부부가 한꺼번에 병을 얻어[28] 이어서 기세棄世[29]하니, 친척이 전혀 없고 다만 수십 명의 노복奴僕과 이삼 경頃[30]의 논밭뿐이었다. 경작의 유모 연섬이 주상主喪[31]을 맡아

---

24) 희행喜幸 : 기쁘고 다행스럽게 여김.

25) 해만解娩 : 아기를 낳음.

26) 일척一擲 백옥白玉이었다 : 백옥 같은 아이가 태어났다.

27) 웅위雄偉 : 웅장하고 훌륭함.

28) 원문에는 '유딜' 즉, '유질有疾'이라고 표현되어 있다.

29) 기세棄世 : 세상을 버림.

30) 경頃 : 정보町步와 같은 뜻. 1정보는 3,000평 약 9,917.4㎡에 해당한다.

서 집의 재산과 논밭을 팔은 돈으로 초상을 치르고, 양위兩位의 관곽棺槨32)을 같이 붙여 금주錦州33)에 있는 선산先山으로 가는데, 상구喪具34)를 따르는 친척이 없었다. 연섬이 경작을 업고 행상行喪35)을 좇아가 금주에 도착한 후 안장하였다. 장례를 마치고 시비 경성, 채섬과 시노 유복 등이 목주木主36)를 싣고 경사京師37)로 가는데 경색景色38)이 매우 참담하여 어떤 사람이라도 유체流涕하지 않을 수 없었다. 이 때 연섬이 경작을 업고 먼 길을 구치驅馳39)한 까닭에 병이 복발復發40)하였고, 경작이 풍학風瘧41)에 몸이 상하여 고통스러워하였다. 계속 가지 못하여 주인42)을 얻어 머물므로, 사인使人43)들은 먼저 가면서 서로 손을

또는 중국에서 사용된 논밭의 넓이를 나타내는 단위로 볼 수도 있다. 1경은 100묘畝로서 실제 넓이는 시대에 따라 달랐다.

31) 주상主喪 : 장례를 주장하여 맡아보는 사람.
32) 관곽棺槨 : 시체를 넣는 속 널과 겉 널을 아울러 이르는 말.
33) 금주錦州 : 금주[진저우錦州]는 보하이 만의 북쪽 해안에 위치한 요서의 중심지로서, 원래 투허徒河로 불렸고 천년이 넘은 고대 도시이다.
34) 상구喪具 : 장례를 치를 때 쓰는 여러 가지 기구.
35) 행상行喪 : 상여喪輿.
36) 목주木主 : 위패位牌. 즉, 단壇, 묘廟, 절 등에 모시는 신주神主의 이름을 적은 나무패.
37) 경사京師 : 서울 즉, 수도를 가리킴.
38) 경색景色 : 경치 혹은 정경이나 광경. 여기서는 광경.
39) 구치驅馳 : 몹시 바쁘게 돌아다님.
40) 복발復發 : 병이나 근심, 설움 따위가 다시 또는 한꺼번에 일어남.
41) 풍학風瘧 : 더위를 먹은 데다 다시 풍사風邪가 겹치어 생기는 학질.
42) 머물 곳의 주인.
43) 사인使人 : 심부름꾼. 여기서는 종.

잡고 통곡하고는 연섬에게 말하였다.

"두 분 주군께서 한꺼번에 세상을 떠나시고 남은 혈맥血脈[44]이 이 도련님뿐이다. 조심하고 보호하여 좋은 때에 만나도록 해라."

유모가 땅을 두드리면서 통곡하고 말하였다.

"도련님을 보호하는 것은 그대들의 말을 기다리지 않겠지만, 삼년상은 그대들의 지성으로 할 것이니 내가 염려하지 않겠다."

말을 마치자 종들이 경작을 안고 미친 듯이 울부짖었는데, 이때에는 경작이 아직 사람의 일을 알지 못하므로 무슨 일인 줄 몰라 했으니 더욱 슬퍼하였다. 각각 인사한 후 종들은 서울로 향하고 유모는 경작을 보호하였으니, 이에 유락流落[45]하며 지낸 지 두어 해에 경작의 나이가 다섯 살이 되었다. 바야흐로 말을 배우는데, 유모가 이웃집의 책을 얻어서 글을 가르치니 하나를 들으면 열을 깨우치고 열을 들으면 백을 통달하였다. 학문이 날마다 장진長進[46]하므로 유모가 크게 기뻐하면서 과망科望[47]을 가져 이후로 힘써 권장하였더니 점점 성취하는 바가 높아갔다. 경작이 유모를 어머니라고 불렀는데, 하루는 이웃집에 가서 놀다가 돌아와서는 유모에게 물었다.

---

44) 혈맥血脈 : 혈통.
45) 유락流落 : 타향살이자기 고향이 아닌 고장에서 사는 일.
46) 장진長進 : '장족진보長足進步'의 준말로서 매우 빠르게 되어 가는 진보한 다는 뜻.
47) 과망科望 : 과거에 급제하리라고 뭇사람으로부터 받는 신망信望.

"내가 오늘 이웃집에 가니 그 집의 아이가 나와 동갑으로서 그 아이는 아버지를 부르는데 나는 모친뿐이니 부친은 어디 가셨습니까?"

유모가 이 말을 듣고 심장이 끊어지는 듯하여 온 얼굴에 누수 淚水[48])를 흘리면서 비로소 옛일을 자세하게 말하고 이어서 분묘 墳墓[49])를 가리켜 주었다. 경작이 이 말을 듣고 두 눈에 눈물이 비처럼 흘리면서 말하였다.

"내 부모의 얼굴을 알지 못하니 이렇게 심한 고통을 어찌 참을 수 있으리오!"

유모가 말하였다.

"이는 하늘의 뜻이니[50]) 도련님은 너무 슬퍼하여 약한 심장을 상하게 하지 마세요."

이어서 어루만지면서 미친 듯이 울었다.[51])

임염荏苒[52])한 세월이 냇물처럼 흘러 경작이 일곱 살이 되니, 학문이 일취월장하여 사마천을 압두壓頭[53])하였다. 유모가 처음에는 경작의 나이가 어려서 우락憂樂[54])을 알지 못함에 더욱

---

48) 누수淚水 : 눈물.
49) 분묘墳墓 : 무덤.
50) 원문에는 '막비천명莫非天命'이라고 되어 있다.
51) 원문에는 '실성유체失性流涕'라고 되어 있는데, 실성을 '失聲[소리 없이]' 로 해석할 수도 있다.
52) 임염荏苒 : 차츰차츰 세월이 지나거나 일이 되어 감.
53) 압두壓頭 : 상대편을 누르고 첫째 자리를 차지함.
54) 우락憂樂 : 근심과 즐거움을 아울러 이르는 말.

슬퍼하였는데, 이후에는 항상 부모의 묘 옆에 나아가 풀을 매고 먼지를 쓸면서 애통해 하는 것을 보고는 더욱 불쌍하게 여겼다.

슬프다. 경작의 팔자가 기험崎險[55]하여 유모가 갑자기 병을 얻어 날이 갈수록 위독해져 목숨이 조석朝夕[56]에 진盡[57]하게 되므로 스스로 엄읍掩泣[58]하고서 눈물을 흘리며 말하였다.

"내가 병이 있어 서울 수천 리 길을 가지 못하고서 타향 객리客裏[59]에서 죽게 되니, 주군主君과 주모主母[60]의 정녕丁寧[61]한 부탁을 저버린 채 의지할 데 없이 혼자 남게 한 것을 어이하리오. 구원천대九原泉臺[62]에서 명목瞑目[63]하지 못할 것이다."

언흘言訖[64]하고는 명이 다하자 이때 경작이 미친 듯이 통곡하면서 시신을 어루만지고 슬피 부르면서 말하였다.

"이제 어미를 마저 잃으니 누구에게 의지하고 어떻게 자생自生[65]하겠는가!"

유모의 가슴을 어루만지면서 통곡하는데, 그 소리가 처절하

---

55) 기험崎險 : '기구崎嶇'와 같은 뜻.
56) 조석朝夕 : 어떤 일이 곧 결판나거나 끝장날 상황.
57) 진盡하다 : 죽다.
58) 엄읍掩泣 : 얼굴을 가리고 욺.
59) 객리客裏 : 객지에 있는 동안.
60) 주군主君과 주모主母 : 주인어른과 주인마님 즉, 경작의 부모.
61) 정녕丁寧 : 충고하거나 알리는 태도가 매우 간곡함.
62) 구원천대九原泉臺 : 구원九原과 천대泉臺는 같은 뜻으로서 저승을 의미함.
63) 명목瞑目 : 편안히 눈을 감음.
64) 언흘言訖 : 말을 끝냄.
65) 자생自生 : 자기 자신의 힘으로 살아감.

여 차마 들을 수 없었다. 마을 사람들이 그 모습을 참혹하게 여겨서 관곽을 갖추어서 장례를 치르니, 경작이 따라가 무덤을 두드리고 통곡하면서 말하였다.

"어미가 어찌 나를 버리고 깊은 곳에 들어 있어서 나로 하여금 의탁할 곳이 없도록 하느뇨."

종일 통곡하였다. 옆 마을에 사는 장운이라는 사람이 매우 부요富饒66)한데 경작의 모습이 참혹한 것을 보고 불쌍하게 여겨 거두어 무애撫愛67)하였다. 세월이 덧없이 지나 경작이 나이 열한 살에 이르렀는데, 아주 게을러 잠자는 것을 좋아하고 밥을 많이 먹으므로 장운의 아내인 노씨 부인이 항상 때리면서 꾸짖어 말하기를,

"너를 무엇에 쓰겠는가."

라고 하고는 옷도 입히지 않고 머리도 빗기지 않으니 의복이 남루하고 모습이 초췌하여 거지와 같았다. 장운은 늘 사랑하였지만, 노씨부인은 자주 꾸짖으면서 소 먹이기와 변소 치기를 맡겨 조금도 쉴 수 없게 하니 그 피곤함이 이와 같았다.

그 때 승상 양윤은 대대로 명문거족으로서 일찍이 버슬을 하여 천자를 보필하고 있었다. 그는 충성이 한결같고 지식이 박학하여 지인知人68)하는 명감明鑑69)이 사광師曠70)을 모시侮

---

66) 부요富饒 : 부유함.
67) 무애撫愛 : 어루만지며 사랑함,
68) 지인知人 : 사람의 됨됨이를 잘 알아봄.

視[71]할 정도이고 재주와 학식의 물망物望[72]이 일세에 진동하므로, 천하가 모두 현인군자로 추앙하고 성상聖上[73]도 소중하게 여기고 깍듯이 대하였다.[74] 부인 유씨를 일찍이 잃고 재취再娶[75]하여 아들 둘 딸 둘을 낳았는데, 맏아들의 이름은 명무이고 둘째 아들의 이름은 정주[76]였다. 하나하나 옥수경지玉樹瓊枝[77]이니 재예才藝[78]와 문장과 학식이 아래 위가 없이 뛰어났다. 두 아들 모두 아내를 얻었는데, 총부冢婦[79]는 남씨이고 차부次婦[80]는 경씨로서 재주와 용모가 절세미인이고 양순良順하고 현철賢哲하니[81] 자기 복이 많음을 희행喜幸[82]하였다.

이때 장녀의 나이가 열세 살이고 차녀의 나이는 아홉 살이었

---

69) 명감明鑑 : 정확한 관찰력 또는 뛰어난 식견.
70) 사광師曠 : 중국 춘추시대 진晉나라 때 악사로서, 선천적인 장님이었는데 음률을 잘 판별하고 소리로 미래의 길흉을 정확하게 예측하였다고 한다.
71) 모시侮視 : 멸시와 같은 뜻. 업신여기거나 하찮게 여겨 깔봄.
72) 물망物望 : 여러 사람이 우러러보는 명망名望.
73) 성상聖上 : 임금. 여기서는 천자.
74) 소중하게 여기고 깍듯이 대하였다. : 원문에는 '애중경대愛重敬待'로 되어 있다.
75) 재취再娶 : 아내가 죽어 두 번째 장가를 듦.
76) 사건이 전개되면서 둘째 아들의 이름은 '명수'로 나오는 것으로 보아 '정주' 보다 '명수'가 맞을 듯함.
77) 옥수경지玉樹瓊枝 : 옥처럼 아름다운 나뭇가지. 번성하는 집안의 귀한 자손들을 이르는 말.
78) 재예才藝 : 재주와 기예. 원문에는 'ᄌ예'로 되어 있으니 오류로 보임.
79) 총부冢婦 : 종부宗婦. 즉, 종자宗子의 아내. 여기서는 큰며느리.
80) 차부次婦 : 둘째 며느리.
81) 양순良順하고 현철賢哲하니 : 어질고 순하고 사리에 밝으니.
82) 희행喜幸 : 기쁘고 다행스러워 하다.

다. 두 소저의 뛰어난 화용花容83)혜질惠質84)이 당대에 절염絕艶85)이었다. 양윤이 매우 사랑하여 사방에 짝을 구하였는데, 예부상서 설성주가 자기의 조카로 구혼하였으니 이름이 인수였다. 그 아버지가 연세가 차지 않아 조세早世86)하여 의탁할 데가 없으므로 종숙從叔87)인 설상서가 거두어 양육하였다. 나이가 열네 살에 골격이 쇄락灑落88)하여 반악潘岳89)보다 잘 생기고 문장과 학문이 사마천을 업신여길 정도였다. 양윤의 가문에서 설총각이 뛰어나다는 말을 듣고 쾌허快許90)하여 성친成親91)하니, 부부가 과연 한 쌍이라고 이를 만하였다. 두 집안에서 대희과망大喜過望92)하여 설총각의 옛집을 수소修掃93)하고 그 부부로 설상서의 사후를 받들게 하였는데, 일가一家가 기뻐하여 치하하는 소리가 분분하였다. 이때 양윤의 두 아들이 한꺼번에 과거에 급제하여 물망이 조야를 기울였고, 천자가 사랑하여 양명무에

---

83) 화용花容 : 꽃처럼 아름다운 여자의 얼굴.
84) 혜질惠質 : 미인의 체질.
85) 절염絕艶 : 비할 데 없을 정도로 아주 예쁨.
86) 조세早世 : 요절과 같은 뜻.
87) 종숙從叔 : 아버지의 사촌형제 즉, 당숙.
88) 쇄락灑落 : 기분이나 몸이 상쾌하고 깨끗함.
89) 반악潘岳 : 중국 서진西晉의 문인으로서 미남의 대명사로도 일컬어졌다. 〈도망시悼亡詩〉, 〈서정부西征賦〉, 〈금곡집시金谷集詩〉, 〈추흥부秋興賦〉 등의 작품이 있었다.
90) 쾌허快許 : 남의 부탁이나 청을 시원스럽게 들어줌.
91) 성친成親 : 친척이 된다는 뜻으로, '혼인'을 달리 이르는 말.
92) 대희과망大喜過望 : 크게 기뻐 기대에 넘치다.
93) 수소修掃 : 수리하여 깨끗이 치워 놓음.

게 시어사를 하게 하시고 양명수에게는 한림학사를 제수하시니 상총上寵[94])이 백료百僚[95])에 으뜸이었다.

양공이 말년에 노환으로 퇴사退仕[96])함을 구하고 풀려남을 빌어 고향에 돌아가고자 하니, 천자가 그의 충량忠良[97])을 아끼셨으나 노환을 걱정하여 윤허하시고는 옥으로 만든 좋은 술잔에 향온香醞[98])을 부어 별정別情[99])을 표하시고 황금과 채단綵緞을 상사賞賜[100])하셨다. 양공이 천은天恩[101])을 숙사肅謝[102])하고 집에 돌아왔으니, 두 며느리는 경성에 머물게 하고 경주 소저를 데리고 부인과 더불어 고향 금주 죽림촌에 안거安居하였다. 갈건포를 입고 조족祖族[103])의 일을 외우면서 경민전警民傳[104])을 지어 백성을 가르치므로 인심이 교화되어 그 덕을 칭송하고

---

94) 상총上寵 : 임금의 총애.
95) 백료百僚 : 모든 관리.
96) 퇴사退仕 : 관리가 직위를 내놓고 물러남.
97) 충량忠良 : 충성스럽고 선량함.
98) 향온香醞 : 내국법온으로서, 멥쌀과 찹쌀을 쪄서 식힌 것에 보리와 녹두를 섞어 만든 누룩을 넣어 담근 술. 주로 대궐에서 빚어 임금이 마시는 술로 사용되었다.
99) 별정別情 : 이별의 정.
100) 상사賞賜 : 임금이 칭찬하여 상으로 물품을 내려줌.
101) 천은天恩 : 임금의 은덕.
102) 숙사肅謝 : 숙배肅拜와 사은謝恩. 숙배는 신하가 임금을 떠날 때 올리는 절.
103) 조족祖族 : 선조와 그 일족一族 또는 조상과 그 겨레를 아울러 이르는 말.
104) 경민전警民傳 : 백성을 경계하는 글. 조선에서도 중종 때 경민편警民編을 지어 인륜과 법제에 관한 지식을 보급함으로써 범죄를 예방하고자 하였다.

글을 짓고 책을 가까이 하는 사람들이 천 명이 넘었다.

　이때 경주는 시년時年[105])이 열세 살로서 춘광春光[106])을 보면서 도요桃夭[107])시를 외우곤 하였다. 양공이 밤낮없이 사위를 고르고자 부지런히 애썼으나 딸과 어울릴 만한 이가 없어 울울鬱鬱[108])하였다. 이듬해 봄에 온갖 꽃이 만발하자 양공이 죽장竹杖을 끌고서 산간에서 오유娛遊[109])하다가 서쪽 언덕에 다다랐는데, 한 목동이 소를 발목에 매고 풀 위에서 단잠에 빠져 있었다. 양공이 나아가서 자세히 보니, 땀에 전 베옷이 수많이 떨어져 살을 가리지 못하고 있고, 어지러운 머리카락은 귀밑까지 내려와 얼굴을 덮고 있었다. 양공이 그 고초를 겪는 모습에 추연惆然[110])하여 탄식하고는 두루 완경玩景[111])하면서 깨기를 기다리는데, 그 아이가 갑자기 기지개를 켜고는 잠결에 읊조리면서 말하기를,

　"서원에 풀이 우거졌으니 소를 놓고 춘수春睡[112])에 깊이 빠졌구나. 알지 못하겠노라, 누가 능히 영웅을 알아볼까. 비록 영

---

105) 시년時年 : 그때의 나이.
106) 춘광春光 : 봄철의 볕 또는 경치.
107) 도요桃夭 : 시경 국풍國風 주남周南에 나오는 시로서, '도요'는 복숭아나무를 가리킨다. 봄이 되어 시집가고 싶어 하는 아가씨의 마음을 배경으로 하는 노래이다.
108) 울울鬱鬱 : 마음이 매우 답답함.
109) 오유娛遊 : 즐기고 놂.
110) 추연惆然 : 처량하고 슬픔.
111) 완경玩景 : 풍경 따위를 즐김.
112) 춘수春睡 : 춘면과 같은 뜻. 봄철의 노곤한 졸음.

척113)을 효칙效則114)하고자 하나 환공桓公115)을 만나기 어렵구나."

라고 하는데, 그 목소리가 웅혼雄渾116)하고 뜻이 심원深遠하였으므로 공이 기뻐하였다. 가까이 나아가 머리를 쓸고는 얼굴을 보니 그 은은殷殷한117) 골격과 웅위雄威118)한 기상이 비범하고, 코가 높고 귀가 크고 입이 넓고 천정天庭119)이 훤칠하니 공이 한 번 보고는 칭찬하였다. 깨기를 기다리면서 형용形容120)이 초췌한 것을 보고 하늘을 쳐다보면서 탄식하여 말하였다.

"예부터 영웅호걸이 때를 만나지 못하면 곤궁한 사람이 많거니와 이 아이는 과연 영웅이로다."

소를 끌러 나무에 매고 식경食頃121)이나 곁에 앉아 있었지만, 깨려 하지 않고 점점 깊이 자므로 공이 부르면서 말하였다.

---

113) 영척甯戚 : 춘추시대 위衛나라 사람으로서 매우 가난하였다. 제齊나라 환공桓公이 이르자 소의 뿔을 두드리며「백석가白石歌」를 불렀는데, 환공이 듣고 불러다가 이야기를 나눈 뒤에 현자賢者인 줄 알고 대부大夫를 삼았다.「백석가」에도 소 먹인다는 내용이 나온다.

114) 효칙效則 : 본받아 법으로 삼음.

115) 환공桓公 : 춘추시대 제齊나라의 왕(?~B.C.643). 관중管仲을 등용하여 부국강병에 힘쓴 후 제후를 규합하여 맹주가 되고 춘추오패 중 한 사람이 되었다. 영척의 위인을 알아보고 대부로 삼았다.

116) 웅혼雄渾 : 글이나 글씨 또는 기운 따위가 웅장하고 막힘이 없음. 원문에는 '웅원'으로 되어 있음.

117) 은은殷殷한 : 큰.

118) 웅위雄威 : 웅장하고 위엄이 있음.

119) 천정天庭 : 두 눈썹 사이나 이마의 복판.

120) 형용形容 : 사람의 생김새나 모습.

121) 식경食頃 : 밥을 먹을 동안이라는 뜻으로, 잠깐 동안을 이르는 말.

"소년은 어서 잠을 깨도록 하라!"

두어 번 부르니 목동이 문득 깨어났다. 밭에 묶은 소가 없음을 알고 눈을 빗뜨고[122] 주변을 살피다가 소가 나무에 매여 있으므로 고삐를 끌러 잡은 후 다시 졸았다. 이에 공이 나아가 여러 번 부르는데 그 아이가 머리를 긁고 눈썹을 찡그리면서 말하기를,

"어떤 사람이기에 남의 단잠을 깨우는가."

라고 말하고는 도로 졸기 시작하였다. 공이 자세히 보니 머리카락이 낫 위에 덮혀 있어 공이 나아가 이를 주어 버리고는 다시 깨웠더니 비로소 잠에서 깨어나 소를 초당에 놓고 앉았다. 공이 또 물었다.

"너는 어떤 아이이기에 이렇게 더운 곳에서 자는가?"

그 아이가 대답하였다.

"오는 잠을 덥다는 이유로 자지 않으리오. 구태여 남의 단잠을 깨우더니 구태여 기쁘지 아니합니까."

공이 말하였다.

"나는 이 앞에 있는 노인이다. 마침 춘흥春興[123]을 일으켜 경치를 완상하다가 너를 보고는 많은 생각을 하게 되었단다. 너는 화내지 말고 성명과 사는 곳을 말하여라."

소아小兒가 대답하였다.

---

122) 빗뜨다 : 눈을 옆으로 흘겨 뜨다.
123) 춘흥春興 : 봄철에 일어나는 흥과 운치.

"자는 것을 괜히 깨워 성명은 알아서 무엇 하려 하십니까?"

공이 말하였다.

"서로 간에 성명을 알리는 것은 두 사람이 사귀는 도리이거늘 어찌 말하기를 아끼느냐."

아이가 말하기를,

"제 성은 이고, 이름은 경작이고, 자는 문성입니다. 사는 곳은 이 앞 양운의 집으로서 그 댁 소 먹이는 드난[124] 이입니다." 라고 하므로, 공이 또 물었다.

"너의 행동거지를 보니 천한 아이가 아니니 어느 집의 아자兒子[125]인가?"

목동이 말하였다.

"노인네는 아무 일도 모르는 어르신이군요. 머슴이 무슨 가문이 있겠습니까?"

공이 다시 물었다.

"네가 아까 읊조리던 글을 들었는데 마음에 품은 바가 컸기에 묻는 것이니 개의치 말거라."

경작이 말하기를,

"꿈을 꾸다가 우연히 읊은 것입니다. 무슨 뜻이 있겠습니까! 말하기 싫으니 가겠습니다."

---

124) 드난 : 임시로 남의 집 행랑에 붙어살면서 그 집의 일을 도와주는 고용 살이.
125) 아자兒子 : 아이.

라고 하고는 말을 마치자 일어나므로 공이 급히 잡고 말하였다.

"나는 장자長者[126]이고 너는 아이다. 이렇듯 무례하게 대하느냐."

경작이 대답하였다.

"어르신, 목동에게 무슨 예의가 있겠습니까?"

공이 말하였다.

"너는 내 얼굴을 자세히 본 후 마음속에 품은 생각을 숨기지 말거라."

경작이 머리를 헤치고 눈을 들어 보니, 창안백발蒼顔白髮[127]에 갈건포의葛巾布衣[128]를 입었는데 의형儀形[129]이 표연飄然[130]하여 과연 어질고 총명한 군자의 모습이었다. 경작이 한 번 보고는 흠신欠身[131]하고 대답하였다.

"존옹尊翁[132]의 기상을 보니 과연 제세濟世[133]하는 군자이십니다. 소자가 예의를 잃었습니다."

공이 또한 웃으면서 말하였다.

"네가 뜻밖에 공경하니 어쩐 일이냐. 너는 일찍이 승상 양자

---

126) 장자長者 : 덕망이 뛰어나고 경험이 많아 세상일에 익숙한 어른.
127) 창안백발蒼顔白髮 : 늙고 여윈 얼굴과 흰 머리카락.
128) 갈건포의葛巾布衣 : 칡 섬유로 짠 두건과 삼베 옷. 즉, 소박한 옷차림.
129) 의형儀形 : 몸가짐.
130) 표연飄然 : 훌쩍 나타나거나 떠나는 모양이 거침없음.
131) 흠신欠身 : 경의를 나타내기 위하여 몸을 굽힘.
132) 존옹尊翁 : 남자 노인을 높여 부르는 말.
133) 제세濟世 : 세상을 구함.

운을 본 적이 있느냐?"

경작이 두 번 절하고 말하였다.

"현명顯名[134]을 들어왔습니다만, 오늘 존전尊前[135]에서 첨배瞻拜[136]하리라고는 생각하지 못했습니다."

공이 웃으면서 말하였다.

"네가 어찌 아느냐?"

대답하기를,

"소자가 존안尊顏을 뵈오니 스스로 알겠습니다."

라고 하니, 공이 말하였다.

"노부老夫[137]가 지감知鑑[138]이 밝지 못하지만 옛글에 비추어 얼굴을 보건대 벅벅이[139] 천한 신분은 아니니 심곡心曲[140]을 다르게 갖지 말거라."

경작이 손사遜謝[141]하면서 말하였다.

"소자가 대현大賢[142]을 뵈었는데 어찌 사실을 고하지 않겠습

---

134) 현명顯名 : 큰 업적으로 이름이 세상에 널리 알려짐. 여기서는 그렇게 알려진 이름으로 해석함.
135) 존전尊前 : 예전에, 임금이나 높은 벼슬아치의 앞을 이르던 말.
136) 첨배瞻拜 : 선조 혹은 선현의 묘소나 사당에 우러러 절한다는 뜻이나 여기서는 글자 그대로 우러러 뵌다는 뜻으로 보아야 함.
137) 노부老夫 : 늙은 남자가 자기를 낮추어 이르는 일인칭 대명사.
138) 지감知鑑 : '지인지감知人知鑑'의 준말로서 사람을 잘 알아보는 능력을 뜻함.
139) 벅벅이 : 틀림없이 그러하리라고 미루어서 짐작하는 모양.
140) 심곡心曲 : 여러 가지로 생각하는 마음의 깊은 속. 흔히 간질하고 애틋한 마음을 이른다.
141) 손사遜謝 : 겸손하게 사양함.

니까."

마침내 자기의 처지를 자세하게 말한 후 동쪽에 있는 묘를 가리키면서 말하였다.

"저기 보이는 무덤이 소자의 부모 산소입니다."

말을 마치자 소리 없이 길게 통곡하므로 공이 측은히 여겨 탄식하면서 말하였다.

"옛날부터 영웅호걸은 어릴 적에는 곤궁한 사람이 많으니라. 너라고 해서 어떻게 면할 수 있겠느냐. 네 나이가 얼마인가?"

대답하였다.

"십삼 춘광春光143)이옵니다."

공이 말하였다.

"마음속 깊이 생각한 바가 있으니 너는 기꺼이 청납聽納144)하겠느냐?"

경작이 대답하였다.

"하교하시면 감히 듣겠사옵니다."

공이 말하였다.

"타사他事145)가 아니라 이 늙은이가 일찍이 자녀 네 명을 두었으니, 위로 셋을 혼인시키고 필아畢兒146)의 나이가 열세 살인데

---

142) 대현大賢 : 매우 어질고 지혜로운 사람.

143) 춘광春光 : 젊은 사람의 나이를 문어적으로 이르는 말.

144) 청납聽納 : 남의 의견이나 권고를 귀 기울여 듣고 받아들임.

145) 타사他事 : 다른 일.

146) 원문에는 '빨왜'로 잘못 필사되어 있다. 필아는 '막내아들'이라는 뜻이나

이제 너를 동상東床[147]으로 삼고자 하니 받아들일 수 있느냐?"

경작이 웃으면서 말하였다.

"어르신의 아가씨는 상국相國[148]의 딸로서 존귀함이 지극하지만 소자는 향곡鄕曲[149]의 비천한 아이입니다. 존귀함과 비천함이 서로 현격하므로 어르신의 말씀이 사실이 아닐까 의심할지언정[150] 현숙한 여인을 어찌 사양할 수 있겠습니까."

공이 크게 기뻐하면서 말하였다.

"그대가 이와 같다면[151] 내 당당히 금과 비단을 장운에게 보내어 청혼함으로써 빨리 혼례를 오리겠노라."

경작이 특별히 사양하지 않고 받아들이니 공이 크게 기뻐하였다. 서로 분수分手[152]한 후 공이 본부本府에 돌아오니 부인 화씨가 맞이하면서 말하였다.

"오늘은 무슨 일이 있으시기에 낯빛이 이와 같으신지요?"

공이 말하였다.

"내 오늘 딸의 짝을 얻었는데 충분히 아이의 재용才容[153]을

여기서는 막내딸이 맞다.

147) 東床동상: '사위'의 높임말.

148) 상국相國 : 영의정, 좌의정, 우의정을 통틀어 이르는 말.

149) 향곡鄕曲 : 시골 구석.

150) 원문에는 '대인의 말씀이 사실이 아니실지언정'으로 되어 있는데, 문맥이 통하지 않으니 오기로 봐야 한다.

151) 원문에는 '여츠즉'이라고 되어 있다. 이는 '여차즉如此卽'의 오기로 보인다.

152) 분수分手 : 작별함.

153) 재용才容 : 재주와 용모를 아울러 이르는 말.

저버리지 않을 것이므로 어찌 기쁘지 않겠습니까."

부인도 기뻐하면서 말하였다.

"가세家勢가 어떠하며, 어느 집 자제며, 재주와 용모는 어떠합니까?"

공이 말하였다.

"호걸을 어찌 문미門楣154)를 보겠습니까."

이어서 경작의 근본을 설명하니, 부인이 실색失色하고 말하였다.

"우리 딸은 무쌍無雙155)한 숙녀이고 미녀로서, 저와 같은 짝을 구하여 원앙이 녹수와 쌍무雙舞156)하는 것을 보고자 하였는데, 이 같은 거지 아이를 배필로 정할 것이 아닙니다."

공이 웃으면서 말하였다.

"인품이 현명하지 못할까 두려워할지언정 어찌 재물을 의논하겠습니까. 혼인과 같은 대사는 부인과 여자가 간여干與할 바가 아니라 내 뜻으로 임의로 결정하였으니 다시는 말하지 마시오. 타일他日157)에 이 아이의 이름이 천하에 가득 차고 위엄이 해내海內158)에 진동할 것이니159) 나의 통찰력이 틀리지 않을

---

154) 문미門楣 : 원뜻은 '문 위에 가로 댄 나무'인데, 여기서는 문벌, 혹은 한 집안의 지체를 뜻한다.

155) 무쌍無雙 : 서로 견줄 만한 것이 없을 정도로 뛰어남.

156) 쌍무雙舞 : 둘이 쌍을 이루어 추는 춤.

157) 타일他日 : 다른 날, 즉 후일.

158) 해내海內 : 나라 안.

159) 타일 명만천하위진해내他日名滿威震海內.

것입니다."

부인이 불열不悅하여[160] 말하였다.

"상공께서 창졸간倉卒間[161]에 딸의 신세를 끝나게 하시는구려."

공이 웃으면서 말하였다.

"내가 부디 나의 소교小嬌[162]를 영귀榮貴[163]하게 하고자 하니 다시 이르지 마시오."

부인이 발연勃然[164]하고 크게 화내어 말하였다.

"어느 곳이 귀하다고 여기시고 이렇듯이 말씀하십니까?"

공이 말하였다.

"부인은 허설虛說[165]을 말고 뒤에 나의 사람 알아보는 능력을 확인하게 될 것이오."

이어서 매파를 장운의 집에 보내어 청혼하였다. 장운이 크게 놀라 불감不敢[166]함을 알리자 공이 다시 이르므로 감히 거역하지 못하여 허락하였다. 공이 크게 기뻐하면서 은자銀子 삼백 양을 보내어 전에 있던 일을 일컫고 또한 혼구婚具[167]를 갖추어

---

160) 불열不悅 : 기뻐하지 않고.
161) 창졸간倉卒間 : 급작스런 동안.
162) 소교小嬌 : 어린 딸.
163) 영귀榮貴 : 영화롭고 귀함.
164) 발연勃然 : 왈칵 성을 내는 태도나 일어나는 모양이 세차고 갑작스러움.
165) 허설虛說 : 헛된 말.
166) 불감不敢 : 감히 할 수 없음.
167) 혼구婚具 : 혼인 때 사용하는 도구.

보내므로 장운이 한사코 사양하였으나 공이 권유하고는 좋은 날을 정하여 서울에 있는 두 아들에게 알렸다. 두 사람이 궐하闕下[168)에서 근친覲親[169)하는 말미를 청하고는 처자를 거느리고 금주로 오고, 설생의 부부는 구고舅姑[170)를 간지懇摯로[171) 받들고 있어서 결국 오지 못하였다. 양생 등이 처자를 거느리고 부모를 뵙는데, 떠난 지 4년이 되었다. 서로 오랜 정을 말하는데 두 아들이 아버지 앞에서 여동생의 혼처를 여쭈므로 공이 대답하였다.

"오직 그 사람을 보는 것이니 부귀와 영화로움을 이르겠는가."

이어서 경작의 혈통과 자라온 환경을 말하고는

"내가 일흔에 이르도록 열인閱人[172)하였지만 이러한 사람 같은 이는 처음 보았도다. 영웅호걸이 당세當世[173)에 있다는 것을 깨달았도다."

라고 하자 두 아들이 놀라면서 대답하였다.

"인품에는 귀천이 없지만 대대로 명문인 우리 가문에 어찌 저러한 상한常漢[174)의 노예와 같은 거지를 얻어서 다른 사람들

---

168) 궐하闕下 : 대궐 아래라는 뜻으로, 임금의 앞을 이르는 말.

169) 근친覲親 : 시집간 딸이 친정에 가서 부모를 뵘.

170) 구고舅姑 : 시부모.

171) 간지懇摯로 : 지성스럽게 참되게. 원문에는 '구고의 간지를'으로 되어 있으니 한문을 우리말로 풀면서 생긴 표현으로 보인다.

172) 열인閱人 : 사람을 많이 겪어 봄.

173) 당세當世 : 지금의 세상.

의 비웃음을 취할 수 있겠습니까? 결단코 이 혼인은 불가하옵니다."

공이 냉소를 지으면서 말하였다.

"옛날 대순大舜[175]이 역산曆山에서 밭을 가실 때, 뇌택雷澤에서 고기를 잡으시고 하빈河濱에서 도자기를 굽으시면서[176] 곤궁을 겪으셨지만 천하를 얻어 마침내 성인이 되셨다. 또한 한나라 태조 황제가 사상泗上의 정장亭長[177]으로서 사백 년 대업을 이루셨다. 또한 범수는 측중廁中[178]의 주검으로 진나라에 들어가 정승이 되었다. 옛날부터 영웅호걸이 초년初年에는 곤액困厄[179]을 당하지만 때를 만나면 영귀榮貴[180]하게 되는 것이니, 부귀와 빈천을 따질 것이 아니다. 이 아이는 평범한 인물이 아니니 너희들은 허설을 믿지 말고 훗날 네 아버지의 사람 잘 알아보는 능력을 보아라."

---

174) 상한常漢 : 상놈.
175) 대순大舜 : 순임금.
176) 중국의 전설상의 성군인 순임금이 역산曆山에서 농사를 짓자 역산의 사람들이 모두 밭을 양보했고, 뇌택雷澤 즉 못에서 낚시를 하자 뇌택의 사람들이 모두 자리를 양보하였으며, 하빈 즉 황하 가에서 그릇을 구우니 황하 가의 그릇이 모두 이지러지지 않았다고 한다.
177) 한나라 태조인 유방이 젊어서 건달로 지내면서 아버지에게 미움을 받다가 처음 맡은 지방하급 관직이다. 하지만 후에 노역해야 될 인부들을 이송하는 도중에 그들이 너무 많이 도망가자 책임 추궁이 두려워 산적이 되었다가 뒤에 관리들과 합세하여 반란군이 되었다고 한다.
178) 측중廁中 : 뒷간의 안.
179) 곤액困厄 : 몹시 딱하고 어려운 사정과 재앙이 겹친 불운.
180) 영귀榮貴 : 지체가 높고 귀함.

이 때 부인이 돌돌분탄咄咄憤嘆[181]하면서 공을 한스러워 하고 는 아들을 보고 탄식하며 말하였다.

"나의 아름다운 딸로써 저 거지를 취하니 비록 장래에 귀하게 될지라도 지금은 내 병이 될까 하는구나."

두 아들은 묵연默然[182]하였다.

길일吉日이 되어 양자운의 집에서 위의威儀[183]를 성비盛備[184] 하여 신랑을 맞이하는데, 이 때 경작이 헌 옷을 벗고 길복吉服[185] 을 정제整齊[186]하고서 양자운의 집에 이르렀다. 경작이 전안奠 雁[187]하고 물러서니, 보건대 일신이 곤비困憊[188]하다가 뜻밖에 쓰다듬었으나 그을린 얼굴빛이 검고 향암鄕闇[189]된 거동이 볼 만하지 않았다. 어찌 신체가 좋은 어사 형제와 설생의 거동과 청쇄淸灑[190]한 풍채에 비기겠는가! 양생 등이 한 번 보고는 마음 속으로 우습게 여기고 여동생을 빼앗김에 애달팠다. 부인은 주렴 안에서 노기가 충천하여 말도 못하고 있는데, 공이 희색이

---

181) 돌돌분탄咄咄憤嘆 : 혀를 차면서 화내고 탄식함.
182) 묵연默然 : 잠잠히 말이 없음.
183) 위의威儀 : 위엄 있고 엄숙한 몸가짐이나 태도.
184) 성비盛備 : 성대하게 갖춤.
185) 길복吉服 : 혼인 때 신랑신부가 입는 옷.
186) 정제整齊 : 옷을 격식에 맞게 차려 입고 매무시를 바로 함.
187) 전안奠雁 : 혼례 때, 신랑이 기러기를 가지고 신부 집에 가서 상 위에 놓고 절함. 대체로 나무로 만든 기러기를 사용함.
188) 곤비困憊 : 아무것도 할 기력이 없을 만큼 지쳐 몹시 고단함.
189) 향암鄕闇 : 시골에서 지내 온갖 사리에 어둡고 어리석음.
190) 청쇄淸灑 : 맑고 쇄락함.

얼굴에 가득 찬 모습으로 다시 돋우니 부인은 꾸짖고 혀를 차지 않을 수 없었다. 양공이 경작에게 말하였다.

"이미 전안하고 성례를 하였으니 너의 부모 사당이 없지만 산소가 멀지 아니하므로 신부의 예를 산소에서 하는 것이 어떠한가?"

경작이 대답하였다.

"존부尊父191)의 말씀이 마땅하옵니다."

공이 즉시 꽃가마를 꾸미고 웅장하고 화려하게 소저를 옹위하여 상교上轎192)하니 경작이 정문을 잠그고 함께 묘 앞에 나아갔다. 배례拜禮를 마친 후 폐백을 받들어 묘 앞에 올리는데, 신랑의 안색이 참연慘然193)하여 눈물이 연이어 떨어졌다. 소저도 또한 유미柳眉194)성안聖顔195)에 슬픔이 일어나 복사꽃이 이슬을 맺은 듯 슬프고 안타까워하니, 그 몸가짐에 보는 사람들이 모두 흠앙欽仰하였다.

헌작獻爵196)을 마치고 돌아오는데, 십여 년 동안 쇠잔衰殘해 가던 산소가 일시에 영화롭게 됨을 사람마다 칭찬하고 양공의 의기意氣197)에 탄복하였다. 양자운의 집에 돌아오자, 공이 친히

191) 존부尊父 : 남의 아버지를 높여 이르는 '춘부장'의 북한어.
192) 상교上轎 : 가마에 오름.
193) 참연慘然 : 슬프고 참혹함.
194) 유미柳眉 : 버들잎 같은 눈썹이란 뜻으로, 미인의 눈썹을 이르는 말.
195) 성안聖顔 : 용안龍顔과 같은 뜻. 여기서는 귀한 얼굴이라는 의미로 보면 됨.
196) 헌작獻爵 : 제사 때 술잔을 올림.

여서女壻[198)]의 혼례복을 벗기고 새 옷을 입힌 후 손을 잡고서 슬하에 앉히고 또한 딸을 곁에 앉히고는, 두 사람의 손을 가로 잡고 기분을 돋우었지만 부인은 조금도 얼굴을 풀지 않고 여전히 차가웠다. 공이 웃고 이생에게 말하였다.

"너의 아내가 어떠냐?"

이생이 대답하였다.

"아직 자세히 보지 못하였습니다."

공이 말하였다.

"앉은 데가 가까우니 자세히 보아라."

이생이 비로소 눈을 들어 보니 소저가 아미蛾眉[199)]를 숙였으나 백태 천염이 찬란하여 방안이 조요照耀[200)]하므로 이생이 마음속으로 흠경欽敬[201)]하나 다시 눈을 뜨지 않았다. 공이 헤아리되 딸아이의 절세미용絶世美容[202)]을 보면 놀랄 것이라고 여겼다가 그 거지擧止[203)]가 태연한 것을 보고는 더욱 경복敬服[204)]하여 물었다.

---

197) 의기意氣 : 무엇을 하고자 하는 적극적인 마음이나 기개.

198) 여서女壻 : 사위.

199) 아미蛾眉 : 가늘고 길게 굽어진 아름다운 눈썹을 이르는 말. 미인의 눈썹을 이른다.

200) 조요照耀 : 밝게 비쳐서 빛남.

201) 흠경欽敬 : 기뻐하여 존경함.

202) 절세미용絶世美容 : 매우 아름다운 용모.

203) 거지擧止 : 행동거지.

204) 경복敬服 : 존성하여 감복함.

"내 아이가 어떠하냐?"

이생이 대답하였다.

"유순한 부인입니다."

공이 각각 그 등을 어루만져 애중愛重함을 이기지 못하였다. 공이 웃으면서 말하였다.

"너희 부부는 각각 내게 재배再拜하여 서랑壻郎[205]은 아내 잘 얻음을 사례하고 딸아이는 남편 잘 만남을 사례하여라."

이생이 웃음을 머금고 즉시 재배하되 소저는 부끄러워 빛나는 얼굴에 홍조가 드니 그 소담하고 절묘함이 더욱 아름다웠다. 공이 재삼 재촉하여 절을 받고 기쁨을 이기지 못하면서 부인을 돌아보고 말하였다.

"우리 말년에 이러한 기서奇壻[206]를 얻었으니 서로 치하합시다."

술잔을 나누어 대취하니 날이 늦었으므로 석반夕飯[207]을 마치고 이생을 신방으로 인도하는데, 그 벌려 놓은 것이 정결하고 소담하여 억지로 사치스럽게 꾸민 것이 없었다. 이생이 마음속으로 탄복하여 '양공은 세상에 드문 인걸이구나!'라고 하고는 침상枕上[208]에 비스듬히 기대어서 자기의 신세를 생각해 보니,

---

205) 서랑壻郎 : 사위.
206) 기서奇壻 : 뛰어난 사위.
207) 석반夕飯 : 저녁밥.
208) 침상枕上 : 베개 위.

혈혈단신孑孑單身이 천신만고를 겪으면서 자신自新209)할 묘책이 없었는데 천만 뜻밖에 재상가의 손님이 되었다는 사실이 꿈속인가 의심하면서 양공의 지인지감을 감탄하였다.

밤이 깊은 후 소저가 촉燭210)으로 인도하여 나오니 이생이 마주 앉았는데, 무산巫山의 초나라 구름이 엉기듯211) 춘정春情212)이 바야흐로 무르녹아서 은정恩情이 여산약해如山若海213)하였다. 다음날 소저는 먼저 일어나 소세梳洗214)하였는데 이생이 늦도록 깨지 않으므로 부인이 시녀에게 깨우라고 하였더니 오랜 후에 시비가 깨웠다. 소세를 마치자 상을 올리니 진찬珍饌이 상 위에 가득하였으므로, 이생이 항상 적은 음식으로 큰 양215)을 채우지 못하다가 많은 음식을 다 먹었다. 어사 형제들이 놀라서 말하였다.

---

209) 자신自新 : 스스로 새로워짐.

210) 촉燭 : 촛불.

211) 중국 전국시대 초나라 양왕襄王이 송옥宋玉과 운몽雲夢의 고당관高唐館에 갔을 때, 왕이 기이한 모양의 구름이 피어오르는 것을 보고 송옥에게 물었다. 이에 송옥이, 옛날 어떤 왕이 거기서 연회를 열다가 낮잠을 자는데 꿈속에 무산巫山에 사는 여인이 나타나 왕과 사랑을 나눈 후 헤어지면서 '아침에는 구름이 되고 저녁에는 비가 되어 양대 아래 머물면서 아침저녁으로 그대만을 그리워하겠다.'는 말을 남기고 사라졌고, 왕은 무산 산봉우리에 아름다운 구름이 걸린 곳에 조운묘朝雲廟를 세웠다고 대답했다. 여기서 운우雲雨의 정은 남녀의 정사를 뜻하게 되었다.

212) 춘정春情 : 남녀 간의 정욕.

213) 여산약해如山若海 : 산과 같고 바다와 같이 매우 크고 많음.

214) 소세梳洗 : 머리를 빗고 낯을 씻음.

215) 양 : 음식을 먹을 수 있는 한도.

"그대 식량食量216)이 매우 크도다."

이생이 말하기를,

"많이 주는 것을 남기기 부질없어 다 먹었노라."

라고 하면서 상을 물리니 부인이 놀라고 공은 더욱 기뻐하였다. 부인이 말마다 설생을 칭찬하므로 공은 부인의 어질지 못함을 비웃고는, 이생의 식량을 알아서 친히 식반食盤217)을 보아 내어 놓는데 이생이 순순히 다 먹으니 부인이 투미218)하여 꾸짖었다.

이생의 풍채가 점점 그을린 빛이 벗겨져 기부肌膚219)가 청수淸秀220)하고 태도가 수려하게 되니, 부인이 잠깐 무안히 여겼다. 잠을 늦도록 자고 글을 전혀 읽지 않으니 하루는 양공이 물었다.

"네 우리 사위가 된 지 세 달이 되었는데 잠자기만 일삼고 학업을 폐하니 이 무슨 뜻이냐?"

이생이 대답하였다.

"잠자기는 천성인데 글 읽기는 싫습니다."

공이 크게 웃으면서 말하였다.

"그러면 무슨 일을 하려 하느냐? 주의主意221)를 듣고자 하느

---

216) 식량食量 : 음식을 먹는 분량.
217) 식반食盤 : 음식을 차려 놓은 상.
218) 투미하다 : 어리석고 둔하다.
219) 기부肌膚 : 살갗.
220) 청수淸秀 : 얼굴이나 모습 따위가 깨끗하고 빼어남.
221) 주의主意 : 주된 요지.

니라."

이생이 대답하였다.

"소생이 아직 나이가 어려서 나이 스무 살이 된 후에 하려 하나이다."

공이 말하기를,

"네 마음대로 하라."

라고 하고 더욱 애중愛重하였다.

이생이 운수가 불행하여 양공이 갑자기 병이 있어 하루하루 위중하므로 스스로 일어나지 못할 것을 알고 자녀를 불러 말하였다.

"늙은이가 희년稀年222)에 자녀가 많고 관작官爵이 인신人臣에 극하223)니 무슨 부족함이 있겠는가. 너희들은 각각 잔을 부어 이 늙은이의 죽음을 위로하라."

부인과 자녀들이 망극하여 눈물을 머금고서 잔을 차례로 드렸고, 설생 부부가 위독하다는 소식을 듣고 함께 금주에 이르렀다. 공이 기운을 모아 이생 부부의 손을 잡고 각각연연刻刻涓涓224)하므로 이생이 슬퍼하면서 마음을 아피하고 소서는 간장이 미는 듯 눈물이 방방滂滂225)하였다. 공이 부인을 돌아보아

---

222) 희년稀年 : 일흔 살.
223) 관작官爵이 인신人臣에 극하다 : 영의정이 되다.
224) 각각연연刻刻涓涓 : 숨이 점점 가늘어지면서 목숨이 경각을 나투는 모습.
225) 방방滂滂 : 비오듯함.

잔을 달라고 하니 부인이 슬픔을 머금고서 옥배玉杯226)을 내어 오므로 공이 잔을 잡고 부인을 보면서 부탁하여 말하였다.

"사위는 당세의 인걸이니 생시에 내가 한 것처럼 후히 대한다면 훗날 충천경인衝天驚人227)하게 됨을 보게 될 것이오."

부인은 눈물을 머금고 아무 말도 하지 않았다. 공이 이생의 손을 잡고 세상을 뜨니 향년 칠십사 세였다. 곧 초혼招魂228)하고 발상發喪229)하자 울음소리가 진동하고 햇빛이 빛을 잃었다. 부음訃音이 경사京師에 알려지니 천자가 듣고 크게 슬퍼하면서 공의 충의를 표하시어 두터운 예로 조상弔喪하시고 시호를 '문충文忠'이라고 하셨다.

시간이 빨리 흘러 벌써 상기喪期230)가 지났으므로 합가闔家231)가 다시 비통함이 망극하였다. 이생은 조석곡朝夕哭232)을 반자半子233)로서 할 뿐 아니라 지기地祇234)에 응하는 글을 써서

---

226) 옥배玉杯 : 옥으로 만든 잔 또는 아름다운 술잔.
227) 충천경인衝天驚人 : 하늘을 찌를 듯이 뛰어난 사람이 되어 사람을 놀라게 함.
228) 초혼招魂 : 사람이 죽었을 때 발상하기 전 죽은 사람의 혼을 부르는 일.
229) 발상發喪 : 상례에서, 죽은 사람의 혼을 부르고 나서 상제가 머리를 풀고 슬피 울어 초상난 것을 알림. 또는 그런 절차.
230) 상기喪期 : 상복을 입는 동안.
231) 합가闔家 : 온 집안, 온 가족.
232) 조석곡朝夕哭 : 사람이 죽은 뒤 일 년 동안 상중의 사람이 아침저녁으로 하는 곡.
233) 반자半子 : 아들이나 다름없이 여긴다는 뜻으로, '사위'를 이르는 말.
234) 지기地祇 : 땅의 신령.

후덕厚德235)을 생각하며 세월이 오래 지나도록 애통해 하였다.

이때 천자가 붕崩236)하신 후 신군新君237)이 즉위하시어 어사 형제를 찾지 않으셨으니, 이것은 형제가 뛰어남을 모르기 때문이었다. 이때 부인과 일가一家가 이생을 일호一毫238)라도 사랑함이 없어 자주 즐겨 미워하고 어사 형제가 괄시하였지만, 오직 소저는 존빈尊賓239) 같이 공경하였다. 이생의 사람됨이 심원관후深遠寬厚240)하고 과묵하여 기쁨과 노여움을 나타내는 적이 없었으니, 부부 두 사람이 서로 대하는 예모禮貌241)가 빈빈彬彬242)하고 소년처럼 희롱하지 않고 비복도 부르는 소리를 듣지 못하였다. 이에 부인이 항상 미거未擧243)하다고 꾸짖었다.

소저가 청라靑羅244)를 내어 이생의 설의褻衣245)을 만들었는데, 침선針線246)이 절묘하고 재단하는 솜씨가 기이하여 신인의 조화였다.247) 부인이 혀를 차면서 꾸짖어 말하였다.

---

235) 후덕厚德 : 두터운 덕.
236) 붕崩 : '붕어崩御'의 준말로서 천자가 세상을 떴다는 뜻.
237) 신군新君 : 새 임금.
238) 일호一毫 : 조금도.
239) 존빈尊賓 : 귀한 손님.
240) 심원관후深遠寬厚 : 헤아리기 어려울 만큼 깊고, 마음이 너그럽고 후덕함.
241) 예모禮貌 : 예절에 맞는 몸가짐.
242) 빈빈彬彬 : 문조와 바탕이 잘 갖추어져 훌륭함.
243) 미거未擧 : 철이 없고 사리에 어둡다.
244) 청라靑羅 : 푸른색의 가볍고 얇은 비단.
245) 설의褻衣 : 평상시에 입는 옷.
246) 침선針線 : 바느질.

"어리석고 둔한 이랑李郎이 한 번만 입으면 두엄[248]이 되니 어찌 아깝지 않겠는가!"

소저는 대답하지 않고 함에 담고 침소에 이르러 입기를 청하였는데, 이생이 거연居然히[249] 입기를 마친 후 단좌端坐[250]하여 소리 없이 서안書案의 책을 보았다.

이때 부인이 시녀 난매를 시켜 소저가 없는 때를 틈타 분즙糞汁[251]을 가져다가 이생의 새 옷에 뿌려놓고 동정을 살피라 하였다. 난매가 명을 받들어 준 똥을 담아 가지고 대인각[252]에 이르니 이생이 단좌하여 고요히 글을 보는데 신체가 씩씩하고 엄숙하여 불감앙시不敢仰視하였으나[253], 이는 부인의 분부인지라 층계에 숨어서 똥물을 쥐고 던졌다. 똥물이 멀리 튀어 자리와 입은 옷에 편만遍滿[254]한데도 이생이 안연晏然[255]하여 움직이지 않은 채 눈을 뜨지 않으니, 난매가 식경食頃[256]이나 서 있었으나 별 다른 소리가 나자지 않으므로 무료無聊히[257] 돌아와

---

247) 신인神人의 조화였다 : 신의 경지에 이를 만큼 뛰어났다.
248) 두엄 : 풀, 짚 또는 가축의 배설물 따위를 썩힌 거름.
249) 거연居然히 : 당당하고 의젓하게.
250) 단좌端坐 : 단정하게 앉음.
251) 분즙糞汁 : 똥물.
252) 이생이 공부하는 서재의 이름인 듯함.
253) 불감앙시不敢仰視 : 감히 우러러 쳐다 볼 수 없음.
254) 편만遍滿 : 널리 그득 참.
255) 안연晏然 : 불안해하거나 조조해하지 아니하고 차분하고 침착함.
256) 식경食頃 : 한 끼 밥 먹을 정도의 잠깐 동안.
257) 무료히無聊 : 부끄럽고 열없이.

부인에게 귓속말로 고하였다.

부인이 혀를 차면서 말하였다.

"나는 그래도 사람이라고 여겼더니 진실로 짐승이로다."

이후로는 더욱 멸시하여 옷과 음식을 복비僕婢258)와 같게 하니, 그 식찬食饌259)이 능히 이생의 너른 양을 채우지 못하였다. 이날 소저가 침소로 돌아오니 방안에 똥내가 옹비饔鼻260)하고 이생의 옷과 자리에 똥물이 가득하였지만 벗지 않고 글을 몰입하여 보고 있으므로, 소저가 벌써 모친의 소행인 줄 알고 얼굴빛을 부드럽게 하고는 나직하게 고하였다.

"상공의 옷에 더러운 것이 많이 묻었으니 벗기를 바라나이다."

이생이 이에 벗으므로 소저가 친히 서서 기다리다가 다시 입게 하였다.

이후 이생을 구박하는 것이 날이 갈수록 더하였다. 이생은 밤낮으로 잠자기를 일삼았는데, 하루는 어사 형제가 이생이 깊이 잠든 것을 확인하고는 노끈을 가져와 사지四肢를 단단히 매여 높이 매달고 나갔으나 깨지 않았다. 다시 들어가 보았는데 종시終是261) 깨지 않으므로 두 사람이 크게 웃으면서 말하였다.

---

258) 복비僕婢 : 계집종과 사내종.

259) 식찬食饌 : 반찬.

260) 옹비饔鼻 : 코가 막힘.

261) 종시終是 : 끝내.

"저러한 잠이 어디 있겠는가. 과연 어리석고 둔한 짐승이로다."

한 바탕 크게 웃고 나갔고, 한참 시간이 흐른 후 이생이 깨어 기지개를 켜려 하나 손발을 놀리지 못하였다. 할 수 있다고 여겨 돌아누우려 한 즉, 사지가 팽팽하게 묶이어 움직일 수 없으므로 더욱 의괴疑怪262)하여 눈을 떠 보니, 자기의 몸이 공중에 달려 있었다.

어사 형제의 소행인 줄 짐작하고 그 거동을 보려 짐짓 자는 체하였는데, 문이 열리는 소리가 나서 곁눈으로 보니 이곳의 소저였다. 이생의 거동을 보고 그가 기거起居263)하려는 일인 줄 알고 꽃 같은 얼굴의 단순丹脣264)에 웃음을 띠면서 도로 나갔다. 이생이 보지 못한 듯하더니 시녀가 상을 들고 가서 보고 놀라 식상食床265)을 놓고 나와서는 모든 비복들에게 말하고 웃었다. 부인이 듣고 이 자를 돌아보고 말하였다.

"이것은 너희들의 일이 아니냐. 그것이 깨었으되 능중하266)여 자는 체하였으니, 딸아이는 가서 끈을 글러놓아라."

두 사람이 방안에 이르러 보니, 눈을 떴다가 도리어 감으므로 두 사람이 끈을 풀면서 말하였다.

---

262) 의괴疑怪 : 의심스럽고 괴이하게 여김.
263) 기거起居 : 손님을 맞이하러 일어남.
264) 단순丹脣 : 미인의 붉은 입술.
265) 식상食床 : 밥상.
266) 능중하다 : 능청맞다.

"능청맞은 이랑아 깨어 밥이나 먹어라."

이생이 내려앉아 음식상을 나누어 말하였다.

"두 형님은 가히 한가한 사람입니다."

이어서 상을 물리고 화려한 말솜씨가 봄바람 같았는데, 두 사람이 또한 화답하다가 돌아갔다.

그 사이 세월이 빨리 흘러 이듬해 봄에 설생이 과거에 급제하고 남주부추관南州府推官이 되니 부인 양씨와 함께 임소任所[267)로 향하였다. 모녀가 반기고 기뻐하면서 말하였다.

"노모[268)가 미망여생未亡餘生[269)에 여등汝等[270) 네 사람을 기대하였으나, 두 아들은 침폐沈蔽[271)하고 둘째 사위는 능히 공명을 이루지 못할 것이니 오직 믿는 자는 현서賢壻[272) 한 사람이니라. 설생의 벼슬에 노신老身[273)의 적막한 심회心懷를 위로하겠노라."

추관이 손사遜謝[274)하고 양씨 자매가 제현諸賢[275)을 반기면

---

267) 임소任所 : 지방관이 머물며 근무하던 곳.

268) 노모 : 늙은 어머니라는 뜻이나, 여기서는 양씨 부인이 자신을 가리켜 하는 말.

269) 미망여생未亡餘生 : 남편은 죽었으나 따라 죽지 못하고 홀로 남아 있는 삶.

270) 여등汝等 : 너희들.

271) 침폐沈蔽 : 잠기고 파묻힘.

272) 현서賢壻 : 어진 사위라는 뜻으로, 자기의 사위를 높여 이르는 말.

273) 노신老身 : 늙은 몸. 양씨 부인 자신을 가리키는 말.

274) 손사遜謝 : 겸손하게 사양함.

275) 제현諸賢 : 여러 점잖은 분들.

서도 그 야야爺爺[276)를 생각하고는 다시 눈물을 흘리기를 그치지 못하였다. 다음날 조반早飯이 나와 하저下箸[277)할 때, 시녀가 외당外堂[278)에 식반食盤[279)을 내어 가는데 세 상은 찬품饌品[280)이 성대하게 갖춰져 있고 한 상은 박약薄弱[281)하므로 설부인이 물었다.

"저 상은 누구의 것입니까?"

부인이

"이것은 이랑의 상이니라."

라고 하니 설부인이 놀라서 말하였다.

"세 상은 번화繁華[282)한데 저 이생에게는 저렇듯이 현격하게 차이가 납니까."

부인이 불열不悅[283)하면서 말하였다.

"참으로 먹이고 싶은 정이 없으니 강잉强仍[284)하지는 못하겠노라."

설부인이 슬퍼 눈물을 흘리면서 말하였다.

---

276) 야야爺爺 : 아버지.

277) 하저下箸 : 젓가락을 댄다는 뜻, 즉 음식 먹음을 이름.

278) 외당外堂 : 사랑.

279) 식반食盤 : 음식을 차려 놓은 상.

280) 찬품饌品 : 반찬거리가 되는 것.

281) 박약薄弱 : 불충분하거나 모자란 데가 있음.

282) 번화繁華 : 번성하고 화려함.

283) 불열不悅 : 기뻐하지 않음.

284) 강잉强仍 : 억지로 참지 못함.

"옛날 아버지께서 저 이생을 어떻게 하라고 하셨는데 이제 박절하기를 이렇듯 하십니까."

부인이 경색哽塞285)하여 대답하지 못하였다. 추관이 칠 일을 머무른 후 발행發行286)하는데, 부인이 방안에 추관 부부를 송별하는 연석宴席287)을 배설排設288)하였다. 추관이 어사 형제와 더불어 내당內堂289)에 들어오는데, 이생이 양씨290)를 처음 보고 참으로 천고千古에 없는 미녀이므로 한 번 보고는 매우 경탄하였다. 부인과 어사 형제가 이생을 보니, 소세梳洗291)를 하지 않아 두 발이 더러운 가운데 골격이 웅위雄威292)하고 신체가 동탕動蕩293)하지만 단정함이 없었다. 이에 비해 설추관은 홍포紅袍294) 가운데 소아騷雅295)한 형용形容296)을 보니 새로이 사랑스러웠다. 장녀는 봉관鳳冠297) 화리花履298)에 명부命婦299)의 복

---

285) 경색哽塞 : '지나치게 소리를 내어 울어 목이 막힌다.'는 뜻이나, 여기서는 말문이 막힌다는 뜻으로 해석하는 것이 알맞음.

286) 발행發行 : 길을 떠남.

287) 연석宴席 : 잔치를 베푸는 자리.

288) 배설排設 : 연회나 의식에 쓰는 물건을 늘어놓음.

289) 내당內堂 : 안방.

290) 첫째 딸, 즉 처형을 가리킴.

291) 소세梳洗 : 머리를 빗고 낯을 씻는 일.

292) 웅위雄威 : 웅장하고 위엄이 있음.

293) 동탕動蕩 : 얼굴이 두툼하고 잘 생김.

294) 홍포紅袍 : 조선 시대에, 삼품 이상의 벼슬아치가 입던 붉은색의 예복이나 도포.

295) 소아騷雅 : 풍치가 있고 아담함.

296) 형용形容 : 사람의 생김새나 모슈

297) 봉관鳳冠 : 황태후나 왕후가 쓰던 관.

색복色[300]이 화려하고 현요眩耀[301]한 데 비해, 차녀는 녹의홍상
綠衣紅裳[302]에 매우 초초草草[303]하여 스스로 필부匹婦[304]의 일생
으로 마치는 듯하였다. 이에 부인은 돌돌咄咄[305]하면서 증한增
恨[306]하고 이생이 더욱 미워지되 겨우 참고 앉았다.

상을 들이는데 옥반금기玉盤金器[307]에 진수성찬이고 새겨진
꽃빛이 봄 경치를 이루었다. 상이 이생에게도 이르렀는데 낮은
상에 깨어진 그릇에 부족하고 모자란 반찬이 서너 그릇이었으
니, 어사 형제와 추관의 상과 비교할 수 없었다. 남씨, 경씨
두 부인과 설부인이 차악嗟愕[308]하지 않을 수 없었다.

또한 네 분의 부인에게 상이 이르는데 성찬盛饌[309]이 어사
등에 비해 작지 않으므로, 무안하게 여겨 네 부인들이 젓가락을
들지 않은 채 곁눈질로 이생을 보니 단정히 앉아 있고 태연하게

---

298) 화리花履 : 비단에 꽃을 수놓은 신발.
299) 명부命婦 : 봉작을 받은 부인.
300) 복색服色 : 신분이나 직업에 따라서 다르게 맞추어서 차려입던 옷의 꾸
밈새와 빛깔.
301) 현요眩耀 : 눈부시고 찬란함.
302) 녹의홍상綠衣紅裳 : 연두저고리와 다홍치마.
303) 초초草草 : 갖출 것을 다 갖추지 못하여 초라함.
304) 원문에는 '필녀'로 되어 있으니, 필부의 오기임.
305) 돌돌咄咄 : 혀를 차는 소리.
306) 증한增恨 : 더욱 한탄함.
307) 옥반玉盤은 옥돌로 만든 쟁반이나 밥상이고 금기金器는 금으로 만든
그릇과 기구. 좋은 상과 그릇.
308) 차악嗟愕 : 슬픈 일을 당하여 몹시 놀란 상태에 있음.
309) 성찬盛饌 : 풍성하게 잘 차린 음식.

상을 받으려 할 뿐 눈을 들어 좌우를 보지 않고 만면에 화기和
氣[310]가 가득하여 봄바람이 부는 듯하였다. 제인諸人[311]이 한
그릇도 먹지 못하였을 때 이생은 이미 다 먹고 하나도 남긴
것이 없으므로, 세 부인이 그 도량度量[312]에 탄복하면서도 음식
의 양이 모자란 것을 차석嗟惜[313]해 하였다. 추관이 이생이 많이
먹는 양을 보고 두어 개 찬물饌物[314]을 나누어 더 먹기를 권하니,
이생이 사양하지 않고 받아먹었다.

네 부인이 젓가락을 대지 않으므로 부인이 물었다.

"식사를 거의 마치게 되었는데 두 아들과 딸들은 먹지 않느
냐."

대답하였다.

"기운이 편치 않아서 젓가락을 대기 싫습니다."

따라서 상을 물리고 이어 저녁이 들어오는데 반찬거리가 마
찬가지로 내도來到[315]하므로 세 부인이 더욱 무안하여 이생의
기색을 살폈지만 온화한 기색이 자약自若[316]하였다. 어사 등
네 사람이 한꺼번에 일어나 외당外堂[317]을 나가는데 설부인이

---

310) 화기和氣 : 온화한 기색 혹은 화목한 분위기.
311) 제인諸人 : 여러 사람.
312) 도량度量 : 너그럽게 용납하여 처리할 수 있는 넓은 마음과 깊은 생각.
      여기서는 이러한 의미에 큰 식량食量의 뜻도 들어 있음.
313) 차석嗟惜 : 애달프고 안타까워 함.
314) 찬물饌物 : 반찬거리가 되는 것. 또는 반찬의 종류.
315) 내도來到 : 어떤 지점에 와 닿음.
316) 자약自若 : 큰일을 당해서도 놀라지 아니하고 보통 때처럼 침착함.

경해驚駭318)함을 참지 못하여 모친에게 고하였다.

"설군과 이랑은 같은 사위이거늘 어찌 그렇게도 편벽偏僻319) 하십니까. 이것은 시녀들의 방자함입니다."

이에 소저가 웃으면서 말하였다.

"저저姐姐320)는 식노息怒321)하소서. 혹 반찬이 부족해도 시녀들이 잘못함이라 관련짓겠습니까."

설부인이 말하기를,

"여러 번 부족한 것은 있을 수 없으니 이는 무안한 일이거늘 너희 부부는 조금도 개의함이 없으니 짐짓322) 부부로구나." 라고 하고는 설부인이 여러 번 시녀에게 죄를 묻기를 고하니 태부인323)이 말하였다.

"네 말이 비록 옳지만 이생은 참으로 어여쁨이 없어 내 심히 미워하여 먹이고 싶은 뜻이 없으므로 저 미련한 몸종이 어찌 알겠는가. 내 마음을 접으니 죄를 다스리지 못하겠노라."

설부인이 탄식하면서 말을 하지 않았다. 다음날 추관 부부

---

317) 외당外堂 : 사랑.
318) 경해驚駭 : 뜻밖의 일로 몹시 놀람.
319) 편벽偏僻 : 생각 따위가 한쪽으로 치우쳐 있다. 또는 정상에서 벗어날 정도로 지나침.
320) 저저姐姐 : 누님을 뜻하나, 여기서는 언니로 해석됨.
321) 식노息怒 : 노여움을 가라앉힘.
322) 짐짓 : 여기서는 '과연'의 뜻.
323) 태부인太夫人 : 대부인. 남의 부인을 높여 부르는 호칭으로서 여기서는 설부인의 어머니 즉, 이생의 장모를 가리킴.

가 하직하고 길을 떠날 때, 일가一家가 체루涕淚하면서 상별相
別324)하니 설부인이 여동생의 손을 잡고 추연惆然325)히 말하였
다.

"내 요사이 가중家中의 경색景色을 보니 태태太太326)와 사위가
거의 뜻이 크게 벌려졌으므로, 옛날 아버님이 이생을 무애撫
愛327)하시던 일을 떠오르니 어찌 슬프지 않겠는가. 동생은 오로
지 삼가 공경하여 아버님의 영혼에 죄를 얻지 말라."

소저가 읍읍泣泣328)하면서 대답하였다.

"인정이 저절로 여차如此329)하니 강충江充330)이라도 한스러
워하지 않겠거늘, 소매小妹331)에게는 소천所天332)이 소중하니
어찌 부도婦道333)를 잃으리오."

말을 마치고 서로 연연戀戀334)해 하다가 서로 헤어졌다.

---

324) 상별相別 : 서로 이별함.
325) 추연惆然 : 처량하고 슬퍼함.
326) 태태太太 : 어머니.
327) 무애撫愛 : 어루만지며 사랑함.
328) 읍읍泣泣 : 눈물을 흘리고 또 흘림.
329) 여차如此 : 이와 같음.
330) 한나라 무제 때 음모를 꾸며 무제의 황태자인 여태자를 죽게 한 강충을
가리킨다. 여태자는 멀지 않아 황위를 물려받는 위치여서 너무나 억울한
죽음이었다고 한다.
331) 소매小妹 : 여동생이 오빠나 언니를 상대하여 자기를 낮추어 이르는 일
인칭 대명사.
332) 소천所天 : 아내가 남편을 이르는 말.
333) 부도婦道 : 여자가 마땅히 지켜야 할 도리.
334) 연연戀戀 : 서로 잊지 아니 비련을 가짐.

그 후로 다시, 이생은 식반食盤[335)이 큰 양을 채우지 못하니 자연히 잠자기를 일삼고 학업은 전폐하므로 부인과 집안 사람들이 미워하였다. 소저는 민망하여 하루는 이생이 깬 틈을 타서 문득 말하고자 하려다가 주저하였다. 이것은 피차 결발結髮[336) 한 지 육 년에 엄정嚴正[337)하고 침중沈重[338)하여 일찍이 수작酬酌[339)이 드물므로 저절로 수습收拾되는 것이었다.

이생이 저 거동을 보고 자연히 연애憐愛[340)하여 흔연欣然[341) 히 물었다.

"그대는 무슨 소회所懷[342)가 있도다."

소저가 염임斂衽[343)하면서 대답하였다.

"제가 한 마디 말을 군자君子[344)에게 고하고자 하니 당돌함을 용서하시겠습니까."

이생이 흠신欠身[345)하면서 대답하였다.

"원컨대 가르침을 듣고자 합니다."

---

335) 식반食盤 : 음식을 차려 놓은 상.
336) 결발結髮 : 상투를 틀거나 쪽을 짐.
337) 엄정嚴正 : 엄격하고 바름.
338) 침중沈重 : 성격, 마음, 목소리 따위가 가라앉고 무게가 있음.
339) 수작酬酌 : 말을 주고받음.
340) 연애憐愛 : 불쌍히 여겨 사랑함.
341) 흔연欣然 : 기쁘게.
342) 소회所懷 : 마음에 품은 생각.
343) 염임斂衽 : 삼가 옷깃을 여밈.
344) 군자君子 : 예전에 아내가 남편을 높여 부르던 말.
345) 흠신欠身 : 경의를 나타내기 위해 몸을 굽힘.

소저가 피석避席346)하면서 말하였다.

"이것은 타시他是347) 아닙니다. 군자께서는 외로운 독신獨身348)으로 내무형제內無兄弟349)하고 외무친척外無親戚350)하므로 입신양명하여 부모께 현달하는 것은 군자 한 몸에 달려 있습니다. 존구고尊舅姑351)께서 유명간幽冥間352)에서 바라심이 있으신지라, 마땅히 학업을 힘써 부지런히 닦아 현달하도록 한 시라도 느슨하게 하면 안 됩니다. 그런데 군자께서는 나이가 열아홉 살이 되도록 이를 생각하지 않으시고 근래에는 학업을 전폐하시니, 이것이 제가 의혹을 가지는 바입니다. 감히 존의尊意353)를 청해 듣고자 하나이다."

이생이 문파間罷에354) 변색變色355)하고 거수擧袖356)하고 칭사稱謝357)하면서 말하였다.

"현재賢才로다. 오늘 자네 교회敎誨358)를 들으니 수불만雖不滿

---

346) 피석避席 : 공경을 표시하기 위해 앉았던 자리에서 일어남.
347) 타시他是 : 다른 것이.
348) 독신獨身 : 형제자매가 없는 사람.
349) 내무형제內無兄弟 : 안으로 형제가 없음.
350) 외무친척外無親戚 : 밖으로 친척이 없음.
351) 존구고尊舅姑 : 시부모를 높여 부르는 말.
352) 유명간幽冥間 : 저승.
353) 존의尊意 : 상대방의 의견을 높여 이르는 말.
354) 문파間罷에 : 다 듣고.
355) 변색變色 : 화가 나는 등 감정의 변화로 얼굴빛이 달라짐.
356) 거수擧袖 : 남에게 답례 인사를 하기 위하여 소매를 들어 올림.
357) 칭사稱謝 : 고마운은 표현함.
358) 교회敎誨 : 가르쳐 지난날의 잘못을 깨우치게 함.

이나359) 감동하지 않으리오. 그러나 복僕360)이 또한 이를 모르지는 않되, 책을 잡지 못하는 것은 타고他故361)가 아니라 내 타고난 양이 괴로울 만큼 큰데 아침저녁의 음식이 충복充腹362)하지 못하므로 강개慷慨363)하여 글 읽을 정신이 없어서이로세. 그대가 괴롭게 여기니 감심甘心364)할 뿐이로다."

소저가 말을 다 듣고 참연慘然365)하고 경괴驚怪366)하여 묵묵반향默默半晌367)하다가 천연天然히368) 협실夾室369)로 들어가 자개 장렴粧奩370)과 진주371)를 내어 가만히 시녀에게 화매和賣372)하게 하여 아침저녁으로 식반食盤에 보태도록 하였지만 매양 이루지 못하였으니, 이생이 혹 책을 펴 보나 소리 내어 읽음이 없었다.

---

359) 수불만雖不滿이나 : 비록 마음이 편치 않으나.
360) 복僕 : 자신을 낮추어 표현하는 말.
361) 타고他故 : 다른 까닭.
362) 충복充腹 : 음식의 좋고 나쁨을 가리지 않고 고픈 배를 채움.
363) 강개慷慨 : 의롭지 못한 것을 의기가 복받치어 원통하고 슬픔.
364) 감심甘心 : 괴로움이나 책망을 달게 여김.
365) 참연慘然 : 참혹하게 여김.
366) 경괴驚怪 : 뜻밖의 상태에 놀람.
367) 묵묵반향默默半晌 : 한참 동안 아무 말이 없음.
368) 천연天然히 : 시치미를 뚝 떼어 겉으로는 아무렇지 아니한 듯이.
369) 협실夾室 : 안방에 붙은 방. 곁방.
370) 장렴粧奩 : 경대鏡臺. 거울을 버티어 세우고 그 아래에 화장품 따위를 넣는 서랍을 갖춰 만든 가구.
371) 원문에는 '지뉴'로 되어 있으나 진주의 오기로 보임.
372) 화매和賣 : 사는 사람과 파는 사람이 군말 없이 사고팖.

이처럼 간핍艱乏[373]함이 수년이 되었는데, 설추관은 부인에게 보내는 것이 많았다. 화부인이 애서愛壻[374]로 일컫고, 집안의 종들이 모두 설생만 알고 이생은 견마犬馬[375] 같이 여겼으니, 공경하고 예대禮待[376]하는 사람은 오직 소저 한 사람뿐이었다. 이 때 집안의 의논이 분분紛紛[377]하여 이생을 박축迫逐[378]하기에 이르렀으나, 이생은 거위鉅偉[379]하고 광활廣闊하므로 그 기색을 알면서도 청이불문聽而不聞[380]하여 심기心氣가 안한安閑[381]하니, 소저가 참연慘然[382]히 스스로 마음이 아파 어떻게 할 줄 몰라 하였다. 경씨와 남씨 두 부인이 그 가부家夫[383]의 행사行使[384]를 차석嗟惜[385]하니 화부인이 심화心火[386]가 대발大發[387]하여 병이 생기고서 점점 심해졌다. 자녀들이 구호救護[388]

---

373) 간핍艱乏 : 살림이 매우 어려워 없는 것이 많음.
374) 애서愛壻 : 사랑하는 사위.
375) 견마犬馬 : 개나 말.
376) 예대禮待 : 예를 갖추어 대함.
377) 분분紛紛 : 소문, 의견이 많아 갈피를 잡을 수 없는 모양.
378) 박축迫逐 : 핍박하여 내쫓음.
379) 거위鉅偉 : 아주 크고 뛰어남.
380) 청이불문聽而不聞 : 듣고도 못 들은 체함.
381) 안한安閑 : 편안하고 한가로움.
382) 참연慘然 : 슬프고 참혹함.
383) 가부家夫 : 남에게 자기 남편을 이르는 말.
384) 행사行使 : 행동이나 하는 짓.
385) 차석嗟惜 : 탄식하고 애달파함.
386) 심화心火 : 마음속에서 북받쳐 나오는 화.
387) 대발大發 : 크게 일어남
388) 구호救護 : 병자나 부상자를 간호하거나 치료함.

할 때 부인이 소저를 대하여 말하였다.

"내 병은 실로 너로 말미암은 것이니 살기 어렵구나."

소저는 이미 짐작하고 안색을 온화하게 하여 대답하였다.

"소녀가 불민不敏389)하여 어머님 말씀을 깨닫지 못하오니, 어머니께서는 밝게 가르치소서."

부인이 대답하였다.

"이것은 다른 것이 아니라 내가 이생을 보기만 하면 심히 미워져 저절로 심화가 일어나니 모녀의 정리에 네 일생의 계활契活390)이 아주 보잘 것이 없는 까닭으로 소리를 내면서 인병치사因病致死391)할까 싶다. 실로 차마 보기 싫으니 이생을 집안에 없도록 한다면 내 생도生道392)를 얻을 수 있을 것이므로, 너는 어미의 정을 생각하여 내어 보내라."

소저가 듣던 끝에 이성怡聲393)하여 대답하였다.

"이생은 실로 일신이 고고孤苦394)하여 사고무탁四顧無託하니 나가라 함은 불근不近395) 인정이니 차마 못하였는데, 어머니께서 마음이 이와 같으시니 소녀는 부도婦道의 죄인이 될지언정 존명尊命396)을 거역하겠습니까. 어머니께서는 안심하소서397)."

---

389) 불민不敏 : 어리석고 둔하여 재빠르지 못함.
390) 계활契活 : 삶을 위하여 애쓰고 고생함. '결활契闊'과 같은 뜻.
391) 인병치사因病致死 : 병으로 인해 죽음.
392) 생도生道 : 살아나가는 방도.
393) 이성怡聲 : 말소리를 부드럽게 함.
394) 고고孤苦 : 외롭고 힘듦.
395) 불근不近 : 가깝지 않음.

어사가 말하였다.

"실로 박정한 일이로되 형세가 어찌할 수 없음이로다. 누이는 사사로운 정에 구애拘碍치 말라."

소저가 하는 수 없이 응낙하나 심사가 황란荒亂398)하여 오랫동안 우두커니 있다가 대인각에 이르니, 이생이 광수廣袖399)로 얼굴을 덮고 누워 있었다. 소저가 자리를 멀리 하고 신색神色400)이 자주 변하니 이생이 그 기색을 눈치 채고 일어나 앉아 날호여401) 물었다.

"악모岳母402)의 환후患候403)는 차도가 있소?"

소저가 대답하였다.

"일양一樣404)이로소이다."

이생이 다시 물었다.

"그대의 기색을 보니 마음에 품은 생각이 있는지라 듣기를 구하노라."

소저가 수괴羞愧405)하고 참한慙恨406)하여 운환雲鬟407)을 숙이

---

396) 존명尊命 : 남의 명령을 높여 이르는 말.
397) 원문에는 '관심하소서'라고 되어 있으나 문맥으로 보아 '안심'의 오기로 보임.
398) 황란荒亂 : 거칠고 어지러움.
399) 광수廣袖 : 통이 넓은 소매.
400) 신색神色 : 상대편의 안색을 높여 이르는 말.
401) 날호여 : 느리게.
402) 악모岳母 : 장모를 가리키는 말.
403) 환후患候 : 웃어른의 병을 높이는 말.
404) 일양一樣 : 같은 모양.

고 묵묵무언默默無言이므로 이생이 이 경상을 보고는 어찌 모르겠는가. 소저가 이생의 총명함을 보고 더욱 참혹한 심정이 되어 옥안玉顏[408)]이 도화桃花와 같으니 이생이 정색하고 물었다.

"그대의 수괴불안羞愧不安[409)]은 무슨 일이오?"

소저가 대답하였다.

"첩이 부도에 죄를 지음이 인정에 가깝지 않으므로 군자께 고하고자 하나 차마 발설하지 못하나이다. 그런 까닭으로 얼굴이 덥고 마음이 황황遑遑[410)]하니 무슨 면목으로 사람을 대하겠습니까."

이생이 웃으면서 말하였다.

"가히 너그럽지 못하도다. 형세가 양난兩難[411)]한 즉, 가는 나그네인들 어이하며 그대 부끄럽고 창피한 마음을 가질 필요가 있겠는가?"

소저가 대답하였다.

"저희 집 가행家行[412)]이 군자께만 오직 박한 것이 아니니, 선인先人[413)]이 세상을 버리신 후에 가세家勢[414)]가 전과 다른

---

405) 수괴羞愧 : 부끄럽고 창피함.
406) 참한慙恨 : 부끄럽고 한스러움.
407) 운환雲鬟 : 여자의 탐스러운 쪽찐 머리.
408) 옥안玉顏 : 아름다운 얼굴.
409) 수괴불안羞愧不安 : 부끄럽고 창피하여 마음이 편치 않음.
410) 황황遑遑 : 갈팡질팡 어쩔 줄 모르게 급함.
411) 양난兩難 : 이러기도 어렵고 저러기도 어려움.
412) 가행家行 : 한 집안에서 대대로 이어 오는 행실과 품행.

까닭으로 인정과 가깝지 않은 것을 행하였습니다. 군자께 죄를 지은 계집이라 제가 무슨 면목으로 사람을 대하겠습니까."

말을 마치고 옥 같은 얼굴에 천 갈래 눈물이 흘러내리니 이생이 이 지경을 당하여 어찌 안연晏然[415]하리오. 슬픔에 복받쳐 말하였다.

"내 비록 밝지 못하지만 결혼한 지 육칠 년에 지심지기知心知機[416]이라. 무슨 다른 말을 하겠는가. 급히 출발하고자 하되 다만 반전半錢[417]이 없으니 내 광복廣腹[418]을 행걸行乞[419]하지 못할지라. 이것이 난처하도다."

소저가 대답하였다.

"제가 준비하리다. 알지 못하겠으니 어디로 향하시려 하는지요?"

이생이 슬프하면서 말하였다.

"내 팔자가 무상하여 일신이 외로워 의탁할 곳이 없으니 행적이 가을바람의 낙엽인지라 어디를 향해 가리오. 다만 내가 그대에게 한 마디 말을 더하고자 하느니 능히 용납하시겠는가."

소저가 공경하게 대답하였다.

---

413) 선인先人 : 선친. 돌아가신 아버지.
414) 가세家勢 : 집안의 운수나 살림살이 따위의 형세.
415) 안연晏然 : 불안해하거나 초조해하지 아니하고 차분하고 침착함.
416) 지심지기知心知機 : 마음을 알고 기미를 알아챔.
417) 반전半錢 : 아주 적은 돈을 이르는 말.
418) 광복廣腹 : 양이 큰 배.
419) 행걸行乞 : 집집마다 다니며 동냥하는 일.

"원컨대 명하신 대로 하리이다."

이생이 이에 이르러서는 명월 같은 안모顔貌420)에 슬픈 빛이 일어나 추파秋波421)에 어리어 눈물이 떨어질 듯하였다. 소저가 결발結髮422)한 지 칠 년에 남편의 수색愁色423)을 보지 못하다가 오늘 이다지 슬퍼함을 보니 심사가 참담하여 머리를 숙여 눈물이 삼삼森森424)하였는데, 이생이 이에 이르기를,

"다른 말이 아니라 내가 무상無常425)하여 부모의 가묘家廟가 어느 곳에 계시는지 모르니, 아침저녁으로 바라는 바는 분묘뿐이라. 이번에 나가면 십 년이 지나기 전에는 음신音信426)을 단절하게 될 것이므로, 돌아보면서 생각하건대 임자 없는 묘가 외로운 것을 헤아리니 아심我心427)이 최절摧折428)하다. 그대의 현덕賢德으로 나를 위하여 부모의 분묘를 사시사철 향화香火429)를 끊지 않으시면 부인의 덕을 뼈에 사무치게 느낄 것이오. 만일

---

420) 안모顔貌 : 얼굴의 생김새.
421) 추파秋波 : 이성의 관심을 끌기 위하여 은근히 보내는 눈길. 여기서는 그냥 '눈길'로 봄이 알맞음.
422) 결발結髮 : 상투를 틀거나 쪽을 짐. 즉 결혼함.
423) 수색愁色 : 근심스러운 기색.
424) 삼삼森森 : 나무가 빽빽이 우거져 무성함. 여기서는 눈물이 펑펑 흘러내리는 모습.
425) 무상無常 : 모든 것이 덧없음.
426) 음신音信 : 멀리서 전하는 소식이나 편지.
427) 아심我心 : 내 마음.
428) 최절摧折 : '좌절'과 같은 말.
429) 향화香火 : 제사.

구차苟且함이 있을진대 삶과 죽음이 다르니 차라리 아니하는 것보다 낫지 못할 것이라. 바라건대 정성으로 하고 그 다음은 유모의 무덤을 생각하라."

말을 마치자 음성이 자꾸 그쳐지면서 눈물이 연이어 떨어지니 소저는 이 지경을 당하여 구슬 같은 눈물을 방방滂滂[430]하고 심정이 오열嗚咽하면서 말하였다.

"군자께서 이르시는 바는 곧 제가 우러러 여기는 바라. 시부모님의 분묘를 어찌 감히 한 시라도 헐게 함이 있겠습니까. 오늘 말씀을 삼가 간폐肝肺[431]에 새기어 잊지 않으리니 귀체貴體[432]를 보중保重[433]하소서."

이어서 자기 혼인 때 진주로 된 수식垂飾[434]과 옥련차玉蓮차釵[435]와 순금 팔찌와 순금 지환指環[436] 한 쌍과 명주를 내어 팔아서 은자 삼백 냥을 받아 행장을 차려 주었다. 내일 출발하려 하고 부인에게 말 한 필을 빌고자 하였지만 허락하지 않으니, 소저가 탄식하고서 이에 나와 이생을 대하여 말하였다.

"말이 비록 많으나 다 병들어 허락지 않으시니 그 은자를

---

430) 방방滂滂 : 눈물 나오는 것이 비 오듯 함.
431) 간폐肝肺 : 정성스러운 마음을 비유적으로 이르는 말.
432) 귀체貴體 : 주로 편지글에서, 상대편의 안부를 물을 때 그 사람의 몸을 높여 이르는 말.
433) 보중保重 : 몸의 관리를 잘하여 건강하게 유지함.
434) 수식垂飾 : '드리개' 즉, 매달아서 길게 늘이는 장식.
435) 옥련차玉蓮차釵 : 옥으로 연꽃 무늬를 새긴 비녀.
436) 지환指環 : 가락지.

덜어 내어 말을 한 필 구하는 것이 어떠합니까."

이생이 웃으면서 말하였다.

"나는 말을 구하지 않으니 나의 두 다리가 성한지라 어찌
남의 걸음을 빌리리오."

소저가 두어 벌의 의복을 만드니, 등불 아래에서 재단을 마치
고 실과 바늘을 들어 조금도 쉼이 없이 지었다. 이생이 침석寢席
에서 비스듬히 자는 체하고 소저의 거동을 보니, 화협유미華頰柳
眉[437]에 진주 같은 눈물을 비 같이 흘리면서 행여 이생이 볼까
하여 자주 나삼을 들어 닦고 있었고, 취미翠眉[438]에는 일천 시름
이 맺혔고, 화안花顔[439]에는 만첩萬疊[440] 비회悲懷[441]를 머금고
있었다. 천태만상千態萬象이 장부의 처량한 심장心腸[442]을 어지
럽게 하며 영웅의 장심壯心[443]을 녹이니 동시에 긴 이별이 괴로
워서 슬퍼하고 복받쳐 얼굴빛이 변하면서 위로하여 말하였다.

"밤이 깊었으니 자는 것이 좋겠도다."

소저가 즉시 눈물을 거두고 대답하였다.

"일이 바쁘니 잘 수 없습니다."

이생이 간청하지 않고 자다가 다시 깨어보니 소저가 의복을

---

437) 화협유미華頰柳眉 : 아름다운 얼굴에 버들잎 같이 고운 눈썹.
438) 취미翠眉 : 푸른 눈썹이라는 뜻으로, 화장한 눈썹을 이르는 말.
439) 화안花顔 : '화용花容'과 같은 말. 꽃처럼 아름다운 여자의 얼굴.
440) 만첩萬疊 : 매우 많은 여러 겹.
441) 비회悲懷 : 슬픈 생각.
442) 심장心腸 : 마음의 속내.
443) 장심壯心 : 마음에 품은 장하고 큰 뜻.

다 지어 홰에 걸어놓고 잠자리에 나아가 잠을 이루지 못하고 있으므로, 이생이 마음속으로 여자의 정이 가련함을 연애憐愛[444]하여 섬수纖手[445]를 이끌어 베개로 뉘였다. 미명未明[446]에 소저가 일어나 다시 행장을 차리거늘 이생이 일어나 관세盥洗[447]하고 행장을 수습收拾[448]하면서 소저를 대하여 말하였다.

"내가 이번에 가면 십 년을 소식이 없을 것이니 모름지기 염려하지 말고 방신芳身[449]을 상하게 하지 말지어다. 후일 만날 때가 있을 것이니 기다리소서."

소저가 오열하면 말하였다.

"하일何日[450]에 군자께서 현달하여 돌아오시겠습니까. 그러나 저는 윤상倫常[451]을 어긴 죄인이라 어찌 군자께서 용납해 주기를 바라겠습니까. 오직 시부모님의 분묘를 몸이 닳도록 받들 것이니 염려하지 마십시오."

이생이 희허唏噓[452]하고 타루墮淚[453]하면서 말하였다.

---

444) 연애憐愛 : 불상하게 여겨 사랑함.
445) 섬수纖手 : 갸날픈 손.
446) 미명未明 : 날이 채 밝지 않은 때.
447) 관세盥洗 : 손발을 씻음.
448) 수습收拾 : 흩어진 물건을 거두어 정리함.
449) 방신芳身 : 꽃다운 몸이라는 뜻으로, 귀하고 아름다운 여자의 몸을 높여 이르는 말.
450) 하일何日 : 어느 날.
451) 윤상倫常 : 인륜의 떳떳하고 변하지 아니하는 도리.
452) 희허唏噓 : 한숨을 쉼,
453) 타루墮淚 : 눈물을 떨어뜨림.

"장모께 하직할 수 있기를 허락받을 수 있소?"

소저가 대답하였다.

"하직하셔도 무방합니다."

이생이 들어가 하직하는데 부인은 조금도 권연眷然[454]함이 없고 어사 형제는 몸을 보전하여 건강하라고 일컬을 뿐 거처去處[455]를 묻지 않았다. 이생이 표연飄然[456]히 푸지개[457]를 메고 걸어 소저를 다시 보지 않고 문을 나섰다. 부모의 분묘 아래에 나아가 소리 없이 통곡하여 하직하고 또 승상의 분묘를 눈물로 이별할 때, 영웅의 눈물이 귀밑에 흘러 슬픈 소리가 처절하니 일색日色[458]이 참담하고 세설細雪[459]이 비비霏霏[460]하여 수인愁人[461]의 회포를 돋웠다.

이 날 소저 부부가 서로 이별하니, 소저가 난두欄頭[462]에 비스듬히 서서 남편의 행색을 목도目睹[463]하였다. 고고단신孤苦單

---

454) 권연眷然 : 사모하여 되돌아봄.

455) 거처去處 : 가는 곳.

456) 표연飄然 : 훌쩍 나타나거나 떠나는 모양이 거침없음.

457) 푸지개 : '발채'라고 함. 짐을 싣기 위하여 지게에 얹는 소쿠리 모양의 물건으로 싸리나 대오리로 둥글넓적하게 조개 모양으로 결어서 접었다 폈다 할 수 있게 되어 있고, 끈으로 두 개의 고리를 달아서 얹을 때 지겟가지에 끼움.

458) 일색日色 : 햇빛.

459) 세설細雪 : 가랑눈.

460) 비비霏霏 : 부슬부슬 내리는 비나 눈의 모양이 배고 가늚.

461) 수인愁人 : 근심 있는 사람.

462) 난두欄頭 : 난간의 귀퉁이.

463) 목도目睹 : 목격함.

身464)으로 초리草履465)을 들고 푸지개를 메고서 문을 나서는데 한 사람도 권연眷然466)하는 이가 없었다. 사고무친四顧無親하여 의탁할 데가 망연茫然467)하고 이별이 무한하여 만날 기약이 묘연渺然468)하니, 약한 간장肝腸469)이 마디마디 끊어짐을 어찌 면할 수 있으리오.

대인각에 돌아오니 물색物色은 의구依舊하지만 인사人事는 변하였다. 상에 비껴 앉아 옛일을 상량商量470)하는데, 혼인한 지 팔 년에 아버지가 돌아가신 뒤 편히 받들지 못하고 조석으로 음식도 그 양을 채우지 못하던 일이 세세細細히471) 생각나니 장우혼혼長吁昏昏472)하여 울음이 그치지 않았다. 남씨와 경씨 두 부인이 이르러 위로하나 경경일심耿耿日深473)하여 골절骨節에 사무쳐 비상悲傷474)하여 몸이 여위었다. 화부인은 이 날로부터 차도가 있어 집안의 상하사람들이 기뻐하는 소리가 자자한데 오직 소저만 갈수록 마음이 아프고 슬펐다.

---

464) 고고단신孤苦單身 : 외롭고 힘든 혼자의 몸.
465) 초리草履 : 짚신.
466) 권연眷然 : 사모하여 돌아봄.
467) 망연茫然 : 아무 생각이 없이 멍함.
468) 묘연渺然 : 넓고 멀어서 아득함.
469) 간장肝腸 : 애가 타서 녹을 듯한 마음.
470) 상량商量 : 헤아려 생각함.
471) 세세細細히 : 자세히.
472) 장우혼혼長吁昏昏 : 길게 탄식하고 정신이 가물가물함.
473) 경경일심耿耿日深 : 마음에 잊히지 않고 염려됨이 날로 깊어짐.
474) 비상悲傷 : 마음이 슬프고 쓰라림.

이때 이생이 푸지개를 메고 훌쩍 떠나 수삼 일을 갔는데, 문득 큰 눈이 펄펄 내리어 일기日氣가 엄랭嚴冷475)하였다. 눈을 무릅쓰고 어두운 가운데 전진하여 큰 언덕을 넘어 가면서 자기 일신을 생각하니, 혈혈무탁子子無託하고 사고무친四顧無親하므로 하늘도 무심함을 차탄嗟歎476)할 수밖에 없었다. 조금씩 나아가다가 황혼이 되었는데 밥 한 그릇 얻을 모책謀策477)이 없어 근심하였다. 문득 사람이 우는 소리가 은은히 들리므로 점점 가까이 가 들으니 소리가 처절하여 수많은 원한을 간직한 듯하였다. 이생이 희허噫噓하면서 말하였다.

"하늘이 사람의 길흉화복을 고르게 할 텐데 알지 못하겠도다, 이 사람의 곡성이 이토록 비절悲絕478)하니 분명히 소회가 있을 것이다."

민민憫憫479)하면서 걸어갔는데 울음소리가 점점 가까워 오더니 흰옷을 입은 늙은이가 몸에 상복을 입고 오면서 울었다. 이생이 나아가 장읍長揖480)하면서 말하였다.

"존옹尊翁481)께서는 무슨 슬픔이 있어서 애통해 하여 나그네로 하여금 마음을 참담하게 합니까?"

---

475) 엄랭嚴冷 : 매우 추움.
476) 차탄嗟歎 : 탄식하고 한탄함.
477) 모책謀策 : 어떤 일을 처리하거나 모면할 꾀를 세움. 또는 그 꾀.
478) 비절悲絕 : 더할 수 없이 슬픔.
479) 민민憫憫 : 매우 딱하여.
480) 장읍長揖 : 두 손을 마주 잡아 눈높이만큼 들어서 허리를 굽히는 예.
481) 존옹尊翁 : 남자 늙은이를 높여 부르는 말.

그 사람이 대답하였다.

"나는 절강 사람인데 나이 예순이고 아흔 쌍친雙親482)을 모셨는데 본래 빈한貧寒하여서 늙은 아버지가 작년 봄에 돌아가셨습니다. 관가에 빚을 내어 장례에 썼다가 기한이 지나 노모를 잡아 가두고는 주야로 독촉하여 두루 구걸하였으나 푼전483)을 얻지 못하니, 노모는 이런 엄동을 당하여 사생死生484)이 조모朝暮485)에 급합니다. 이제 적수赤手486)로 고향을 향하니 스스로 울음이 나는 것을 깨닫지 못하였소이다."

이생이 다 듣고 안타까워하면서 말하였다.

"존옹의 말씀을 들으니 내 마음이 저절로 척척慼慼487)하여지도다. 그러나 갚을 것이 얼마입니까?"

노옹이 말하였다.

"은자 일백오십 금이 이제 갑절이 되었으니 삼백 금이면 갚을까 합니다."

이생이 이 말을 듣고 즉시 메었던 푸지개를 벗어 아무렇지 않게 주면서 말하였다.

"이것을 가져가 급화急禍488)를 면하시오."

---

482) 쌍친雙親 : 양친.
483) 푼전 : '푼돈'의 잘못.
484) 사생死生 : 죽고 삶.
485) 조모朝暮 : 아침과 저녁.
486) 적수赤手 : 맨손.
487) 척척慼慼 : 근심하는 빛이 있음.
488) 급화急禍 : 급한 재앙.

노옹이 천천만만의외千千萬萬意外[489)에 의로운 사람을 만나 이를 얻으니 크게 기뻐하면서도 오히려 통곡하므로 이생이 놀라 물었다.

"은자가 사소些少하나 그대는 급화는 면할 만하거늘 또 어찌 슬퍼하느뇨?"

노인이 말하였다.

"천만 뜻밖에 고현대의高賢大義[490)를 만나 노모를 구하게 되었으니 이 은혜는 분골쇄신하여도 갚지 못함이라서 감읍感泣[491)하지 않을 수 없습니다."

이생이 겸손하게 말하였다.

"미물을 주고 큰 말을 들으니 도리어 참괴慙愧[492)하도다. 무엇보다 노옹의 행색이 바빠 보이니 빨리 가도록 하시오."

노옹이 백배 사례하고 존성대명尊姓大名[493)을 물으니 대답하였다.

"피차가 바쁘니 묻지 말고 급히 출발하라."

노옹이 앙천仰天[494)하여 대현大賢[495)의 만복萬福[496)을 축수하

---

489) 천천만만의외千千萬萬意外 : 천만 뜻밖에.
490) 고현대의高賢大義 : 덕이 높고 뛰어난 사람의 큰 의로움.
491) 감읍感泣 : 감격하여 욺.
492) 참괴慙愧 : 매우 부끄럽게 여김.
493) 존성대명尊姓大名 : 남의 이름을 높여 부름.
494) 앙천仰天 : 하늘을 우러러 봄.
495) 대현大賢 : 매우 어질고 지혜로운 사람.
496) 만복萬福 : 온갖 복.

고 삼생三生[497)의 은혜를 각골刻骨하고 감심感心.[498)하였다.

이생이 이날 비록 큰 배를 채우지는 못하였으나 재물을 불관不關[499)하게 여기니 노옹이 이같이 사례하는 것에 마음속으로 웃었다. 이생은 푸지개가 없어 행색[500)이 더욱 빨랐는데 날은 이미 황혼이 되었다. 천산만학千山萬壑[501)을 바라보니 백설이 쌓여 사면이 백옥을 부은 듯하고 광야에 인적이 없었다. 냉기는 골수에 스며들고 기한飢寒이 심하여 총총悤悤히[502) 봉만峯巒[503)을 넘어 눈을 들어보니 인가가 벌여 있었다. 문을 두드려 부르는데 응하는 이가 없으니 배고픔이 심하나 무가내하無可奈何[504)였다. 다시 길을 더듬어 도로 나오나 조금도 푸지개를 아쉬워하지 않았다.

멀리 바라보니 동녘 산하에 큰 집이 있는데 재상의 집 같으므로 이생이 나아가 문을 두드렸다. 청의동자가 나와서 묻기를,

"이 반야半夜[505)에 인적이 없거늘 나그네는 어이 이르러 계시는지요?"

---

497) 삼생三生 : 전생·이생·후생.
498) 각골하고 감심 : 마음속 깊이 새겨 잊지 않음.
499) 불관不關 : 관계하지 않음.
500) 문맥상 '행보'로 봄이 적절하다.
501) 천산만학千山萬壑 : 수많은 봉우리와 골짜기를 이르는 말.
502) 총총悤悤히 : 급하고 바쁘게.
503) 봉만峯巒 : 뾰족뾰족하게 솟은 산봉우리.
504) 무가내하無可奈何 : '막무가내'와 같은 말. 도무지 융통성이 없고 고집이 세어 어찌할 수 없음.
505) 반야半夜 : 한밤중.

라고 하니 이생이 대답하였다.

"과객이 귀한 땅에 이르러 밤이 깊었으되 머물 곳을 얻지 못하므로 바라건대 그대는 노야老爺[506]께 사뢰어 하룻밤 들어 샘을 고하라."

동자가 들어가더니 마침내 나와서 들어오기를 청하므로 이생이 기뻐하면서 따라 들어가는데 당상堂上[507]에 촉화燭火[508]가 휘황하고 늘여져 있는 것이 기이하여 인간세상이 아니었다. 당상에 한 분 백발노인이 앉았으니 골격이 기이하여 시속의 사람이 아니었다. 이생이 나아가 예를 표하니 노인이 답읍答揖[509]하면서 말하였다.

"노신老身[510]이 정신이 모호하여 귀객을 멀리 나가 맞이하지 못하니 허물치 말라."

이생이 일러 사례하면서 말하였다.

"명박궁생命薄窮生[511]이 귀댁에 이르러 과한 대접을 받사오니 불승감사不勝感謝[512]하여이다."

공이 웃으며 말하였다.

"귀인貴人은 작은 인사를 아니 한다고 하는데 그대는 말이

---

506) 노야老爺 : 노옹老翁 혹은 남을 높여 부르는 말.
507) 당상堂上 : 대청 위.
508) 촉화燭火 : 촛불.
509) 답읍答揖 : 답례로 손을 모으고 인사함.
510) 노신老身 : 늙은 몸.
511) 명박궁생命薄窮生 : 팔자가 기구하고 복이 없는 중생.
512) 불승감사不勝感謝 : 감사한 마음을 숨기지 못함.

적도다."

이에 동자에게 명하여 말하였다.

"존객의 양이 크니 한 말의 밥과 찬품饌品을 잘 준비하여 나오너라."

이생이 마음속으로 의혹하였으니 '주인이 어찌 나의 식량食量을 아는가?'라고 하며 깊이 칭복稱服513)하였다. 이윽고 동자가 식반食盤514)을 가져오는데 과연 한 말의 밥과 산채山菜가 정결하게 큰 그릇에 가득하니, 이생이 여러 날 굶었으므로 추호도 사양하지 않고 진식盡食515)하였다.

노옹이 말하였다.

"양에 차지 않을진대 더 가져 오리라?"

이생이 사양하여 말하였다.

"주신 것이 큰 배를 채웠으니 그만하소서."

노인이 웃으며 말하였다.

"그대는 협량狹量516)이로다. 나는 어릴 적에 두 말 밥을 세 끼 먹었더라."

또 말하였다.

"그대 오늘 큰 적선을 하니 노부가 탄복하노라."

---

513) 칭복稱服 : 칭찬하면서 감복함.
514) 식반食盤 : 음식을 차려 놓은 상.
515) 진식盡食 : 다 먹음.
516) 협량狹量 : 양이 적음. 즉 배가 작음.

이생이 이렇듯 신기함을 보고 평범한 인물이 아닌 줄 경아驚訝517)하여 물었다.

"이 어인 말씀이십니까. 생이 본래 빈곤한지라 적선한 것이 없나이다."

공이 말하였다.

"군자는 대인을 속이지 않는다 하니 그대 저렇게 먹는 양에 반정反情518)을 없이 행하리오."

이생이 말하였다.

"이처럼 얻어먹으면 견딜 수 있지 않겠습니까."

노인이 크게 웃으며 말하였다.

"소년의 말이 오활迂闊519)하도다. 그러나 노부는 그대를 알거니와 그대는 나를 모르리라. 다만 그대에게 붙일 말이 있나니, 심상甚詳520)히 알려 하지 말라. 마땅히 안거安居521)하여522) 학문을 넓힐 곳이 있거늘 도로에서 방황함이 무익無益하지 않겠느냐."

이생이 대답하였다.

"소자는 아득하여 깨닫지 못하오니, 대인은 밝게 가르치소

---

517) 경아驚訝 : 놀라고 의아하게 여김.
518) 반정反情 : 반발하거나 싫어하는 마음.
519) 오활迂闊 : 사리에 어둡고 세상 물정을 잘 모름.
520) 심상甚詳 : 깊고 자세함.
521) 안거安居 : 평안히 지냄.
522) 원문에는 '안거할 곳을'으로 되어 있으나 오기로 보임.

서."

공이 말하였다.

"낙양 땅 청운사가 매우 부요富饒[523]하고 그 절의 중이 의기가 많으니 족히 안거하여 공부를 착실하게 할 수 있을지라. 노부가 반전半錢을 보태리라."

이생이 칭사稱謝[524]하되 노인이 말하였다.

"삼백 냥 은자를 푸지개째 주고도 사례하는 것을 기뻐하지 않았고, 이제 도리어 사오 전 냥을 사례하는 것이 과례過禮[525]가 아니랴?"

또 말하였다.

"행로行路[526]에 피곤할 것이오. 본대 잠이 많으니 그만하여 자고 내일 나를 찾지 말라."

이생이 고하였다.

"존공이 찾지 말라는 말씀이 어디에 있으심이뇨? 진실하지 못할까 하나이다."

노인이 말하였다.

"진실한 일이 있으니 의심하지 말고 즐기는 잠이나 사라."

이생이 깊이 의혹스러우나 여러 날 신고辛苦[527]하여 몸이 잇

---

523) 부요富饒 : 부유함.
524) 칭사稱謝 : 고마움을 표현함.
525) 과례過禮 : 지나친 예절.
526) 행로行路 : 길을 감.
527) 신고辛苦 : 고생함.

브고528) 잠이 더욱 왔다. 누웠는데 동방이 밝는 줄도 깨닫지 못하였다. 문득 몸이 서늘하므로 일어나 보니, 웅장한 누각과 늙은이는 없고 은과 글을 쓴 종이 한 장, 그리고 황낭黃囊529) 한 개, 차 한 그릇이 놓여 있었다. 바야흐로 신선의 소위所爲530)인 줄 알았다. 이생이 경황驚惶531)하여 글을 쓴 종이를 펴 보니

 '노부532)가 세상을 뜨니 네 몸이 늘 괴롭도다. 표연히 길을 떠나 단지 하나 푸지개인데 적선하니 삼백 냥 은자를 기연棄捐533)하고 버렸도다. 수삼 일 길을 가되 조금도 푸지개를 아까워하지 않으니 그 도량이 넓고 덕이 크도다. 황천이 감동하여 복을 내리오사 나로 하여금 너의 피곤한 것을 구하고 비서祕書534)를 주나니 가르친 말을 어기지 말라. 이 차를 먹으면 천리를 갈 것이니라.'

라고 하였다.

 이생이 보기를 다한데 끝에 또 썼으되,

 '빙악聘岳535) 양자윤은 사랑하는 사위 이경작에게 부치노라.'

라고 하였다.

---

528) 잇브고 : 몸이 고단하고.
529) 황낭黃囊 : 예전에 혼인 때 신랑이 차던 노란 주머니.
530) 소위所爲 : 한 일. 소행.
531) 경황驚惶 : 놀랍고 두려워 당황함.
532) 누부 : 양승상을 가리킴.
533) 기연棄捐 : 재물을 내놓아 남을 도와줌.
534) 비서祕書 : 비밀스러운 글.
535) 빙악聘岳 : 장모와 장인.

이생이 감창感愴536)하여 눈물 두어 줄을 흘리고 낭서囊書537)와 차를 수습收拾538)하고 또 차를 마시니 정신이 상쾌하였다. 몸을 일으켜 장인의 전후 은혜를 생각하니 의의가 넓고 밝으므로 영웅의 철석금심鐵石金心539)이나 저절로 눈물이 마구 흘렀다.

문득 석상石上540)에서부터 한 바탕의 큰 바람이 일어나 몸을 붙여 들 밖으로 나오니 공중에서 소리쳐 말하였기를, "빨리 나가고 늦지 말라."라고 하거늘, 이생이 우러러 감읍感泣541)하여 재배하고는 행하여 낙양에 이르렀다.

청운사를 찾아가니 큰 절을 산이 둘러 있고 전각殿閣542)이 영롱하여 구름 위에 솟았고 사문寺門543)이 정제整齊544)하였다. 이생이 바삐 나아가니 여러 스님이 저녁 재齋를 마치고 북을 치는데, 노승이 법당에 단좌端坐545)하였으니 체골體骨546)이 완연히 득도하였는지라. 이생이 나아가 장로를 향하여 읍한데, 장로長老547)가 놀라 전도顚倒548)하면서 답례하고 말하였다.

---

536) 감창感愴 : 가슴에 사무쳐 슬픔.
537) 낭서囊書 : 주머니 속의 글.
538) 수습收拾 : 흩어진 물건을 주워 거둠.
539) 철석금심鐵石金心 : 매우 굳고 단단한 마음.
540) 석상石上 : 바위 위.
541) 감읍感泣 : 감격하여 흐느낌.
542) 전각殿閣 : 궁전과 누각.
543) 사문寺門 : 절의 문.
544) 정제整齊 : 정돈하여 가지런함.
545) 단좌端坐 : 단정하게 앉음.
546) 체골體骨 · 세격.

"귀객은 어느 곳을 좇아 이곳에 이르시뇨? 노승이 기이한 꿈속에서 황룡이 법당에 들거늘, 놀라 깨어나 종일토록 귀객貴客[549]을 기다렸는데 존객尊客[550]이 오시니 빈승貧僧[551]의 꿈과 맞는가 하나이다."

이생이 겸손하게 말하였다.

"어찌 몽사夢事를 당하겠습니까. 묻노니 존사尊師[552]의 법명을 무엇이라고 하며, 양식 없는 나그네를 용납하시겠습니까?"

장로가 합장하면서 대답하였다.

"절 이름은 청운사이고, 빈승이 비록 불민不敏[553]하나 궁한 사람을 지내게 했으니 하물며 귀객을 가볍게 대하리오. 원컨대 높으신 이름을 듣고자 하나이다."

이생이 말하였다.

"나의 성명은 이경작이오 자는 문성이라."

장로가 말하였다.

"빈승의 법명은 '현불장로現佛長老'라고 하고 성명은 감춘 지 오래 되었나이다."

---

547) 장로長老 : 배움이 크고 나이가 많으며 덕이 높은 승려를 높여 이르는 말.
548) 전도顚倒 : 엎어져 넘어짐.
549) 귀객貴客 : 귀한 손님.
550) 존객尊客 : 높고 귀한 손님.
551) 빈승貧僧 : '빈도貧道'와 같은 뜻. 승려나 도사가 자기를 낮추어 이르는 일인칭 대명사.
552) 존사尊師 : 도사를 높여 이르는 말.
553) 불민不敏 : 어리석고 둔하여 민첩하지 못함.

마침내 방장方丈554)에 들어 상좌上佐555)를 불러 분부하였다.

"이 상공의 체도體度556)를 보니 식량이 너른지라 재식齋食557)을 많이 하여 오라."

이윽고 재식을 드릴 때 큰 그릇에 밥이 높고 산채가 정결하였다. 이생이 여러 날 만에 오늘에서야 양을 다 먹은 후에 이르기를,

"내 실로 의탁할 곳이 없어 정히558) 방황하였는데, 천행으로 장로를 만나 관대하게 대접을 받으니 삼생의 행운이라."
라고 하니 장로가 대답하였다.

"상공은 대인이라. 나중에 복록이 미칠 사람이 없으리니 빈승이 어찌 정성을 다하지 아니리오."

이어서 고하였다.

"뒤뜰 초당草堂559)이 조용하여 독서하기에 유벽幽僻560)하오니 상공은 이곳에 거처하소서."

또 상좌 한 명을 가리켜 말하였다.

"이 사람은 도제徒弟561)이니 이름은 청아라. 좌와坐臥562)에

---

554) 방장方丈 : 고승이 머무는 처소.
555) 상좌上佐 : 스승의 대를 이을 여러 승려 가운데에서 가장 높은 사람.
556) 체도體度 : 몸가짐과 태도를 아울러 이르는 말.
557) 재식齋食 : 불가의 식사. 또는 법회의 시식施食.
558) 정히 : 진정으로 꼭.
559) 초당草堂 : 집의 원채 밖에 억새·짚 등으로 지붕을 인 조그마한 집채.
560) 유벽幽僻 : 한적하고 외짐.
561) 노세徒弟 : 제자.

두시어 사환使喚563)하게 하소서."

이생이 고마움을 표현하고 초당에 이르니, 집물什物564)이 가지런하고 매우 많은 서책이 쌓여 있었다. 이생이 크게 기쁨을 감추지 못하고 이날부터 공부를 시작하여 수삼 일 후 주야로 불철不撤565)하니 웅혼한 소리가 구소九霄566)의 학려성鶴唳聲567) 같았다. 이생의 관홍寬弘568)한 거동과 발월發越569)한 풍채와 쇄락灑落570)한 말씀을 크게 공경하여 애모愛慕하고, 이생은 장로의 기상을 마음속으로 거룩히 여겨 칭찬하였다.

세월이 오래 지났으되 청아가 주야로 떠나지 않고 순종함이 그림자 좇듯 하니, 이생이 백사百事571)가 평안하고 한가로워 밤낮으로 성경현전聖經賢傳572)과 제자백가를 통달하여 문리文理573)가 날로 향진向進하고 아울러 병서를 잠심潛心574)하고 정통精通575)하여 일찍이 게으름이 없었다.

---

562) 좌와坐臥 : 앉음과 누움.
563) 사환使喚 : 심부름을 시킴.
564) 집물什物 : 집 안에 쓰는 온갖 물건.
565) 불철不撤 : 쉬지 않음.
566) 구소九霄 : 높은 하늘.
567) 학려성鶴唳聲 : 학의 울음소리.
568) 관홍寬弘 : 마음이 너그럽고 큼.
569) 발월發越 : 용모가 깨끗하고 훤칠함.
570) 쇄락灑落 : 기분이나 몸이 상쾌하고 깨끗함.
571) 백사百事 : 모든 일.
572) 성경현전聖經賢傳 : 성인과 현인의 경전.
573) 문리文理 : 사물의 이치를 깨달아 아는 힘.
574) 잠심潛心 : 마음을 두어 깊이 생각함.

이때는 납월臘月576) 중순으로, 매화는 추운 것을 자랑하고
백설은 구슬을 이루고 명월은 교교皎皎577)하여 눈 위에 밝으니
설경雪景이 절승絕勝578)하였다. 이생이 청아와 더불어 달빛에
마음이 움직여 산문山門579)에 나와 완경玩景580)하다가 시흥이
도도滔滔581)하여 풍월風月582)을 한 수 지어 읊는데, 기약期約583)
하지 않은 두 소년이 월하月下에서 손을 이끌며 배회하다가
이곳에 다다랐다.

　두 소년은 청운산 남쪽 청운동에 있는데 한 명은 유백문이고
다른 한 명은 임강수로서, 두 사람의 풍모가 순아醇雅584)하고
문채文彩585)가 수발秀拔586)하되 모두 일찍 부모를 여의어 각각
그 실가實家587)에 의탁하였다. 두 사람은 본대 의기가 서로 맞은
절친한 붕우로서, 삼춘三春588) 가절佳節과 월백月白의 매림梅

---

575) 정통精通 : 어떤 사물에 깊고 자세히 통함.
576) 납월臘月 : 음력 섣달.
577) 교교皎皎 : 달이 썩 맑고 밝음.
578) 절승絕勝 : 경치가 비할 데 없이 빼어나게 좋음.
579) 산문山門 : 절의 바깥문.
580) 완경玩景 : 경치를 즐김.
581) 도도滔滔 : 벅찬 감정이나 주흥 따위를 막을 길이 없음.
582) 풍월風月 : 맑은 바람과 밝은 달을 대상으로 지은 시.
583) 기약期約 : 때를 정하여 약속함.
584) 순아醇雅 : 순수하고 품위가 있음.
585) 문채文彩 : 문장의 멋.
586) 수발秀拔 : 뛰어나게 훌륭함.
587) 실가實家 : 처가.
588) 삼춘三春 : 봄의 석 달.

林589)을 한유開遊590)하여 산 위에 올랐는데, 문득 글 읊는 소리가 나므로 두 사람이 들으니 청음淸音591)이 웅혼하여 문장이 발현하였다. 두 사람이 경아驚訝하여 말하기를,

"이는 벽벽592)히 이태백이 하강하였도다. 우리 한 번 구경하는 것이 만행萬幸593)이 아니리오."

라고 하고는 서로 성음聲音594)을 따라 운산雲山을 넘어 산문山門에 다다라 보니 한 소년이 갈건葛巾595)·혁대革帶에 백포광삼白布廣衫596)을 부치면서597) 배회하고 있었다. 그 늠름한 풍채와 수려한 기상은 광풍제월光風霽月598)과 같고 우아한 얼굴은 수파백년水波百蓮599)과 같았다. 두 사람이 경복敬服600)함을 이기지 못하여 팔을 들어 장읍長揖하면서 말하였다.

"소제小弟601) 두 사람은 청운동에 사는데 달 아래 눈 속의 매화를 구경하다가 존형尊兄602)이 글 읽는 소리를 들으니 족히

589) 매림梅林 : 매화나무숲.
590) 한유閑遊 : 한가롭게 노닒.
591) 청음淸音 : 맑고 깨끗한 소리.
592) 벽벽 : 틀림없이 그러하리라고 미루어 헤아림.
593) 만행萬幸 : 매우 다행함.
594) 성음聲音 : 목소리.
595) 갈건葛巾 : 갈포로 만든 두건.
596) 백포광삼白布廣衫 : 소매가 넓은 흰 도포.
597) 부치면서 : 넓은 소매를 흔들어 바람을 일으키는 듯한 모습을 묘사함.
598) 광풍제월光風霽月 : 비가 갠 뒤의 맑게 부는 바람과 밝은 달.
599) 수파백년水波百蓮 : 잔잔한 물결 속에 핀 흰 연꽃.
600) 경복敬服 : 존경하여 감복함.
601) 소제小弟 : 나이가 가장 어린 아우.

태백太白[603])과 장경長卿[604])의 위이므로 한 번 가르침을 듣고자 하노라."

이생이 대답하였다.

"소제는 원방遠方[605]) 사람으로서 우연히 이곳에 유락流落[606]) 하다가 가절佳節[607])을 만나 시를 읊으면서 객회客懷[608])을 창화 唱和[609])함이었는데, 그대의 과장하는 말을 들으니 어찌 감당하 리오."

두 사람이 고향과 성명을 물어 피차가 근본을 이르니 세 사람 의 고혈孤子[610])한 것이 방불彷彿[611])하였다. 피차 늦게 만난 것을 한탄하고 교도交道[612])를 열어 연치年齒[613])를 물으니 이생이 또 한 동년同年[614])이므로 희행喜幸[615])하여 말하였다.

---

602) 존형尊兄 : 같은 또래 사이에서 상대편을 높여 부르는 말.

603) 태백太白 : 당나라 현종 때의 천재 시인인 이백李白(701~762년)의 자. 시선詩仙으로 불림. 원문에는 '빅빅'으로 오기되어 있음.

604) 장경長卿 : 중국 전한시대의 유명한 부부賦 작가인 사마상여司馬相如(BC 179~117)의 자. 탁문군卓文君과의 로맨스로 유명함. 원문에는 '자건'으로 오기되어 있음.

605) 원방遠方 : 먼 지방.

606) 유락流落 : 고향을 떠나오게 됨.

607) 가절佳節 : 아름다운 계절.

608) 객회客懷 : 객지에서 느끼는 외롭고 쓸쓸한 심정.

609) 창화唱和 : 연주에 맞추어 노래를 부름.

610) 고혈孤子 : 가족이나 친척이 없이 외로움.

611) 방불彷彿 : 거의 같음.

612) 교도交道 : 친구와 사귀는 도리.

613) 연치年齒 : 나이.

614) 동년同年 : 나이가 같음.

"이것은 천의天意[616)가 세 사람으로 삼생의 언약을 두심이라."

라고 하고 야심하도록 고금을 담론하면서 술을 마시는데 한기寒氣가 스며들어 옷을 적시므로, 다음날 만나기를 기약하고 분수分手[617)하였다. 이생이 절로 돌아와 자고 이튿날 글을 읽는데 청아가 아뢰었다.

"임·유 두 상공이 술과 안주를 가져와 이르러 계시나이다."

이생이 맞이하면서 말하였다.

"양형兩兄은 신사信士[618)로다."

두 사람이 말하였다.

"소제 등이 한 번 형을 만났는데 어찌 오기를 더디 하리오. 형이 오랫동안 산간에 머물러 주육酒肉[619)을 그쳤을 것이기에 우리 형을 위하여 주찬을 가져 왔으니 금일은 해소解蘇[620)함이 어떠하뇨?"

이생이 칭송하는 말을 하고 잔을 들어 마시는데, 세 사람이 종일토록 즐기다가 흩어지니 이 후로는 서로 모두 피차 정이 비치어[621) 관포지정管鮑之情[622)을 허락하였다.

---

615) 희행喜幸 : 기쁘고 다행스러움.

616) 천의天意 : 하늘의 뜻.

617) 분수分手 : 함께 있다가 헤어짐.

618) 신사信士 : 신의가 두터운 선비.

619) 주육酒肉 : 술과 고기.

620) 해소解蘇 : 어려운 일이나 문제가 되는 상태를 없애어 새로운 기운을 가짐.

다음해 봄이 되어 세 사람이 소매를 이끌어 청운산에 이르렀
는데, 백화百花623)가 작작灼灼624)하여 암향暗香625)을 날리고 양
류楊柳는 의의依依626)하여 청사靑絲627)를 드리웠고 맑은 시냇물
은 잔잔하여 향기를 흘렸다. 세 사람은 흥을 이기지 못하여
시를 지어 창화唱和628)하면서 즐기니, 이생은 원래 말씀이 담묵
淡墨629)하고 두 사람은 민첩표일敏捷飄逸630)하였다. 이생을 향
하여 말하였다.

"요사이 경사京師631)에서 설과設科632)하여 인재를 뽑는다고
하니 같이 가기를 바라노라."

이생이 말하였다.

"소제는 십 년을 독서하여 삼십 후에 과거 보기를 작정하였나
니, 두 형은 한 번 가거든 머리에 계화桂花633)를 꽂고 돌아오시

---

621) 뜻이나 마음이 밖으로 드러나 보여.
622) 관포지정管鮑之情 : 관포지교管鮑之交와 같은 말. 관중과 포숙의 사귐이
    란 뜻으로, 우정이 아주 돈독한 친구 관계를 이르는 말.
623) 백화百花 : 온갖 꽃.
624) 작작灼灼 : 꽃이 핀 모양이 몹시 화려하고 찬란함.
625) 암향暗香 : 그윽이 풍기는 향기.
626) 의의依依 : 풀이 무성하여 싱싱하게 푸름.
627) 청사靑絲 : 청실.
628) 창화唱和 : 한쪽에 시나 노래를 부르고 다른 한 쪽에서 화답함.
629) 담묵淡墨 : 진하지 않는 먹물이나 먹빛. 여기서는 이생의 성격을 비유하
    는 뜻으로 쓰임.
630) 민첩표일敏捷飄逸 : 민첩하되 모든 것을 마음에 두지 않고 마음 내키는
    대로 행동함.
631) 경사京師 : 서울.
632) 설과設科 : 과거시험을 시행함.

오. 소제가 당당히 웃음을 머금고 치하하리라."

두 사람이 웃으면서 말하였다.

"형의 말이 유리有理[634]하나 지기의 정회情懷[635]가 아닌가 하
노라. 형이 이제 성인의 여풍餘風[636]을 이어받아 뜻이 굳으니
강박强迫[637]하지는 않겠거니와 서로 이별함이 어렵도다."

이생이 미소를 지으면서 말하였다.

"인생이 만나면 흩어지는 것이 상사常事[638]인데 작은 이별을
한탄하리오!"

세 사람은 한담閑談하다가 흩어졌다. 두 사람이 길을 떠날
때 이생이 십 리에 나가 보내니 떠나는 정이 의의依依[639]하여
각각 이별의 시를 지어 슬프고 한탄함을 마지 않았다. 이생이
악수하고 돌아오는데 삭풍朔風[640]이 능렬凜烈[641]하여 찬 빛이
일어나고 낙엽이 표표飄飄[642]하여 이향離鄉[643]한 심사가 갈수

---

633) 계화桂花 : 계수나무 꽃. 과거 급제 때 임금이 하사하는 어사화御賜花를
    가리킴.
634) 유리有理 : 이치에 맞는 것이 있음.
635) 정회情懷 : 생각하는 마음.
636) 여풍餘風 : 큰 바람이 분 뒤에 아직 남아 부는 바람.
637) 강박强迫 : 남의 뜻을 무리하게 내리누르거나 자기 뜻에 억지로 따르
    게 함.
638) 상사常事 : 보통 있는 일.
639) 의의依依 : 헤어지기가 서운함.
640) 삭풍朔風 : 차디찬 바람.
641) 능렬凜烈 : 추위가 살을 엘 듯이 심함.
642) 표표飄飄 : 팔랑팔랑 나부끼거나 날아오르는 모양이 가벼움.
643) 이향離鄉 : 고향을 떠남.

록 더하였다. 바야흐로 방안에 돌아와서는 무료無聊[644]하여 적
막함을 차탄嗟歎[645]하고 글을 지어 관희寬唏[646]하였다.

임오壬午년 삼월 이십삼일에 시작하다.
친구가 만난 때 술을 마시니朋友逢時酒
산과 물에 이른 곳이 다 시로다.山河到處詩

낙성비룡 권지이 종

이 때, 금주에 있는 양소저는 남편과 이별하고 홀로 보낸
세월이 육 년이 되었다. 소원하지는 않았지만 편지는 오지 않고
소식이 돈절頓絶[647]하니 망망한 천애天涯[648]를 바라보고 있었
다. 봄 제비가 주렴珠簾[649]에 춤추고 가을 기러기가 추운 하늘에
슬프게 울 때 사창에 의지하니 홍안紅顔[650]에 한이 깊어 단장斷
腸[651]하는 회포懷抱가 때로 더하였다. 속절없이 옛날 사람의

---

644) 무료無聊 : 탐탁하게 어울리는 맛이 없음.
645) 차탄嗟歎 : 탄식하고 한탄함.
646) 관희寬唏 : 슬픔을 즐김.
647) 돈절頓絶 : 편지나 소식이 딱 끊김.
648) 천애天涯 : 하늘 끝.
649) 주렴珠簾 : 구슬을 꿰어 만든 발.
650) 홍안紅顔 : 붉은 얼굴이라는 뜻으로, 젊어서 혈색이 좋은 얼굴을 이르
는 말.
651) 난상斷腸 : 슬픔이 매우 깊어 창자가 끊어지는 듯함.

글을 외우고 사창을 굳이 닫고서 수와 바느질을 일삼으면서 시부모 제사를 정성으로 지냈다.

이때는 중추仲秋 망일望日[652]로서, 제전祭奠[653]을 가지런히 차려 갖고 친히 묘 아래 이르러 향을 꽂아 제사를 마치고는 이어서 묘 아래에 엎드려 통곡하였다. 다음으로 유모의 묘에 친히 나아가 술을 붓고 돌아오는데, 물색物色[654]이 소조蕭條[655]하여 슬픈 사람의 수한愁恨[656]을 돋우었다. 소저는 돌아오자마자 몸을 베개에 던져 누웠다.

문득 기이한 향내가 쐬어 두 밝은 눈을 들어보니 청의시녀靑衣侍女가 앞을 향하여 섰으되, 배청 비천요조飛天窈窕[657]한 태도는 사람이 사는 세상의 사람과는 같지 않으므로 묻고자 하나 몸과 마음이 힘이 사그라져 수습하지 못하였다. 시녀가 절하고는 말하였다.

"우리 노야老爺와 부인이 소저를 청하시나이다."

소저가 말하였다.

"노야와 부인은 어디에 계시며 또한 누구라 하시나뇨?"

시녀가 대답하였다.

---

652) 중추仲秋 망일望日 : 음력 8월 보름날.
653) 제전祭奠 : 제사 음식.
654) 물색物色 : 자연의 경치.
655) 소조蕭條 : 고요하고 쓸쓸함.
656) 수한愁恨 : 근심하여 원망함.
657) 비천요조飛天窈窕 : 하늘을 나는 듯하고 그윽하고 정숙함.

"가시면 자세히 아시나이다.

소저가 말하였다.

"가고자 하나 가마를 조비造備[658]하지 않았는데, 어찌하겠습니까?"

대답하였다.

"가마가 밖에 이르러 있으니 빨리 가사이다."

소저가 소두搔頭[659]를 정리하고 즉시 시녀를 좇아 수레에 오르니 경각頃刻[660]에 어떤 집에 이르렀다. 붉은 문과 옥으로 된 집이 운무雲霧를 조롱하는데, 소저가 눈을 들어보니 '지공정인가'라고 이름 하였다. 시녀가 인도하여 붉은 문에 들어 당전堂前[661]에 이르러서 시녀가 말하기를,

"대청 위에 노야老爺와 부인이 계시니 절하소서."

라고 하여 소저가 우러러 보니, 재상 한 분이 부인과 더불어 자리를 차지하고 있는데 위의단엄威儀端嚴[662]하였다. 두 사람은 다 술에 취하였고 좌우에 시비들이 수풀처럼 많았다. 부인이 앉으라고 명하므로 소저가 올라갔다. 이공이 말하였다.

"능히 나를 알소냐?"

소저가 염용斂容[663]하고 대답하였다.

---

658) 조비造備 : 준비하여 갖춤.
659) 소두搔頭 : 헝클어진 머리.
660) 경각頃刻 : 눈 깜빡할 사이.
661) 당전堂前 : 대청 앞
662) 위의단엄威儀端嚴 : 위엄이 있고 단정한 모습.

"저는 인간세상의 보잘것없는 사람인데 어찌 존안尊顏[664]을 앎이 있사오리오."

공이 웃으며 말하였다.

"나는 곧 현부賢婦[665]의 존구尊舅[666]이고 저는 나의 부인이라. 가운家運[667]이 불행하여 돈아豚兒[668]가 세 살 때 우리 부부가 세상을 뜨고 또 유모를 이별하니 의지할 데 없는 일신이 혈혈구子[669]하여 상집[670]에 종이 되기를 면하지 못하였는데, 경대인敬大人[671]의 거두심을 입어 그대 같은 숙덕현부淑德賢婦[672]를 얻었으니 이는 하늘이 도우심이라. 외람猥濫[673]하고 다행함이 비록 지하 음혼陰魂[674]이나 즐김을 말지 않았더니 우리 아이가 이곳을 떠난 후 현부의 정성이 더욱 정성스러워 금일 정淨[675]한 제사를 받아먹거늘 주기酒氣[676]가 오히려 그저 있노라. 묘 아래

---

663) 염용斂容 : 자숙하여 몸가짐을 조심하고 용모를 단정히 함.
664) 존안尊顏 : 남의 얼굴을 높여 이르는 말.
665) 현부賢婦 : 어진 며느리. 즉 소저를 가리킴.
666) 존구尊舅 : 시아버지.
667) 가운家運 : 집안의 운수.
668) 돈아豚兒 : 남에게 자기 아이를 낮추어 부르는 말.
669) 혈혈구子 : 의지할 곳이 없이 외로움.
670) 상집 : 주인집.
671) 경대인敬大人 : 소저의 아버지를 가리킴.
672) 숙덕현부淑德賢婦 : 정숙하고 덕이 있고 어진 며느리.
673) 외람猥濫 : 하는 행동이나 생각이 분수에 지나침.
674) 음혼陰魂 : 귀신.
675) 정淨한 : 깨끗한.
676) 주기酒氣 : 술기운.

에서 저 우는 소리를 들으니 그대 슬픔이 없어도 너 아름다운 거동을 구원九原[677]에서 그리워함을 탄식하는데, 하물며 비절悲絕[678]함이야 더 말해 무엇 하겠느냐! 우리 마음이 또한 일어나니 슬픔이 막히는지라. 부부는 네가 약질弱質에 수척함이 지나치니 능히 보전하지 못하고 외롭게 될까 걱정되어 오늘 청하여 슬픈 회포를 펴고자 하나니, 사람이 세상에 나서 부귀빈천과 우락憂樂[679]은 다 하늘의 뜻이라 과히 비회悲懷[680]할 바가 아니다. 저가 비록 표연飄然히 길을 떠나 영락零落[681]한 자취가 큰 바다에 부평초 같으나 후에 영화榮華[682]롭게 돌아올 것이니 그대는 총혜聰慧[683]하여 능히 알지라. 어찌 속절없이 애척哀戚[684]을 지나치게 하여 현부의 신상에 해롭고 우리의 망혼을 위로하지 아니하느뇨. 이후는 관심寬心[685]하여 몸을 아끼라."

소저는 시부모님을 처음으로 뵈니 반갑고 슬픔이 교집交集[686]하여 눈물을 흘리면서 일어나 재배하고 말하였다.

"제가 불능누질不能陋質[687]하여 성문盛門[688]에 첨모瞻慕[689]하

677) 구원九原 : 저승.
678) 비절悲絕 : 더할 수 없이 슬픔.
679) 우락憂樂 : 근심과 기쁨.
680) 비회悲懷 : 슬픈 마음.
681) 영락零落 : 세력이나 살림이 줄어들어 보잘것없이 됨.
682) 영화榮華 : 몸이 귀하게 되어 이름이 세상에 빛남.
683) 총혜聰慧 : 총명하고 슬기로움.
684) 애척哀戚 : 슬퍼하고 근심함.
685) 관심寬心 : 마음을 너그럽게 가짐
686) 교집交集 : 이런저런 생각이 뒤얽히어 서림.

온 지 십 년이라. 덕이 적고 인사人事690)가 미거未擧691)하여 제사를 정성으로 받들지 못하와 한 번 이렇듯 무궁한 죄를 지옵고 지아비 돌아가 육 년에 이르러 소식이 묘연渺然하니 명교名敎692)의 죄인입니다. 제가 구구區區한693) 회포가 비절하였고, 묘하에 이르러서는 존안을 뵈옵지 못하온 한이 있어 소리가 나는 것을 깨닫지 못하였으나 시부모께서 들으셨으니 죄만사무석罪萬死無惜694)이로소이다."

공이 척연惕然695)하여 말하였다.

"우리 부부는 인간세상에서는 그렇게 빈곤했는데 여기에 이르러서는 뇌락牢落696)한 작위를 받아 이렇게 화려하게 안거安居하니 사람이 사납지 아닐지언정 험이 어찌 없으리오."

부인이 소저의 옥수玉手697)를 잡고 머리를 어루만지면서 유체流涕698)하여 말하기를,

---

687) 불능누질不能陋質 : 능력도 없고 재주도 없음.
688) 성문盛門 : 이름 있는 집안.
689) 첨모瞻慕 : 우러러 사모함.
690) 인사人事 : 사람으로서 해야 할 일.
691) 미거未擧 : 철이 없고 사리에 어두움.
692) 명교名敎 : 인륜의 명분을 밝히는 가르침.
693) 구구區區한 : 잘고 많아서 일일이 언급하기가 구차스러운.
694) 죄만사무석罪萬死無惜 : 죄가 만 번 죽어도 섭섭함이 없음.
695) 척연惕然 : 근심하여.
696) 뇌락牢落 : 마음이 넓고 비범함.
697) 옥수玉手 : 여자의 아름답고 고운 손.
698) 유체流涕 : 눈물을 흘림.

"현부는 애상哀傷[699]함을 그치어라."

라고 하므로 소저가 다시 엎드려 말하였다.

"제가 이씨 가문에 의탁하온 지 십여 년에 일찍 존안을 뵈옵지 못하였더니 금일 존안을 뵈어 하교下敎를 듣자오매 저의 하정下情[700]을 펴올지라. 원하옵나니 저의 넋을 인도하여 슬하에서 뫼시기를 원하옵니다."

공이 말하였다.

"수요장단壽夭長短[701]이 때가 있나니 현부는 말을 가볍게 하지 말라. 비록 한 때 곤궁하나 장래에 복록이 무량無量[702]할 것이니 어찌 우리의 자취를 밟아 따르리오."

부인이 슬퍼하면서 말하였다.

"가련하다. 나의 현부여. 자취가 이렇듯 슬프뇨."

공이 청의 시녀를 명하여 말하였다.

"현부가 온 지 오래니 차를 마시도록 하라."

시녀가 수명受命[703]하여 차를 드리니 양씨가 받아 마시고는 혼혼昏昏한 정신이 상쾌해졌다. 공이 명하여 말하기를,

"현부는 왔는지 오래 되었으니 빨리 돌아간지어다."

소저가 일어나 하직할 때 슬퍼하기를 말지 않으므로 공이

---

699) 애상哀傷 : 슬퍼하고 가슴 아파함.
700) 하정下情 : 아랫사람의 심정.
701) 수요장단壽夭長短 : 오래 살고 일찍 죽음.
702) 無量 : 헤아릴 수 없이 많음.
703) 수명受命 : 명령을 받음.

재삼 위로하고 사랑하여 그 손을 잡고 어서 가기를 허락하였는데, 전상殿上704)에서 내리려 하되 옥계玉階705)가 매우 높은지라 거치어706) 깨어나니 침상일몽枕上一夢707)이었다. 소저가 황홀함을 이기지 못하여 베개를 밀치고 꿈속의 일을 생각하니 시부모의 쇄연灑然708)한 기상이 거목巨木처럼 벌였으므로 다시 어찌 미치리오. 금풍金風709)이 소슬하고 기러기 슬프게 우니 속절없이 단장하여 처창悽愴710)할 뿐이었다.

이 때 옆 마을에 김영이라는 선비가 나이가 젊고 인물이 풍후豊厚711)한데 실가室家712)를 얻지 못하였다. 양소저의 자색姿色713)이 양비楊妃714)의 용모를 겸하고서도 단장斷腸함을 듣고는 마음이 움직여 그윽이 개가改嫁715)를 바랐다. 화부인이 천금여아千金女兒716)의 일생이 침울함을 슬퍼하다가 이 말을 듣고서, 도리어 딸의 빙청옥결氷淸玉潔717)과 같은 마음을 생각

704) 전상殿上 : 궁전.
705) 옥계玉階 : 대궐 안의 섬돌.
706) 거치어 : 무엇에 걸리거나 막혀.
707) 침상일몽枕上一夢 : 베갯머리를 스치고 간 하나의 꿈.
708) 쇄연灑然 : 기분이나 몸이 상쾌하고 깨끗함.
709) 금풍金風 : 가을바람.
710) 처창悽愴 : 매우 구슬프고 애달픔.
711) 풍후豊厚 : 얼굴에 살이 쪄서 너그러워 보이는 데가 있음.
712) 실가室家 : 가정.
713) 자색姿色 : 여자의 고운 얼굴.
714) 양비楊妃 : 양귀비.
715) 개가改嫁 : 시집간 여자가 남편이 죽거나 이혼하여 다시 시집감. 재가.
716) 천금여아千金女兒 : 천금 같이 소중한 딸. 귀한 딸.

하지 않고 귀를 기울여 허락하고 남소저와 경소저를 불러 개유
開諭[718]하라고 하였다. 그러나 이부二婦[719]가 가하지 않음을
고하니 부인이 정색하고 듣지 않으므로 소저가 탄식하고 대인
각에 이르렀다.

이때 벌써 겨울이 다하고 삼춘가절三春佳節[720]이라 수양首陽
버들이 맑게 푸르고 낙화洛花[721]가 정전庭前[722]에 난만爛漫[723]
하였다. 소저가 난두欄頭[724]에 앉아 옛일을 생각하고 간장이
쓰러지는 듯하는데, 두 소저를 보고 급히 내려 맞이하였다.
부인이 말하였다.

"봄 경치가 아름다워 사람들이 다 즐기거늘 현매賢妹[725]는
유미柳眉[726]에 시름이 떠날 때가 없도다."

소저가 탄식하면 말하였다.

"춘색春色[727]이 성하니 소저는 시름이 더 깊어집니다."

두 사람이 묵묵默默하다가[728] 존고尊姑[729]의 가르치던 말을

---

717) 빙청옥결氷淸玉潔 : 얼음이나 구슬처럼 맑고 깨끗함.
718) 개유開諭 : 사리를 알아듣도록 타이름.
719) 이부二婦 : 두 며느리.
720) 삼춘가절三春佳節 : 봄.
721) 낙화洛花 : 모란꽃을 가리킴.
722) 정전庭前 : 뜰 앞.
723) 난만爛漫 : 꽃이 활짝 피어 화려함.
724) 난두欄頭 : 난간 끝.
725) 현매賢妹 : 어진 누이. 시누이, 즉 소저를 가리킴.
726) 유미柳眉 : 버들잎 같은 눈썹.
727) 춘색春色 : 봄빛.

이르니 소저가 다 듣고 안색이 여토如土730)되어 말이 없다가 문득 정색하여 말하였다.

"양현兩賢731)의 현숙하심이 다른 사람을 지나시니 소매小妹732)가 마음속에 그 일은 잊고 믿기를 어머니와 같이 하였는데, 어찌 도리어 소저의 마음을 모르고 이 같은 말을 구외口外733)에 내어 젊은 나이의 슬픈 인생이 되게 하시느뇨?"

두 소저가 존고의 명인 줄을 이르고 휘루장탄揮淚長歎734)하니 소저가 오열嗚咽하면서 오래 말을 못하다가 다시 이르되,

"다른 일은 수화受禍735)라도 어머니의 명을 거스르지 못하려니와 오늘날 이 일은 잔명殘命736)을 그칠 밖에 묘책이 없으니 저저姐姐737)는 모친께 사뢰어 소저의 잔명을 지어 이생의 종적을 안 후에 자취를 따르게 하소서."

말씀을 마치고는 남편을 구박하여 내어보내던 일을 생각하면서 가슴이 막혀 주루珠淚를 흘리니 양인兩人738)이 자닝함739)을

---

728) 아무 말이 없다가.
729) 존고存稿 : 시어머니.
730) 여토如土 : 흙과 같이.
731) 양현兩賢 : 두 어진 사람. 즉, 소저의 두 올케.
732) 소매小妹 : 어린 누이. 여기서는 시누이인 소저를 가리킴.
733) 구외口外 : 입 밖.
734) 휘루장탄揮淚長歎 : 눈물을 흘리며 길게 탄식함.
735) 수화受禍 : 화를 입음.
736) 잔명殘命 : 얼마 남지 않은 쇠잔한 목숨.
737) 저저姐姐 : 두 올케.
738) 양인兩人 : 두 사람.

이기지 못하여 위로하였다.

"그대와 더불어 설부인은 존구尊舅 생시에 한 쌍의 명주明珠740)였는데, 지금에 이르러서는 설부인은 저렇듯 참절僭竊741)하여 존귀하시고 현매는 재덕용모로 빠지지 않는데도 이렇듯 참절慘絕742)하여 존고의 비상悲傷하시고 염려하심이 깊으시니 우리 현매와 더불어 서로 볼 적마다 무심하지 않을 것이므로 이후로는 수색愁色743)을 보이지 않음이 어떠하뇨."

소저가 길이 탄식하여 말하였다.

"봄꽃이 바람에 날리매 비단자리에도 떨어지고 구렁에도 떨어지니 사람의 인생이 어찌 낙화와 다르리오. 저저姐姐가 가르치신 대로 하리이다."

이소저가 탄식하고 정당正堂744)에 돌아와 소저의 거동과 수말首末745)을 고하고 눈물을 드리우니 부인이 슬퍼하기를 말지 않으면서 말하였다.

"내 저의 뜻을 어찌 모르리오만은, 일생 동안 가슴에 막혀 설움이 비할 데 없거늘 사정이 절박하여 그리하였더니 제 뜻이 굳어 사절하기에 이르면 어이 깅빅하리오."

---

739) 자닝함 : 애처롭고 불쌍하여 차마 보기 어려움.
740) 명주明珠 : 빛이 고운 구슬.
741) 참절僭竊 : 분수에 넘치는 높은 작위爵位를 가짐.
742) 참절慘絕 : 매우 비참함.
743) 수색愁色 : 근심스러운 기색.
744) 정당正堂 : 몸채의 대청. 안당.
745) 수말首末 : 처음과 끝.

두 며느리가 온화하게 위로하였다. 이날 저녁에 소저가 문안하는데 사색辭色746)이 자약自若747)하고 온화하여 담소하는 것이 전과 다르니 부인이 자기의 마음을 기쁘게 하려 그리 하는 줄을 알고 더욱 자닝히 여겨 잠깐 마음을 가라앉히었다.

이때 설부인이 남주에서 이생을 내어 보낸 것을 듣고 아연탄식하고 말하였다.

"아버님 생시에 이생을 큰 사람으로 아시어 자서子壻748) 중에 사랑하시더니 어찌 차마 내치며, 두 오라버니는 어찌 간하지 않으신고. 이군이 친척도 없다고 했는데 어디에 가서 의지하며 동생의 정사情思749)가 오직하리오."

돌아가신 그 부친을 생각하고 슬퍼하였다.

이때, 설추관이 남주에 도임到任750)한 지 삼 년이 되어 백성이 추존推尊751)하니 옮겨서 강서 태수를 한 지 삼 년이 되었다.

한편 이생은 청운산에서 독서한 지 칠 년이 되었다. 임유 두 사람은 과거에 급제하여 유생은 호부원의랑을 하고 임생은 한림학사를 하니, 이생이 친구의 영화로움을 기뻐하였다. 하루는 장로를 대하여 말하기를,

---

746) 사색辭色 : 말과 얼굴빛을 아울러 이르는 말.
747) 자약自若 : 당황하지 않고 침착함.
748) 자서子壻 : 아들과 사위를 아울러 이르는 말.
749) 정사情思 : 감정에 따라 일어나는, 억누르기 어려운 생각.
750) 도임到任 : 지방의 관리가 근무지에 도착함.
751) 추존推尊 : 높이 받들어 존경함.

"내 여기서 독서한 지 칠 년을 하니 만권萬卷이 제 복중腹中[752]에 있는데 한 번 명산대천에 놀아 사 년 만에 기약하여 돌아오면 학문이 더 나을까 싶으니 장로는 날을 위하여 구경하게 하라." 라고 하였다.

장로가 말하기를, "어렵지 않다."라고 하고 한 척의 소선小船[753]을 얻어 이생과 더불어 길을 나서 배를 띄어 갔다. 여러 날 중 유遊하여 남월지계南越之界[754]에 이르러는 경치가 절승하여 문인이 한 번 봄직한 곳이었다. 이생이 장로를 대하여 말하였다.

"이제 남은 산해山海[755]를 구경하려 하였더니 경치가 이렇듯 하니 먼저 명산을 구경하고 다음으로 대해大海를 보는 것이 어떠하뇨?"

장로가 말하였다.

"그 말이 매우 마땅하도다. 우리 사 년을 기약하고 나왔으니 이 년은 명산을 구경하고 이 년은 대천을 구경하면 거의 마음을 훤칠[756]하게 할 수 있을 것이리라."

말을 마치자 두 사람이 배에서 내려 언덕에 올라 두루 구성하면서 점점 들어가니 경치가 기이하지 않은 곳이 없었다. 지나간

---

752) 복중腹中 : 뱃속.

753) 소선小船 : 작은 배.

754) 남월지계南越之界 : 남월의 국경.

755) 산해山海 : 산과 바다.

756) 훤칠 : 막힘없이 깨끗하고 시원스러움.

곳의 봉만峯巒757)이 기이하고 계수溪水758)가 잔잔하니 시인묵객의 흥이 새로웠다. 이러구러 한 해가 다하고 명춘明春이 이르니 이생과 장로는 높은 흥이 더욱 높아져 가보지 않은 데가 없었다.

이때에, 임강수와 유백문이 급제한 지 수 년이 되었다. 득의하여 서로 즐기다가 홀로 있는 이생을 생각하고 화전월하花前月下에서 초창悄愴759)하지 않을 수 없었다. 두 사람이 가속家屬760)을 데리러 갈 때, 한 달 말미를 얻어 위의威儀761)를 다 떨쳐내고 필마匹馬762)로 행하여 낙양에 이르러 이생을 생각하고 청운사에 들어왔다. 문득 상좌에게 인사하고 치하한 후 두 사람이 빨리 물었다.

"이생과 장로는 어디에 있나뇨?"

청아가 대답하였다.

"이상공과 승상이 작년에 유람하러 사 년을 기약하고 나갔으니 빨리 오지 않으리이다. 임행臨行763)에 한 봉서찰封書札764)을 맡기면서 두 상공에게 드리라고 하시되 날아가는 기러기를 얻

---

757) 봉만峯巒 : 꼭대기가 뾰족뾰족하게 솟은 산봉우리.
758) 계수溪水 : 시냇물.
759) 초창悄愴 : 근심하고 슬퍼함.
760) 가속家屬 : 한 집안에 속한 가족.
761) 위의威儀 : 엄숙한 몸차림.
762) 필마匹馬 : 한 필의 말.
763) 임행臨行 : 길을 떠남.
764) 봉서찰封書札 : 봉한 편지.

지 못하여 이제야 아뢰나이다."

두 사람이 다 듣고 안타까워하고 크게 놀라워하면서 받아보니, 편지의 처음에 '한 해가 저물매 경모는 돈수頓首765)하노라.'라고 하였다. 바삐 뜯어보니, 다시 보지 못하고 멀리 주유周遊766)함을 창연愴然767)한 말이었다. 두 사람은 간필看畢768)에 탄복하여 말하였다.

"이형이 나가매 글을 써서 우리에게 안부를 물으니 매우 신의가 있는 군자로다."

칭찬하다가 각각 집으로 돌아가서는 권솔眷率769)하여 서울로 나아가니, 임금이 두 사람의 벼슬을 돋우어 임강수로 경주 총마어사를 내리고 유백문으로 계부시랑을 내리셨다.

임생이 경주에 도임하여 공사公私를 상명詳明770)하게 하니 백성이 일컫기를 말지 않았다. 문득 삼 년이 지나 배를 타고 서울로 향할 때 뱃길이 서호西湖771)를 지나는 것이었다. 이때 음력 삼월 망간望間772)이었는데 계춘季春773) 밤이 되어 봄 하늘

---

765) 돈수頓首 : 편지의 첫머리나 끝에 상대편에 대한 경의를 표하기 위하여 쓰는 말.
/66) 수유周遊 : 두루 돌아다니며 구경하고 놂.
767) 창연愴然 : 마음 아파함.
768) 간필看畢 : 보고 난 뒤.
769) 권솔眷率 : 한 집에 데리고 있는 식구. 여기서는 가족을 데리고 감.
770) 상명詳明 : 상세히 밝힘.
771) 서호西湖 : 중국中國 절강성浙江省 항주杭州의 서쪽에 있는 호수.
772) 망간望間 : 보름쩨.
773) 계춘季春 : 늦봄. 음력 삼월.

이 온화하고 사방의 긴 밤바다에 물결이 고요하였다. 비단 돛을 높이 높이자 문득 퉁소소리가 들리는데 자세히 들으니 그 소리가 맑고 맑아 높은 하늘에 어리는 것이었다. 서로 돌아보면서 말하기를,

"이는 반드시 인간의 소리가 아니라."

라고 하고는 잠심潛心774)하여 듣는데, 그 소리가 점점 가까워서 임생이 황홀하여 눈을 들어보니 한 척 작은 배가 봄바람을 좇아 백랑白浪에 중류中流하고775) 있었다. 이에 칭찬함을 말지 않고 있다가 흰 물결에 멀리서 두 배가 서로 가까워지니 배 안에 두 사람이 단정히 앉아 있었다. 한 사람은 산승山僧이고 한 사람은 선비였다. 기이한 풍광風光776)이 월하月下777)에 더욱 표연飄然하니 이는 다른 사람이 아니라 청운산 현불 장로와 이경모778)였다. 천하를 유람하고 다시 서호로 배를 띄워 정히 옥산으로 향하였는데, 이곳에서 임어사를 만나게 되니 서로 기쁨이 하늘로부터 내린 듯하였다. 세 사람이 별회別懷779)를 말하느라 날이 새도록 노래 부르고 술을 마셨다.

어사가 이생을 위하여 배에서 닷새를 머물렀다가 비로소 헤

---

774) 잠심潛心 : 마음에 두어 깊이 생각함.
775) 백랑白浪에 중류中流하다 : 흰 물결을 타고 강 한 가운데에서 흐르다.
776) 풍광風光 : 경치.
777) 월하月下 : 달빛이 비치는 아래.
778) 이경모 : '경모'는 경작의 자.
779) 별회別懷 : 이별할 때에 마음속에 품은 슬픈 회포.

어지니. 이생이 차아次亞780)로 글을 지어 이회離懷781)를 위로하
는데 그 문장필법이 귀신도 측량하지 못할 정도였다. 임생이
칭찬하여 말하였다.

"형의 문장은 본대 출중하나 이렇듯 넓고 웅장함을 진실로
알지 못하였더니 오늘날 이 같이 주옥珠玉을 뿜으매 이는 반드
시 천재라 하오리다. 금추今秋782)에 과거를 열 것이되 형이 이번
과거에는 아마도 득지得志783)하리니 범연泛然784)히 듣지 말고
과장科場785)에 나아가는 것이 어떠하뇨."

이생이 말하였다.

"대과가 있을진대 보는 것이 해롭지 아니할 것이니 형이 올라
간 후 당당히 뒤를 따르리라."

임생이 크게 기뻐하여 재삼 권하고 배를 띄어 갔다.

그 후 장로와 이생이 운산에 이르러 화조월석花朝月夕786)에
글을 이루니, 박학한 문장과 맑은 귀법句法787)이 더욱 기이하므
로 장로가 심히 상득相得788)해 하였다. 이렇듯 세월이 여류如

---

780) 차아次亞 : 두 번째.
781) 이회離懷 : 이별의 회포.
782) 금추今秋 : 이번 가을.
783) 득지得志 : 뜻대로 일이 이루어짐.
784) 범연泛然 : 차근차근한 맛이 없이 데면데면함.
785) 과장科場 : 과거 시험장.
786) 화조월석花朝月夕 : 꽃 피는 아침과 달 밝은 밤이라는 뜻으로, 경치가
    좋은 시절을 이르는 말.
787) 구법句法 : 시문의 구절을 만들거나 배연하는 방법.
788) 상득相得 : 서로 마음이 맞음.

流⁷⁸⁹⁾하여 중추仲秋⁷⁹⁰⁾가 되니 이생이 행리行李⁷⁹¹⁾를 수습하여 서울로 가는데, 장로와 여러 중이 다 전별餞別⁷⁹²⁾을 슬퍼하였다. 이생이 또한 척연戚然⁷⁹³⁾하여 장로를 대하여 십 년 동안 살게 해준 은혜를 재삼 사례하니 장로가 합장하여 말하였다.

"상공은 천상의 신선으로서 우연히 빈승에게 이르러 계시거늘, 가난한 절의 의식衣食⁷⁹⁴⁾이 유여裕餘⁷⁹⁵⁾하지 못하여 괴로이 머무시다가 오늘 돌아가시니 당당히 용문龍門에 오르시리이다."

이생이 칭사稱謝하고 이별하였다. 장로가 한 필 말과 서동書童⁷⁹⁶⁾ 한 명을 주어 가는 길을 도우려 하였으나 이생이 굳이 사양하여 받지 않고 스스로 걸어갔다. 오 일 만에 서울에 이르니 벌써 초추初秋⁷⁹⁷⁾가 다 가고 중추 초길⁷⁹⁸⁾이었다. 시험일이 촉박하였으므로 임·유 두 사람을 능히 찾지 못하고 겨우 주인을

---

789) 여류如流 : 물의 흐름과 같다는 뜻으로, 세월이 매우 빠름을 비유적으로 이르는 말.
790) 중추仲秋 : 가을이 한창인 때로 음력 8월을 가리킴.
791) 행리行李 : 행장과 같은 말. 여행할 때 쓰는 물건과 차림.
792) 전별餞別 : 잔치를 베풀어 작별한다는 뜻으로, 보내는 쪽에서 예를 차려 작별함을 이르는 말.
793) 척연戚然 : 근심스럽고 슬퍼함.
794) 의식衣食 : 옷과 음식.
795) 유여裕餘 : 모자라지 않고 여유가 있음.
796) 서동書童 : 글방에서 배우는 아이. 학동學童.
797) 초추初秋 : 초가을. 음력 7월.
798) 초길初吉 : 음력 초하루.

정하여 문방기구를 차려 과장에 나아갔다.

글제를 보니 이백의 신기함이라도 미칠 바가 아니었으나 이생이 바다 같은 문장을 기울이니 바다가 움직이고 구름이 서린 듯하였다. 문필이 일월日月의 정기를 모으니 진실로 천추만고千秋萬古[799]의 제일인이었다. 글을 받치고 집에 돌아와 단잠이 깊었는데, 천자가 용두전龍頭殿에 전좌殿座[800]하시고 여러 신하와 더불어 시권試券[801]을 뽑으실 때 삼백 편에 이르도록 평평平平하여 뛰어난 재주가 없었으므로 천자가 불열不悅[802]하시더니 그 중에 한 정초正草[803]가 있었다. 천자가 친히 펴보시고는 필법이 기이하여 이목耳目[804]이 현황眩慌[805]하시니 무릎을 치시면서 칭찬하여 말하였다.

"짐이 보위寶位[806]에 오른 지 장차 이십 년에 인재를 많이 얻었으되 이와 같은 문장필법을 보지 못하였더니 알지 못하겠노라 어떤 사람이 이러한 재주를 품었는고."

여러 신하가 보기를 마치고는 칭찬하여 말하였다.

---

799) 천추만고千秋萬古 : 오래고 영원한 세월.
800) 전좌殿座 : 임금 등이 정사를 보거나 조하를 받으려고 정전正殿이나 편전便殿에 나와 앉던 일. 또는 그 자리.
801) 시권試券 : 과거를 볼 때 글을 지어 올리던 종이.
802) 불열不悅 : 기쁘지 아니함.
803) 정초正草 : 시험지.
804) 이목耳目 : 귀와 눈.
805) 현황眩慌 : 황홀함
806) 보위寶位 : 왕위.

"이 글은 박학하고 웅장하여 천고에 드문 문장이라."

제명題名807)을 확인하고 비봉秘封808)을 뜯으니 금주 사람 이경모로서 나이가 서른이었다. 일시에 소리를 질러 장원을 불렀는데, 이때 이생은 낮잠이 바야흐로 깊이 들어 부르는 소리가 급하나 응할 리 없었다. 문득 사람이 이생을 흔들어 깨우므로 이생이 잠을 이기지 못하여 겨우 일어나 앉으니, 크게 부르는 소리가 났다.

"갑과 장원인 금주 이경모는 나이가 삼십이라."

일시에 부르나 이생이 잠이 몽롱하여 대답하지 못하였더니 이어서 네다섯 번에 이르러서는 부르는 소리가 급하므로 그제 야 알아듣고 응연凝然809)하게 일어나 단지段地810) 아래 복지伏地811)하였다. 상이 보시고 크게 기뻐하시니 좌우 제신이 칭찬하지 않은 이가 없었다. 즉시 금포어화錦袍御花812)와 천동쌍개天童雙個813)를 사급賜給814)하시고 시어사侍御使를 제수하시고 가마를 대기시키시니 이생이 사은숙배謝恩肅拜815)하였다.

---

807) 제명題名 : 책이나 시문의 표제의 이름.
808) 비봉秘封 : 남이 보지 못하게 단단히 봉한 것.
809) 응연凝然 : 단정하고 점잖음.
810) 단지段地 : 층이 진 땅. 즉 계단.
811) 복지伏地 : 땅에 엎드림.
812) 금포어화錦袍御花 : 비단으로 된 도포와 어사화.
813) 천동쌍개天童雙個 : 호위하는 두 명의 동자.
814) 사급賜給 : 나라나 관청에서 금품을 내려줌.
815) 사은숙배謝恩肅拜 : 임금의 은혜에 감사하며 공손히 절함.

절문에 가니 무수한 추종騶從816)이 옹위擁衛하니 장로가 본 풍광이 비길 데가 없었다. 때가 바야흐로 중추仲秋 초순初旬817)이어서, 금풍金風818)이 습습習習819)하여 계화桂花를 움직였다. 여러 풍류風流820)가 좌우에 옹위하니 기쁨이 무궁하나, 위로 부모가 구몰俱沒821)하시고 슬하에 자질子姪822)이 없으니 스스로 비감悲感하여 누수淚水823)가 의대衣帶824)를 적시었다. 하리下吏825)에게 분부하여 옛집을 찾으니 알 리가 없었다.

이생이 심사가 아득하여 그 부친의 성명으로써 찾되 오래 가서야 한 노인이 가리키므로 이생이 배시陪侍826)하고 그 집에 이르렀다. 문정門庭827)이 적적寂寂828)하고 추초秋草829)가 쇠잔衰殘830)한데 장원莊園이 무너져 보기에도 슬펐다. 눈을 들어 보

---

816) 추종騶從 : 상전을 따라다니는 종.
817) 중추仲秋 초순初旬 : 음력 8월 1일~10일.
818) 금풍金風 : 가을바람.
819) 습습習習 : 바람이 산들함.
820) 풍류風流 : 대풍류, 줄풍류 따위의 관악 합주나 소편성의 관현악을 일상적으로 이르는 말.
821) 구몰俱沒 : 부모가 모두 돌아가심.
822) 자질子姪 : 아들과 조카.
823) 누수淚水 : 눈물.
824) 의대衣帶 : 옷과 띠.
825) 하리下吏 : 관아에 속하여 말단 행정 실무에 종사하던 서리胥吏를 가리킴.
826) 배시陪侍 : 어른을 옆에서 모심.
827) 문정門庭 : 대문이나 중문 안에 있는 뜰.
828) 적적寂寂 : 고요함.
829) 추초秋草 : 가을철의 풀.
830) 쇠진衰殘 : 힘이 다하여 약해짐.

니 두어 차환又鬟831)이 늙었고 창두蒼頭832) 한 명이 탄식하다가 장원壯元을 맞으니 이는 경렬과 차섬이었다. 금주에 가서 잃은 공자인 줄 몽리夢裏833)에나 생각하였겠는가.

이생이 바로 내당에 들어가니, 또한 글이 가득하고 초목이 무성하여 정전庭前을 가리었으므로 일천 가지 궁천지통窮天之痛834)이 새로웠다. 즉시 슬픈 마음을 진정하고 가묘家廟835)에 올라가 통곡하니 그 슬픈 울음소리가 구소九霄에 사무치고 혈루血淚836)가 의대衣帶를 적시었다. 보는 사람이 모두 슬퍼하였다.

시비들이 구호救護하여837) 방안에서 나온 후 이생이 정신을 진정하여 사면을 첨시瞻視838)하니, 벽상壁上839)에 그 부친의 필적이 두어 장 붙어 있었다. 속절없이 옛날 화선지畫宣紙를 어루만지면서 음용音容840)이 절연絕緣841)함을 새삼스럽게 망망茫茫842)해 할 뿐이었다. 차환 등이 옛일을 말하고 장원을 붙들고

831) 차환又鬟 : 주인을 가까이에서 모시는 젊은 계집종.
832) 창두蒼頭 : 종살이를 하는 남자.
833) 몽리夢裏 : 꿈속.
834) 궁천지통窮天之痛 : 말할 수 없이 큰 슬픔.
835) 가묘家廟 : 한 집안의 사당.
836) 혈루血淚 : 피눈물.
837) 구호救護하여 : 부축하여.
838) 첨시瞻視 : 이리저리 휘둘러 봄.
839) 벽상壁上 : 바람벽의 윗부분.
840) 음용音容 : 음성과 용모.
841) 절연絕緣 : 인연이나 관계를 완전히 끊음.
842) 망망茫茫 : 어렴풋하고 아득함.

비로소 통곡하여 노주奴主[843]가 한 바탕 크게 우니 지나가는 사람이 걸음을 멈추고 산천초목이 다 슬퍼하는 듯하였다. 이윽고 하리가 보고하기를,

"임어사와 유시중 두 노야老爺[844]께서 와 계시니이다."

라고 하므로 이생이 맞아서 좌정坐定[845]한 후 세 사람이 반김을 이기지 못하여 서로 손을 잡고 치하하는 등 분분하였다. 그런데 장원은 비색悲色[846]이 첩첩疊疊[847]하여 희기喜氣[848]가 묘연渺然하므로 두 사람이 물었다.

"형이 소년에 등과하여 장원이 되고 문장이 백료百僚[849]가 공경하지 않은 이가 없거늘, 진실로 희색이 없음은 어찌오?"

이생이 추연惆然히 탄식하면서 말하였다.

"미천한 몸이 천은天恩[850]을 망극히 입었으니 스스로 당치 못함이 부끄러우나 어찌 기쁘지 아니하리오만은, 부모를 조상早喪[851]하고 공명을 이루어 옛집에 돌아와 가묘에 배알하매 종일토록 통곡하되 한 마디도 응답하심이 없으니 종천終天[852]의

---

843) 노주奴主 : 종과 주인.
844) 노야老爺 : 남을 높여 이르는 말.
845) 좌정坐定 : 앉음.
846) 비색悲色 : 슬픈 기색.
847) 첩첩疊疊 : 근심, 걱정 따위가 많이 쌓여 있는 모양.
848) 희기喜氣 : 기뻐하는 기운.
849) 백료百僚 : 모든 관리.
850) 천은天恩 : 임금의 은혜.
851) 조상早喪 : 일찍 여읨.
852) 종천終天 : 세상의 끝. 영원히.

설움이 흉격胸膈[853]에 막히어 오래 떠났던 형을 만나나 능히 그리든 회포를 펴지 못함을 괴이하게 여기지 말라."

말을 마치고는 눈물이 이어 떨어지니 두 사람이 감창感愴[854]함을 말지 않아서 말하기를,

"오늘은 그대와 더불어 즐기기를 바랐더니 이렇듯 비창悲愴[855]하므로 형을 위하여 슬픔을 금하지 못하겠노라."
라고 하였다.

장원이 이에 묵어 삼일유가三日遊街[856] 하고 어사御賜[857]하신 집에 이르니 고루거각高樓巨閣[858]이 구소의 격하였고 주함옥란珠檻玉欄이 공후公侯[859]의 집 같았다. 이생이 마음에 황감惶感[860] 하나 천자가 사급賜給하시므로 사양하지 못하였다.

비로소 제사 음식을 갖추고 제문을 지어 제사를 지낼 때 통곡하였다. 이어서 머무니 임유 두 사람이 조석으로 분분紛紛히[861] 왕래하여 옛 정을 이으며 친애함이 골육과 같았다. 장원이 이때를 당하여 그 부인 양씨 생각이 일시에 나서 마음이 바쁘므로

---

853) 흉격胸膈 : 가슴 속. 마음.
854) 감창感愴 : 사모하는 마음이 움직여서 슬픔.
855) 비창悲愴 : 마음이 몹시 상하고 슬픔.
856) 삼일유가三日遊街 : 과거에 급제한 사람이 사흘 동안 시험관과 선배 급제자와 친척을 방문하던 일.
857) 어사御賜 : 임금이 내리심.
858) 고루거각高樓巨閣 : 높고 크게 지은 집.
859) 공후公侯 : 제후.
860) 황감惶感 : 황송하고 감격스러움.
861) 분분紛紛히 : 여럿이 뒤섞여 바쁘게.

권솔眷率함을 아뢰고 일삭一朔862) 말미를 얻어 수삼 일 후에 발행發行하려 하였다.

이때, 번왕藩王 남관이 병사를 크게 모아 강서 땅을 침범하니 태수 설인수가 급함을 상소하였다. 상이 여러 신하를 모아놓고 크게 근심하시는데, 여러 신하가 양승상을 생각하여 서로 일컬으면서 탄식하니, 예부상서 조석이 출반주出班奏863)하여 아뢰었다.

"남관이 강서를 침범하니 그 화가 적지 아닌지라, 마땅히 덕망이 과인過人864)한 이를 보내어 진무鎭撫865)하올 것인데 금방 장원한 이경모가 글이 사해四海866)에 넓고 겸하여 덕량德量867)이 과인하니 차인此人868)을 보내어 진무하오심이 가하니이다."

상이 대열大悅869)하시어 말하기를,

"경의 말이 옳도다!"

라고 하시니, 계부시랑 석융이 아뢰었다.

"이경모의 글이 비록 높으나 꾀가 없는 남자라. 마땅히 지용智

---

862) 일삭一朔 : 한 달.
863) 출반주出班奏 : 여러 신하 가운데 혼자 나아가서 임금께 아룀.
864) 과인過人 : 능력, 재주, 지식, 덕망 따위가 보통 사람보다 뛰어남.
865) 진무鎭撫 : 난리를 일으킨 백성을 진정시키고 어루만져 달램.
866) 사해四海 : 온 천하.
867) 덕량德量 : 어질고 너그러운 마음씨나 생각.
868) 차인此人 : 이 사람.
869) 대열大悅 : 크게 기뻐함.

勇[870])이 겸비한 이를 보내어 칠 것이니 이경모는 불가하나이다."

상이 말하였다.

"예부터 영웅이 꾀 없으니, 이러므로 범이 산중에 있어서 진실로 꾀 없다. 경모는 용호龍虎의 위엄을 겸하였으므로 좀 꾀 있는 사람에게 비할 수 있겠는가."

라고 하시고는 즉시 이어사를 명초命招[871])하시니 어사가 즉시 들어와 현조顯朝[872])한데 상이 말하였다.

"남관이 지금 대병大兵[873])을 일으켜 강서를 침범하므로 마땅히 지혜가 과인한 이로써 적을 막자고 하려 제신과 더불어 의논했는데, 조석이 경을 천거하니 진실로 마땅한지라. 병사를 부려 적을 막음이 어떠하뇨?"

어사가 복지하여 아뢰었다.

"번적의 흉계가 측량하지 못하올지라 빨리 막음직 하온데, 신이 국은國恩[874])을 입사와 만의 하나를 갚지 못하온지라. 원컨대 간뇌肝腦[875])를 버려서 일호一毫[876])라도 갚아지이다."

상이 대열하시어 택일擇日[877])하고 십리정十里程에 보내실 때,

---

870) 지용智勇 : 지혜와 용기.
871) 명초命招 : 임금이 명하여 신하를 부름.
872) 현조顯朝 : 예전에, 당시의 조정朝廷을 높여 이르던 말.
873) 대병大兵 : 대군.
874) 국은國恩 : 백성이 나라에 입은 은혜.
875) 간뇌肝腦 : 육체와 정신.
876) 일호一毫 : 한 가닥의 털. 아주 작음을 뜻함.

군마를 점고하고 백모황월白旄黃鉞878)과 상방검인尙方劍刃879)을 더하시니 원수가 마지못하여 수레에 오르는데, 상이 친히 수레를 밀어 보내시고 친퇴장군親推將軍880)이라고 하셨다. 원수가 대군을 거느리고 강서로 나아가는데 상이 백관과 잔을 들어 보내시고 장대將臺881)에 올라 보시고는, 장군이 행군하는 거동이 웅장하여 정기가 해를 덮는 듯하고 물밀 듯 행하니, 상이 백관과 더불어 칭찬하시고는 환궁하셨다.

원수가 행군하여 강서지방에 이르러 진을 치고 안병부동安兵不動882)한데, 남관이 청전請戰883)하기를 두어 번에 원수가 병사를 내어 세 번 싸워 이기고 번의 장수를 사로잡은 바가 오십여 인이었다.

번왕이 대경하여 싸움을 그치고 높은 데에서 이원수의 진법을 굽어보니, 군중이 엄위嚴威884)하여 정기가 하늘을 덮었고 원수가 홀로 장검長劍을 들고 백의당건白衣唐巾885)으로 진의 밖에서 두루 살피는데, 화기和氣886)가 면모面貌887)에 나타나 봄날

---

877) 택일擇日 : 어떤 일을 치르거나 길을 떠날 때 좋은 날짜를 고름.
878) 백모활월白旄黃鉞 : 하얀 깃털과 황금으로 장식한 도끼.
879) 상방검인尙方劍刃 : 임금이 사용하는 칼.
880) 친퇴장군親推將軍 : 임금이 친히 수레를 밀어주었다는 장군.
881) 장대將臺 : 성, 보, 둔, 술 등의 동서 양쪽에 돌로 쌓아 만든 장수의 지휘대.
882) 안병부동安兵不動 : 군사를 편히 하기 위해 움직이지 않음.
883) 청전請戰 : 싸움을 청함.
884) 엄위嚴威 : 엄하고 위풍이 있음.
885) 백의낭선白衣唐巾 : 상군의 군복으로서 고결하고 숭고함을 상징하는 옷과 머리에 쓰는 관.

이 온화한 빛을 당한 듯하고 엄위한 기상과 웅장한 골격이 사람을 놀라게 하는 것이었다. 번왕이 멀리 바라보나 당할 수 없음을 헤아리고 물러가려 하니, 여러 신하가 마땅히 여겨 싸움을 그치고 회진回陣하였다.

다음해 봄에 이르러서 싸움을 청하지 않고 덕을 두텁게 하여 백성을 사랑하니, 인인人人[888]이 추앙하여 투항하는 이가 구름이 모이듯 하므로 번왕이 크게 근심하여 여러 신하들에게 말하였다.

"대장 이경모는 재덕이 출중하고 용명이 귀신과 같으니, 이에 이르러 세 번 싸워서 세 번 이겼고 싸움을 그치고 덕을 베푸는지라. 백성이 다 투항하니 이를 어찌하리오."

여러 신하들이 말하였다.

"이경모는 만고의 영웅이오 천고의 호걸이라. 능히 당하지 못할 것이니, 차라리 자객을 보내어 경모를 해하면 중국을 손에 침을 뱉고[889] 얻을 것입니다."

왕이 대희하여 만금을 내어놓고 자객을 구하니 자객 요방이 날램이 당할 자가 없으므로 번왕이 만금을 주어 이원수를 해하고자 도모하였다. 요방이 대희하여 삼경三更[890]에 이원수의 진

---

886) 화기和氣 : 온화한 기색.
887) 면모面貌 : 얼굴의 모양.
888) 인인人人 : 사람마다.
889) 손바닥에 침을 뱉는 것만큼 쉽게.
890) 삼경三更 : 자정 부근.

에 왔다.

이 날 원수가 진중에 명령을 내려 단단히 지키라고 하니 여러 장수가 각각 청명聽命[891])하고 엄하게 지켰다. 원수가 홀로 촛불을 밝히고 백의당건을 입고 서안書案에 의지하여 병서에 잠심潛心하고 있었으니, 밤의 반에 이르러 문득 한 괴이한 바람이 몸을 스치며 한 사람이 공중에서 내려섰다. 원수가 눈을 들어 보지 않더니 그 사람이 가까이 왔다가 문득 놀라 도로 물러가므로, 원수가 눈을 들어 보니 한 남자가 허리에 보검을 차고 서 있었다. 원수가 책을 놓고 말하였다.

"어떤 사람이건대 밤이 깊은데도 진중에 들어왔느뇨?"

요방이 원수를 보니 얼굴이 웅위하고 기상이 거룩하므로 즉시 칼을 놓고 꿇어앉고는 말하였다.

"소인은 자객 요방입니다. 변왕의 명을 받들어 해하려 왔나이다."

원수가 말하였다.

"너는 매우 충의의 남자로다. 국왕의 뜻을 받아 두려움을 잊고 여기에 와서는 그저 기면 공이 없을 것이니 빨리 베어 네 국왕에게 드리고 대공大功을 받으라. 내 매우 큰 충의에 항복하노라."

이어서 목을 늘이니 요방이 엎드려 죽기를 청하므로 원수가

---

891) 청명聽命 : 명령을 듣고 받듬.

말하였다.

"내가 너의 충절에 항복하여 목숨을 허락하거늘 도리어 죽기를 청하니 실로 알지 못하겠노라."

요방이 말하였다.

"소인이 국왕이 달래는 것을 들어 여기에 이르렀는데, 노야老爺의 위엄을 촉범觸犯[892]하였사오니 마땅히 죄를 입었나이다."

원수가 말하기를,

"너의 말을 들으니 불악不惡의 무리가 아니라 진실로 천하영웅이라."

라고 하고는 즉시 말을 내어주며 말하였다.

"사람의 목숨은 만물 중 큰지라. 무죄한 사람을 해하면 어찌 몸을 보전하리오. 이제부터 마음을 착실히 닦아 어진 백성이 되면 만고의 아름다운 이름을 유전하리니, 어찌 즐겁지 아니하리오."

요방이 백배사례하면서 말하였다.

"소인은 본대 농민이라 이러한 일을 아니하였는데, 칠 년 동안 계속된 흉년을 만나 기한이 절신하매 현심을 발發하지 못하고 천금에 마음이 바뀌어 이렇듯 존위를 침범하니 죄가 만사무석이로소이다." 원수가 희허唏噓[893]하면서 말하였다.

"어찌 한갓 너의 허물뿐이리오. 가련한 인생을 몇이나 해하였

---

892) 촉범觸犯 : 꺼리고 피해야 할 일을 저지름.
893) 희허唏噓 : 한숨을 쉼.

느냐?"

대답하였다.

"이십여 명을 죽였나이다." 원수가 오랫동안 추연惆然하다가 낯빛을 고치고 말하였다.

"내 한 가지 말을 너에게 부치고자 하나니 가히 들으라."

요방이 말하였다.

"무슨 말씀을 명하시든 죽기를 다하여 거역하지 않겠나이다."

원수가 말하기를,

"사람이 비록 처음에 어질지 못해도 마음을 고쳐 후에 착한 남자가 되면 그는 처음에 어진 이보다 곧 낫다고 이르니, 네가 이런 그릇된 일을 버리고 장사질 하고 밭 갈면서 마음을 닦기를 일 삼으면 일신이 정안靜安하고 후에 공명을 얻으리라."
라고 하고는,

"밑천이 없을진대 내가 약간 도우리라."
라고 하고, 이어서 상자 가운데에서 한 봉 은자를 주어 말하였다.

"이것이 비록 미미하나 나의 정을 표하노라."

요방이 죽기로써 사양하고 백배구두하면서 말히였다.

"오늘로부터 개과천선하니 백골난망이로소이다."

원수가 저의 개과함을 보고 크게 기뻐하면서 말하였다.

"날이 새면 군중이 너를 용납하지 않을 것이니 빨리 돌아가라."

요방이 일어나 절을 하고 보검을 낱낱이 뽕아 버리고는 원수를 향하여 무수히 사례하고 돌아갔다. 원수가 촛불 아래에서 위로하여 보내고 누설하지 않으니 군중이 알 리 없었다.

요방이 급히 달려가 번의 진에 이르렀다. 번왕이 여러 장수를 모아놓고 장차 요방이 돌아옴을 기다리다가 드디어 요방이 이르러 절하고 아무 말도 못하므로 왕이 물었다.

"이경모의 머리가 어디에 있느뇨?"

요방이 두 번 절하고 싼 은자를 왕에게 드리면서 원수가 목을 늘이어 칼을 받으려 하던 일을 고하고 문답하던 수말首末을 낱낱이 고하였다. 왕이 다 듣고는 탄식하여 말하였다.

"하늘이 일묘 영웅을 중국에 내어 내 뜻을 능히 이루지 못하게 하시니 진실로 한스럽도다."

이어서 여러 신하를 돌아보면서 말하였다.

"이 사람은 만고의 일인이라. 천장만병千將萬兵으로도 능히 당하지 못하리니 빨리 항복하여 왕작王爵을 누리는 것이 만전지책萬全之策894)이라."

모든 신하들이 울음을 품었는데 그 중의 한 사람이 간하여 말하였다.

"군병이 약하여 빌면 저가 반드시 용사容赦하지 않을까 하나이다."

왕이 말하기를,

---

894) 만전지책萬全之策 : 실패의 위험이 없는 아주 안전하고 완전한 계책.

"그렇지 않다. 이렇듯 도량이 넓고 또한 마음이 어지니 반드시 용사하리라."

라고 하였다.

원수가 요방을 살려 보내고 또한 은자를 주니 요방이 원수의 명령을 깨달아 자객 노릇을 버리고 장사질을 하고 밭을 갈아 양민이 되고는 원수를 축수하였다. 번왕이 다음날 무기를 갖추어 항표를 올리므로 원수가 보니, 먼저 죄를 일컫었는데 뜻이 심히 공순하여 마음에 매우 기뻐하였다. 번왕이 서로 볼 것을 청하므로 원수가 즉시 몸을 움직여 홍포를 입고 금관을 쓰고 옥륜거玉輪車895)를 밀어 갔다. 여러 장수가 말하였다.

"이 적의 뜻이 또한 측량할 수 없으리니 갑주甲冑896)를 갖추는 것이 옮을까 합니다."

원수가 웃으면서 말하기를,

"관계할 것 없다."

라고 하고 번진에 이르니 번왕이 십 리에 나와 읍하고 공경하기를 극진하게 하였다. 함께 본진에 돌아가 만만 일컫고 말하였다.

"내 본대 능하지 못하여 잘못 상국을 침범하여 죄를 얻고는 뉘우침이 많아 표를 올리려 하나니, 죄를 사하여 주시면 해마다 조공을 부지런히 하리이다."

원수가 안색을 온화하게 하여 대답을 흔연欣然897)히 하니 왕

---

895) 옥륜거玉輪車 : 옥으로 장식한 비귀를 장착한 수레.
896) 갑주甲冑 : 갑옷과 투구.

이 두려워하다가 씩씩함에 마음속으로 항복하여 종일토록 진환盡歡하였다. 원수가 본진으로 돌아오는데 번왕이 멀리 나와 공경하여 배별拜別[898]하였다. 원수가 번진을 떠나 본진에 이르니 밤이 깊어 술이 반취半醉하고서 서안에 의지하여 여러 장수와 더불어 말하였다.

이때 각도의 수령들이 날마다 모여 원수를 시립하여 종일토록 있다가 돌아갔는데, 태수 설인수가 매양 가까이에서 뫼셨다. 원수는 설인수인 줄 알고 있으나 인수는 옛날 이경작인 줄 어찌 생각하겠는가. 원수가 회포를 펴고자 하나 군중이 분분한 때라 능히 발설하지 못하고 밤낮으로 마음뿐이었다. 이 날은 도적을 평정하고 군중이 종용하므로 날이 저물어 각도 수령이 각각 물러갔다. 인수가 홀로 모시고 있으니 원수가 친히 당에서 내려 태수를 이끌어 올리고는 말하였다.

"형이 경모를 모르느냐?"

태수가 돈수하고 말하였다.

"소관이 정신이 밝지 못하여 깨닫지 못하오니 모르매 죄를 감당하리이다."

원수가 웃으며 말하였다.

"형이 과연 눈이 무디도다. 금주 양승상의 차서次壻[899]인 목

---

897) 흔연欣然 : 흔쾌하게.
898) 배별拜別 : 절하고 이별함. 공경하는 사람과의 이별을 나타내는 말.
899) 차서次壻 : 둘째 사위.

동 이경작을 모르느냐?"

태수가 이 말을 듣고 천만 뜻밖이라 이어서 말하였다.

"그는 소관의 동서로서 금주를 떠난 지 십일 년이라 하나이다."

원수가 웃으며 말하였다.

"십일 년 동안 잊었던 이경작이라. 형은 조금도 의아스러워하지 말라."

설태수가 여치여취如痴如醉900)하여 한 번 머리를 들어 자세히 보니 완연한 이경모인지라 반가움을 이기지 못하여 손목을 잡고 칭찬하여 말하기를,

"문성 형아, 이는 실로 생시 아니라 오늘 이곳에서 서로 만나니 하늘이 도우심이고 우연한 일이 아니다."

라고 하면서 서로 울고, 잔을 날려 십여 년 그리던 정을 창음暢飲901)하면서 못내 기뻐하였다.

원수가 말하였다.

"형이 외방外方902)에 있은 지 십여 년이라. 모르매 존수尊嫂903)께서 무양無恙904)하시는지."

태수가 웃으며 말하기를,

---

900) 여치여취如痴如醉 : 어린 듯 취한 듯함.
901) 창음暢飲 : 유쾌하게 술을 마심.
902) 외방外方 : 서울이 아닌 모든 지방.
903) 존수尊嫂 : 형수를 높여 부르는 말. 여기서는 저형을 가리킴.
904) 무양無恙 : 몸에 병이나 탈이 없음.

"소자는 약한 남자이므로 좇은 바 아내를 무단히 버리지 아니하니 몸이 정안定安하여 유자유손有子有孫이어늘, 형은 무단히 존수를 버리고 십여 년에 한 번 봉서封書[905]를 보내는 일이 없다가 이제 몸이 영귀榮貴하여 육경六卿[906]의 으뜸이 되니 부귀영광이 비길 데 없거늘 오직 존수를 박대하니 이는 이른바 의가 아니라. 소제는 비록 잔미屠微[907]하여 형에게 시립함을 면하지 못하나 처자를 편하게 거느리고 있으니 가히 형보다 나으리라."

라고 하며 웃고, 술을 먹으면서 대화하였다. 태수가 말하였다.

"근래 들으니 금주에 계신 존수께서 몸에 병을 얻어 목숨이 조석朝夕에 있다고 하니 어찌 가련하지 아니리오."

원수가 다 듣고 악연참색愕然慚色[908]하여 말하였다.

"이는 진실로 나의 연고緣故가 아니라 부득이함이니 이 또한 천수天壽라 설마 어찌하리오. 오래 살고 짧게 삶은 사람의 힘으로 할 바가 아니라. 내 반드시 서울로 돌아가면 어찌 지완遲緩[909]이 전과 같이 무신無信[910]하다고 함을 들으리오."

태수가 말하였다.

"어느 때 서울로 가려 하느뇨?"

---

905) 봉서封書 : 편지.
906) 육경六卿 : 육조 판서.
907) 잔미屠微 : 야하며 변변치 못함.
908) 악연참색愕然慚色 : 깜짝 놀라서 얼굴에 부끄러운 빛이 드러남.
909) 지완遲緩 : 더디고 느슨해짐.
910) 무신無信 : 소식이 없음.

원수가 말하였다.

"민심이 아직 진정치 못하였으니 두어 달 진무鎭撫하고 즉시 가리라."

태수가 말하기를,

"나의 관중關中911)이 비록 작으나 형을 전송하리라."

라고 하고 즉시 돌아와 자기 부인과 더불어 원수의 전후수말前後首末912)을 일일이 전하고 못내 칭찬하였다. 마침 그 즈음 부인이 금주의 소식을 들으니, 이생이 나간 지 십일 년에 소식이 없으므로 약질에 병이 들어 살기 어렵다는 말을 듣고 탄식하고 오열함을 그치지 못하고 있었다. 오늘 이 말을 듣고 기쁨을 이기지 못하다가 이윽고 말하였다.

"사람의 일은 진실로 탁량度量하기 어려운지라. 약질 소저는 이런 줄을 모르고 몸을 버려 보전하지 못하게 되었으니 더욱 슬프도다."

태수가 말하였다.

"이것은 그대 집에서 잘못한 일이니 누구를 한하리오. 비록 빈한하나 어찌 핍박이 심하여 사람으로 디불어 용납할 수 없게 하였소. 이때를 당하매 원수가 하해지량河海之量913)으로 족히 개회介懷914)하지는 않으려니와 그대 집에서 매우 부끄럽게 여

---

911) 관중關中 : 관리하고 있는 구역.
912) 전후수말前後首末 : 일의 전후와 처음과 끝.
913) 하해지량河海之量 : 큰 강과 바다처럼 넓은 도량.

길 것이니 내 그대를 위하여 부끄러움을 금하지 못하노라."

부인이 말하였다.

"이상서를 가히 청하리이까."

태수가 말하였다.

"내일 반드시 올 것이니 마땅히 이생을 대접하려 하노라."

부인이 기뻐하면서 이에 잔치를 배설하고 원수가 오기를 기다렸다. 이날 원수가 이르러 태수와 함께 내당에 들어가 양씨부인과 더불어 예로써 맞았다. 한훤寒喧915)하기를 마친 후 술이 두어 차례 지나자 부인이 말하였다.

"존숙숙尊叔叔916)의 광풍제월光風霽月917)의 모습이 춘화春花가 방창方暢918)함과 같거늘, 약제弱弟919)의 노둔魯鈍920)한 기질로 배행陪行921)을 이룸이 비유컨대 산계山鷄922)와 봉황鳳凰으로 짝을 지음과 같으니 선친先親923)의 기뻐하심과 저의 외람猥濫924)한 복을 일컫더니 상천上天925)이 돕지 아니시어 붕성지통

---

914) 개회介懷 : 마음에 두고 생각함.

915) 한훤寒喧 : 날씨의 춥고 더움을 말하는 인사.

916) 존숙숙尊叔叔 : 아우의 남편을 높여 부르는 말.

917) 광풍제월光風霽月 : 마음이 넓고 쾌활하여 아무 거리낌이 없는 인품을 비유함.

918) 방창方暢 : 바야흐로 화창함.

919) 약제弱弟 : 어린 동생.

920) 노둔魯鈍 : 둔하고 어리석어 미련함.

921) 배행陪行 : 윗사람을 모시고 따라감.

922) 산계山鷄 : 꿩.

923) 선친先親 : 돌아가신 자기 아버지를 남에게 일컫는 말.

崩城之痛926)을 만나고 세세歲歲 번복하고 천수天壽가 무심하지 않으시어 숙숙叔叔이 천가賤家927)를 떠나신 후 십 년 성상星霜928)에 음신音信이 아득하니 만한하지 않은 죄로 부부婦가 규중자탄閨中自嘆929)이 깊어 외로운 약질弱質이 세상을 버리게 되니 가히 슬플 따름이었는데, 천은天恩이 망극하사 숙숙叔叔이 이같이 영귀榮貴하여 이름이 사해四海930)에 가득하시니 약제가 지하의 음혼이 되나 어찌 즐겁지 아니하며, 잔명이 보전한들 어찌 부끄럽지 아니하리오."

말을 마치고 애련哀憐931)한 눈물이 나삼을 적시니 원수가 이 거동을 보고는 마음이 비감하여 공경히 대답하였다.

"소생이 공부로 인하여 금주를 떠남이고 실로 다른 일이 없거늘 오늘 존수께서 이같이 슬퍼하시니 불감함을 금치 못하나 오늘 서로 만나오니 이는 하늘이 지시하심이라. 장차 금주에 이르러 소분掃墳932)한 후 반드시 존택에 이를 것이니 비록 몸이

---

924) 외람猥濫 : 하는 행동이나 생각이 분수에 지나침.

925) 상천上天 : 하늘.

926) 붕성지통崩城之痛 : 성이 무너질 만큼 큰 슬픔이라는 뜻으로, 남편이 죽은 슬픔을 이르는 말. 여기서는 아버지의 죽음을 가리킴.

927) 천가賤家 : 지체나 지위가 매우 낮은 집안. 또는 그런 사람의 집. 여기서는 자기 친정을 낮추어 표현함.

928) 성상星霜 : 한 해 동안의 세월. 또는 햇수를 나타내는 말.

929) 규중자탄閨中自嘆 : 부녀자가 거처하는 방에서 스스로 하는 탄식.

930) 사해四海 : 온 천하.

931) 애련哀憐 : 가엾고 애처롭게 여김.

932) 소분掃墳 : 경사로운 일이 있을 때 조상의 산소를 찾아가 돌보고 제사를

영귀하나 존대인(尊大人933) 생시에 소생에게 지우(知遇934)하시던 은덕을 어찌 저버리리오. 이는 다 존대인의 넓으신 덕택이로소이다."

부인이 재삼 칭사(稱謝)하고 태수 또한 사례하였다.

이윽고 날이 저물어 원수가 진중에 돌아왔다. 세 달을 머물러 백성을 진무하고 대소사를 총찰(總察935)하니 원수의 덕량과 위엄이 진중에 가득하여 사람마다 칭복(稱服)하지 않는 이가 없었다. 강서를 평정하고 백성이 안락하므로 삼군(三軍936)을 휘동(麾動937)하여 서울로 향할 때, 번왕이 반정(半町938)에 와서 전송하고 모든 수령들이 또한 전송하였다. 원수가 먼저 표표(表939)를 올려 강서를 진정(鎭靜940)하고 올라오는 것을 아뢰고는 발행(發行)하니, 모든 백성이 수레를 붙들고 눈물을 흘려 적자(赤子941)가 자모(慈母942)를 떠나보내는 것처럼 하였다.

원수가 철령지계(鐵嶺之界943)에 이르러서는 천자가 원수의 승

지내는 일.
933) 존대인(尊大人) : 남의 아버지를 높여 이르는 말.
934) 지우(知遇) : 남이 자신의 인격이나 재능을 알고 잘 대우함.
935) 총찰(總察) : 모든 일을 총괄하여 살핌.
936) 삼군(三軍) : 군대 전체.
937) 휘동(麾動) : 지휘하여 움직이게 함.
938) 반정(半町) : 성문 밖.
939) 표표(表) : 마음속을 생각을 나타내 임금에게 올리던 글.
940) 진정(鎭靜) : 소란스럽고 어지러운 일을 가라앉힘.
941) 적자(赤子) : 갓난 아이. 백성을 비유하는 말.
942) 자모(慈母) : 자식에 대한 사랑이 깊다는 뜻으로 어머니를 가리킴.

전승戰勝한 표를 보시고 크게 기뻐하시니 만조백관滿朝百官이 하례하였다. 상이 특지特旨944)로 이경모를 '대승상문현각태학사'로 불렀는데, 이때 조서詔書945)가 철령에서 맞아 이르니 원수가 향안香案946)을 배설하고 북향사배北向四拜947)하여 받잡고 불감不敢948)함을 이기지 못하였다.

다시 길을 떠나는데, 대원수가 승전하여 돌아가는 위엄이 늠름함에 겸하여 대승상의 위의威儀949)를 더하니 그 거룩함이 만고의 일인이었다. 승상이 십여 일을 행하여 금주에 이르렀다.

그러는 사이, 양소저는 소천所天950)을 이별한 지 장차 십일 년이 되어, 처음 이별 기약이 십 년이었는데 문득 십일 년이 지나되 어안이 묘망渺茫하니951) 속절없이 단장회한斷腸悔恨952) 됨이 때때로 더하였다. 하루는 부인에게 고하기를,

"소녀의 양인良人953)이 나간 지 십일 년이라. 당초 분주할

---

943) 철령지계鐵嶺之界 : 철령은 중국 요령성 동북부에 있음.

944) 특지特旨 : 임금의 특별한 명령.

945) 조서詔書 : 임금의 뜻을 백성에게 알리고자 적은 문서. 조칙詔勅.

946) 향안香案 : 향로나 향합을 올려 놓는 상.

947) 북향사배北向四拜 : 북극성이 천자를 상징하므로 북쪽을 향해 네 번 절하는 것임.

948) 불감不敢 : 감당하지 못함.

949) 위의威儀 : 위엄이 있고 엄숙한 태도나 몸가짐.

950) 소천所天 : 아내가 남편을 이르는 말.

951) 어안이 묘망하다 : 소식이 없어 아득하다.

952) 단장회한斷腸悔恨 ; 몹시 슬퍼서 한탄함.

953) 양인良人 : 좋은 사람이란 뜻으로서, 소저의 남편을 가리킴.

때는 십 년을 기약하였더니 이제 십일 년에 소식이 돈절頓絕[954]하니 생각하건대 그 몸을 보전하지 못하였는지라. 친척이 없고 의탁할 데가 우리뿐이었거늘 지금 돌아옴이 없으니 반드시 불행함이 있는지라. 반드시 그 해골을 찾아 시부모님의 묘 아래에 묻을 것이니 모친은 소녀 한 사람을 없는 것 같이 이르시어 행하는 정경情景[955]을 막자 하려들지 마소서."

말을 마치고는 주루珠淚[956]가 붉은 뺨에 구르니 부인이 노하여 말하였다.

"이생이 나간 지 십 년이 넘었으나 소식이 없으니 낙엽과 평초萍草[957] 같은 인생이 어디에 의탁하였을 것이며 또한 죽지 않았을 것이거늘 망령妄靈[958]된 말을 방자하게 발하느뇨. 이는 결단코 보내지 못하리니 내 죽은 후 마음대로 하라."

소녀가 이로 좇아 뜻을 이루지 못하니 말미암아 병이 되어 사생死生[959]에 있게 되었다. 설인수 부인은, 이 날 이원수가 대승상을 겸하게 되고 개가凱歌를 부르며 금주를 지나간다는 것을 듣고 크게 기뻐하였다.

금주 일읍一邑이 진동하여 집 잡아 굿 볼[960] 때, 화부인이

---

954) 돈절頓絕 : 편지나 소식 따위가 딱 끊어짐.
955) 정경情景 : 가엾은 처지에 있는 딱한 모습이나 형편.
956) 주루珠淚 : 구슬 같은 눈물.
957) 평초萍草 : 물에 떠다니는 부평초. 뿌리가 없어 물이 흘러가는 대로 삶.
958) 망령妄靈 : 정신이 흐려서 말이나 생각이 정상을 벗어남.
959) 사생死生 : 죽음과 삶.
960) 집 잡아 굿보다 : 일에 참여하지 않고 보기만 하다.

두 부인을 데리고 종각鐘閣961)에서 승상이 지나가는 것을 보려 하고 있었다. 문득 서편에서 붉은 양산陽傘962)이 움직이면서 병마기치兵馬旗幟963)가 정제하여 정기旌旗964)가 폐일蔽日965)하고 금고金鼓966)가 제명齊鳴967)하면서 백모황월白旄黃鉞이 앞을 인도하여 승전곡을 울리면서 나아오니 그 위엄이 늠름하였다.

점점 가까이 나아오는데 문득 양산 앞에 큰 깃발이 움직이고 금자로 크게 썼으되 '대원수대승상 문현각태학사 이경모'라고 하였다. 그 깃발 밑에 한 대의 옥륜거를 밀어 오는데 주렴을 사면으로 걷고 소년 대장이 단좌端坐하였으니, 몸에는 자금포를 입고 머리에는 구룡통천관을 쓰고 허리에는 백옥대를 띠고 우수右手에 백옥규白玉圭968)를 쥐었고 이마에 일곱 줄 명주를 드리우고 좌수左手에 태양선太陽扇을 쥐었다. 관옥冠玉969) 같은 얼굴과 춘풍 같은 풍채가 수려하여 운중룡雲中龍970)이었다. 좌우 관광觀光이 누가 아니 칭찬하겠는가.

961) 종각鐘閣 : 큰 종을 매달아 두는 누각.
962) 양산陽傘 : 햇볕을 가리는 덮개.
963) 병마기치兵馬旗幟 : 군대의 깃발.
964) 정기旌旗 : 왕명을 받은 표시로 주는 정旌과 특정한 뜻이나 단체를 나타내는 기旗.
965) 폐일蔽日 : 해를 가림.
966) 금고金鼓 : 군중軍中에서 호령하는 데 사용하던 징과 북.
967) 제명齊鳴 : 일제히 울림.
968) 백옥규白玉圭 : 백옥으로 된 홀기.
969) 관옥冠玉 : 남자의 아름다운 얼굴을 비유하는 말.
970) 운중룡雲中龍 : 구름 가운데 용. 승천하는 용의 기상.

남씨가 경씨를 돌아보면서 말하기를,

"풍도와 기상이 이생과 같으니 심히 괴이하도다."

라고 하면서 마음에 매우 의심하니 부인이 말하였다.

"이생은 천고에 투미한 인물이오, 이 사람은 만고의 영웅이라. 어찌 이에 미치리오."

이에 승상이 지나가니 택중宅中에 돌아와 두 사람과 함께 칭찬함을 마지 않았다. 두 부인이 소저의 침소에 이르러 소저가 기운을 잠깐 수습하므로 두 부인이 "승상의 풍도와 기상이 이상공과 같으니 문득 반갑고 슬프더이다."라고 말하자, 소저가 이 말을 듣고 한숨을 지으며 길이 탄식하므로 두 사람이 위로하였다. 두어 시녀가 들어와서 어사에게 배알하고 보고하되

"아까 지나던 승상이 이상공 부모 분묘에 배알하고 통곡하더이다."

라고 하니, 어사가 일정 친척인 줄 알고 마음에 기뻐하더니 이윽고 시비 또한 보고하여 말하였다.

"그 승상이 우리 노야의 분묘에 와서 슬퍼 우나이다."

어사가 깨닫지 못하여 마음에 매우 의심하는데, 문득 문전이 들썩이면서 시비가 급히 아뢰었다.

"승상의 가마가 문전에 이르러 노야를 청하시나이다."

두 사람이 황망히 의관을 정제하고 외관에 나가 맞이하되 옥륜거가 비로소 정전에 미쳤는지라 두 사람이 팔을 쥐고 당하에 서 있었다. 승상이 완완緩緩히 당전堂前에 이르니 양생 등이

공수재배拱手再拜971)하니 승상이 답례하고 함께 올라 승상이 먼저 말을 펴 말하였다.

"별래別來972) 십 년 전 가중家中이 무양無恙하시니이가."

두 사람이 오랫동안 묵묵默默하다가 대답하였다.

"학생이 임하林下973)에서 침폐沈廢974)한 지 오래 된지라. 잘 알도록 가르치소서."

승상이 잠소潛笑975)하고 말하였다.

"두 형이 어찌 소제小弟976)를 이 같이 외대外待977)하나뇨? 형이 설마 소제를 알아 보지 못하랴. 나는 곧 경작이라."

두 사람이 이 말을 듣고 마음속으로 놀라 서로 보기를 오래 하다가 바야흐로 경작인 줄을 알고 천만 몽매夢寐978)하여 이윽고 말하였다.

"그대 어찌하여 몸이 이렇듯 영귀하뇨?"

승상이 전후수말을 자세히 풀어서 말하였다.

---

971) 공수재배拱手再拜 : 웃어른에게 두 손을 앞으로 모아 포개어 잡은 후 두 번 절함.

972) 별래別來 : 이별한 후.

973) 임하林下 : 숲 속이라는 뜻으로, 그윽하고 고요한 곳, 즉 벼슬을 그만두고 은퇴한 곳을 비유적으로 이르는 말.

974) 침폐沈廢 : 잠기고 파묻힘.

975) 잠소潛笑 : 가만히 웃음.

976) 소제小弟 : 나이가 가장 어린 아우. 또는 말하는 이가 대등한 관계에 있는 사람이나 윗사람을 상대하여 자기를 낮추어 이르는 일인칭 대명사.

977) 외대外待 : 푸대접

978) 몽매夢寐 : 자면서 꿈을 꿈. 여기서는 천만뜻밖이라는 뜻으로 풀이함.

"그 사이 가중家中이 대개 평안하시냐?"

대답하였다.

"근래에 노친老親은 무양하시나 소매小妹의 병이 실로 위태하
니라."

승상이 말하였다.

"내가 온 연고를 통고하라."

생이 마지 못하여 화부인에게 아뢰었는데 부인이 듣기를 다
하고 묵묵하다가 "청하라."고 하므로 이에 승상을 데리고 내당
에 이르렀다. 승상이 공수재배하니 부인이 답례하고 어린[979]
듯하여 아무 말도 못하므로 승상이 말하였다.

"부인이 나를 알지 못하시니 어찌 슬프지 아니하리오."

부인이 참괴慙愧[980]함을 머금고 승상의 금포錦袍를 잡고 체루
涕淚[981]가 종횡하여 반향후半餉後[982] 말하였다.

"노태老態[983]의 정신과 안력眼力[984]이 부족하여 그대를 알지
못하였으니 실로 죽을 만도 하지 못한지라. 또한 약녀弱女의
일생을 생각하매 밤낮으로 잠을 일우지 못하고 식음이 정안定安
하지 못하였는데, 이제 몸이 이렇듯 영귀하여 국가에 대공을

---

979) 어리다 : 황홀하게 도취되거나 상심이 되어 얼떨떨하다.

980) 참괴慙愧 : 매우 부끄럽게 여김.

981) 체루涕淚 : 눈물.

982) 반향후半餉後 : 오랫동안.

983) 노태老態 : 늙은 모습. 여기서는 화부인 자신을 가리킴.

984) 안력眼力 : 시력.

이루고 영화가 지극하니 옛일을 생각지 않고 이처럼 임臨하시니 신의가 있는 군자라. 노인이 옛일을 생각하니 사람을 알지 못한 것을 스스로 한탄하노라. 바라건대 현서賢壻는 옛일을 용서하고 약녀를 버리지 말라."

승상이 공경하고 흠신欠身하여 수작이 화려하고 조금도 옛일을 개회하지 아니하니, 부인이 매우 아름답게 여겨 영행榮幸985) 함을 아주 기뻐하여 측량치 못하였다. 이에 말하였다.

"현서가 나감으로부터 약녀가 단장함이 날로 깊어져 이에 이르러서는 사병死病이 골수에 박히어 백약이 무효한지라. 현서는 바삐 구하라."

승상은 즉시 대인각에 이르니 사면이 적적하고 금병錦屛986) 이 의의依依987)한데 승상이 슬픈 마음을 진정하고 소저의 방안에 다다랐다. 소저가 병중이나 정신을 수습하여 혹 어긋남이 있을까 하여 시녀로 하여금 전어傳語988)하여 말하였다.

"그대가 처음으로 가실 적에 빗을 꺾어서 나누었더니 모로매 빗을 내어 전하라."

라고 하니 시비侍婢가 빗의 반을 내어 오니, 승상이 또한 반소半 梳989)를 내어 맞추니 같았다. 시비가 들어가므로 승상이 시비를

---

985) 영행榮幸 : 운이 좋은 영광.
986) 금병錦屛 : 비단 병풍.
987) 의의依依 : 그대로.
988) 전어傳語 : 말을 전함 저어傳言
989) 반소半梳 : 반만 남은 빗.

따라 침소寢所990)에 들어가니 소저가 몸이 버려져 인사를 차리지 못하였다. 승상이 그 덮은 것을 거두어 내니 문득 옛 화용花容이 변하여 그 참혹慘酷한 형용을 이로써 기록하지 못할 정도였다. 승상이 그 손을 잡고 그리워한 정을, 회포를 이기지 못하여 눈물을 머금고 두어 번 부르니, 소저가 눈을 뜨지 않지 않으므로 승상이 또한 슬픔을 참고 강개하여 말하였다.

"나는 그대의 낭군 이경모러니, 그대는 이별 후에 어이 나를 보려고 오히려 싫은 사람 같이 하니 심히 섭섭하도다."

양씨가 이 말을 듣고 눈물이 비처럼 흐르면서 길이 한숨 지고 흐느끼다가 문득 혼절하니 어사 형제가 참절慘絕991)함을 이기지 못하였다. 또한 승상이 비감悲感992)하여 밤이 깊도록 깨지 못하니 혼자 힘을 다하여 구호救護하였다. 오래 날이 새어서야 숨을 내쉬면서 정신을 수습하므로 모든 사람이 기뻐하지 않는 이가 없었다. 수삼 일 지나자 병세가 쾌快하였으니, 원간 다른 병이 아니라 일생 동안 소년을 찾지 못하여 생긴 병이 고황膏肓993)에 깊은 것이었다. 이제 이렇듯 영귀하여 돌아와 구호함을 입으니 못내 기뻐 천수만한千愁萬恨994)이 춘설春雪995) 같이 스러

---

990) 침소寢所 : 사람이 자는 곳.
991) 참절慘絕 : 더할 나위 없이 비참함.
992) 비감悲感 : 슬프게 느낌.
993) 고황膏肓 : 심장과 횡경막 사이. 여기에 병이 들면 낫지 않는다고 함.
994) 천수만한千愁萬恨 : 온갖 근심과 원한.
995) 춘설春雪 : 봄눈.

졌으니, 합가閤家가 크게 기뻐하였다.

소저가 처음으로 의상을 수습하고 부부가 서로 대하니 영행榮幸함을 어찌 다 측량하겠는가. 소저는 다만 두 줄 청루가 이으니 능히 말을 일우지 못하였다. 승상이 재삼 위로하되 부인은 단지 옛일만을 생각하고 슬퍼하면서 부끄러워함을 금치 못하였다.

승상이 오 일을 머무르고 서울로 향할 때, 임행臨行에 승상이 채단綵緞996) 두어 수레를 화부인에게 드리고 남경 두 부인에게 또한 채단 수거手車997)를 드리고 금백金帛998)을 흩어서 노복奴僕에게 주니 그 치하가 만고에 드물었다.

이어서 승상이 수레를 돌려 낙양 청운사로 드니, 장로와 제승이 영화榮華를 하례하고 치하함이 비할 데가 없었다. 그 날 밤을 청운사에서 지내고 장로와 제승에게 금백과 채단을 많이 주고 절을 중수重修하기를 극진하게 하였다. 승상이 장로를 이별하고 행하여 성외城外에 이르러서는 천자가 백관을 거느리고 십 리에 나와 맞이하는데 위풍이 거룩하였다. 좌우에 구경하는 이들이 칭찬하기를 마지 않았다. 천지 밑에 다다라 수레에서 내려 사배하니 상이 대답하였다.

"강서가 위태함이 급하거늘 경이 한 번 나아가매 문득 도적을

---

996) 채단綵緞 : 온갖 비단.
997) 수거手車 : 손수레.
998) 금백金帛 : 금과 비단.

평정하고 백성을 무휼撫恤[999]하고 돌아옴으로써 짐을 기쁘게 하니 국가의 고굉지신股肱之臣[1000]이라. 이보다 더한 공이 드문지라 무엇으로 그 공을 갚으리오."

승상이 돈수재배頓首再拜하고 말하였다.

"신의 미천하온 몸이 천은天恩을 입사와 육경에 이르오니 조서를 받자와 강서의 도적을 평정하옴은 이 다 폐하의 홍복洪福[1001]으로 말미암이오 신에게 무슨 공이 있사오리이까."

상이 무릎을 치면서 감탄하시고 금백을 상사賞賜[1002]하시니 승상이 감히 사양하지 못하고 받자오니 상이 더욱 기뻐하시어 이원梨園[1003]에서 잔치를 베풀어서 삼일진환三日盡歡[1004]하고 파하였다. 승상이 한꺼번에 권솔하는 것이 바쁘므로 한 달의 말미를 청한데 상이 윤허하시고 인견하시니 승상이 단지 아래에서 꿇었다.

상이 말하였다.

"경은 누구의 사위인고?"

승상이 대답하였다.

"전조前朝[1005]의 승상인 양자윤의 차서次壻[1006] 되옵나이다."

---

999) 무휼撫恤 : 불쌍히 여겨 위로하주고 물질적으로 도와 줌.
1000) 고굉지신股肱之臣 : 임금이 가장 믿고 중히 여기는 신하.
1001) 홍복洪福 : 큰 행복.
1002) 상사賞賜 : 임금이 칭찬하여 상으로 물품을 내려 줌.
1003) 이원梨園 : 기생, 배우, 광대 등을 양성하던 곳.
1004) 삼일진환三日盡歡 : 삼 일 동안 즐거움이 다하도록 놂.
1005) 전조前朝 : 바로 전대의 왕조.

상이 말하기를,

"양자윤은 어진 재상이러니 경이 또한 양공의 사회가 되니 가히 기특하다고 하리로다."

이어서 승상 부인에게 우현비右賢妃[1007]를 봉하여 직첩職牒[1008]을 주시고, 이승상 부친으로는 남원왕을 봉하시고, 그 모친으로는 정렬부인으로 추증하시었다. 승상이 천은을 축수하고 택일하여 가묘를 추증하러 금주로 갈 때 궐하闕下에서 하직하니, 상이 빨리 돌아오기를 두세 번 당부하시어 승상이 재삼 아뢰었다.

"전 시어사侍御史 양명무와 전 한림翰林 양명수는 전조에 총애하시던 바로서 재주와 문학이 출중하니 마땅히 거두어 쓰심 직하오나 침폐하온 지 수십 년에 이르고, 강서 태수 설인수는 매우 아름다운 군자거늘 외임外任[1009]으로 오래 있음은 옳지 않은 듯하옵니다. 청컨대 거두어 쓰시면 국가에 이익이 되리니[1010] 천거薦擧의 마땅함을 바라옵니다."

상이 춘몽에서 깬 듯하여 말하였다.

"양영무 형제는 짐이 즉위하면서부터 신하늘이 일컫지 아니하매 전연全然히 잊었더니, 이제 경이 아뢰는 말을 들으니 진실

1006) 차서次壻 : 둘째 사위
1007) 우현비右賢妃 : 정일품 이상 벼슬아치의 부인.
1008) 직첩職牒 : 조정에서 내리는 벼슬아치의 임명장.
1009) 외임外任 : 외직外職.
1010) '국가에 이익이 되리니'는 원문에 없는 부분이나 문맥상 필요함.

로 마땅한지라."

　즉시 두 사람을 각각 옛 벼슬로 부르시니 조서가 승상의 행도
行途와 같이 금주로 이르렀다. 조서가 내렸음을 먼저 고하니,
어사 형제가 향안香案을 배설하고 맞이하여 북향사배하고 함께
기뻐하였다. 이승상이 이에 이르러 그 부모와 양승상의 묘하에
제문을 지어 제사 지내고 그 유모의 묘비를 크게 세웠다.

　소저가 길을 떠날 때 양부인이 봉비封妃[1011] 직첩職牒을 받고
서울로 향하였는데, 강변에 이르러 채선彩船[1012]에 비단 돛을
높이 달고 각색 풍류가 진동하니 광채가 배증倍增[1013]하였다.
성중城中에 이르러서는 양어사가 모친을 모셔 옛집에 안둔安
屯[1014]하게 하였다. 양부인은 바로 승상부丞相府에 이르러 처음
으로 부부가 사당에 배제陪祭를 이루니 새롭게 슬퍼하면서 무궁
無窮한 비회悲懷를 제어하기 어려웠다. 정당正堂에 돌아오니 온
화한 기운이 자약自若하여 봄꽃이 비 기운을 머금은 듯하였다.
이때 설태수가 이르러 옛집을 쇄소灑掃[1015]하고 벼슬을 옮김에
이르러 형제와 자매, 그리고 모친을 모셔 즐김이 비길 데가
없었다.

　이러하는 동안, 임강수는 호부시랑이오 유백문은 이부시랑

1011) 봉비封妃 : 봉하여 세움.
1012) 채선彩船 : 정재呈才의 선유락船遊樂에 쓰는 배.
1013) 배증倍增 : 갑절로 늘어남.
1014) 안둔安屯 : 여러 사람이 함께 편안히 머무름.
1015) 쇄소灑掃 : 물 뿌리고 비를 쓰는 일.

을 하였다. 두 사람이 조회朝會한 후 승상부에 모여 시주詩酒로 종일하면서 이렇듯 즐기니 훌쩍 시간이 여러 춘추春秋1016)를 지났다. 승상의 벼슬이 돋워져 청광후淸光候에 봉해지니 사람들이 일컫기를 이청후李淸候라고 하였다.

승상이 하루는 조참朝參1017)한 후 옥륜거를 밀어 부중府中으로 향하고 있었다. 입시入侍1018)하면서 사주賜酒1019)를 사오 배盃 마시고 왔으므로 옥안玉顔에 홍광紅光1020)이 어리었으니 늠름한 풍채와 기이한 골격이 드러나 비할 데 없었다. 수레를 행하여 올 때, 좌우 청루靑樓1021)에 아름다운 계집 육칠 인이 승상의 위풍이 거룩함을 보고 호탕豪宕1022)한 정을 이기지 못하여 동정洞庭1023)의 금귤金橘을 다투어 던져 수레에 가득1024) 차나 승상은 홀로 알지 못하는 체하고 단정히 앉아 좌우를 살피지 않고

1016) 춘추春秋 : '해'를 문어적으로 이르는 말.

1017) 조참朝參 : 조회에 참석함.

1018) 입시入侍 : 대궐에 들어가 왕을 알현하던 일.

1019) 사주賜酒 : 임금이 하사한 술.

1020) 홍광紅光 : 붉은 빛. 술기운에 얼굴이 붉어짐.

1021) 청루靑樓 : 창기娼妓나 창녀들이 있는 집.

1022) 호탕豪宕 : 호기롭고 걸걸함.

1023) 동정洞庭 : 호남성湖南省 북부, 장강長江 남쪽에 위치한 중국에서 두 번째로 큰 호수의 이름. 동정호는 산천이 아름답고 걸출한 인물을 많이 배출하여 예부터 '동정호는 천하제일의 호수이다'라는 칭송을 들었음.

1024) 당나라 시인인 두목지杜牧之의 취과양주귤만거醉過楊州橘滿車 고사. 두목지가 술에 취해 양주를 지나가는데 기녀들이 귤을 던져 수레에 가득 찬다고 함. 중국 만당건기의 시인으로서 이름은 두목이고 목지는 자이다. 얼굴이 미남이었다고 전한다.

오다가, 마침 길에서 유시랑을 만나니 시랑이 말하기를,

"형의 수레 위에 귤이 저 같이 많으뇨?"

라고 하니, 공이 웃으면서 말하였다.

"대로를 지나매 자연히 귤이 수레를 침노侵擄하니 그 풍도를 가히 알겠는가."

시랑이 웃고 말하였다.

"당세의 두목지杜牧之로다. 청루의 미인들이 아리따운 화용花容으로 춘정春情을 금치 못하여 귤을 옥수玉手로 날려 형을 희롱함이니 이는 다 형을 희롱함이라. 그래도 알지 못하는 것은 실로 박정薄情한 일이라."

승상이 웃으며 말하였다.

"주는 것을 사양하지 않으나 무슨 유의함이 있으리오."

말을 마치고는 서로 웃고 함께 집에 이르러 가인家人[1025]을 불러 시랑[1026]을 청하였다. 이윽고 시랑이 이르러 삼공이 후원에 모여 이화정梨花亭 아래에 주효酒肴[1027]를 벌이고 앵무배鸚鵡杯[1028]를 날려 한가하게 대화하다가 일모서산日暮西山[1029]하므로 마치고 함께 침소에 돌아와 머물렀다.

하루는 천자가 금란전金鑾殿에 잔치를 배설하시어 조신朝臣과

1025) 가인家人 : 집안 사람.
1026) 임강수를 가리킴.
1027) 주효酒肴 : 술과 안주.
1028) 앵무배鸚鵡杯 : 자개를 가지고 앵무새의 부리 모양으로 만든 술잔.
1029) 일모서산日暮西山 : 날이 저물어 해가 서산에 짐.

더불어 즐기는데 백관百官이 다 취하여 돌아가고 이승상이 부중에 돌아와 인사人事를 모르고 외당에서 니 일찍 깨어나지 못하였다. 부인이 조회에 늦음이 민망하여 동자로 하여금 차 한 그릇을 먼저 보내어 마시게 하고 친히 관복冠服1030)을 받들어 창 밖에 대후待候1031)하여 깨기를 기다렸다. 승상이 일어나지 아니하므로 부인이 시동侍童1032)을 시켜 기침起寢1033)함을 사뢰도록 하고 난간머리에 서 있었다. 동자가 나지막하게 소리를 내어 고하였다.

"날이 이미 늦었고 조회를 파하였나이다."

공이 깨어나니 동자가 차를 드리고 말하였다.

"부인이 차를 보내시고 창밖에서 대후한 지 오래나이다."

공이 말하였다.

"부인이 어찌 외당에 나와 계시며 계실진대 어찌 들어오지 아니하시나뇨."

동자가 말하였다.

"노야께서 일어나지 않으시기로 민망히 여기시어 나오심이오, 들어오시지 못하심은 소동小童1034)이 있삽기로 들이오시지 못하심이나이다."

1030) 관복冠服 : 갓과 옷.
1031) 대후待候 : 웃어른의 명령을 기다림.
1032) 시동侍童 : 귀한 사람 옆에서 시중하던 아이.
1033) 기침起寢 : 기상.
1034) 소동小童 : 남의 집에서 심부름 하는 아이.

공이 이윽고 시동을 물리치고 부인을 청하니 부인이 쌍수로 관복을 받들어 들어오므로 공이 오히려 자리에서 일어나지 않았다. 부인이 말하였다.

"지금 일어나지 않으시뇨?"

공이 기지개를 켜면서 말하였다.

"날이 아니 일렀느냐."

부인이 말하였다.

"거의 낮이로소이다."

공이 말하였다.

"그럴진대 나를 일으켜라."

부인이 정색하여 말하였다.

"당신이 비록 천성이 완완緩緩하나 이제는 국가의 대신으로서 항렬行列의 으뜸이므로 백관이 조회하려 궐문闕門[1035]에서 기다리거늘, 느릿느릿 하시는 것이 이와 같으시니 어찌 족히 부지런하다고 하리이고."

공이 즉시 일어나 말하였다.

"어질도다, 부인의 말이여! 나의 취몽醉夢[1036]을 깨우게 하는도다."

이어서 소세하니 부인이 관복을 받들어 입히기를 가지런히 한 후 재촉하여 수레에 오르게 하고 내당으로 들어왔다. 공이

1035) 궐문闕門 : 대궐의 문.
1036) 취몽醉夢 : 술에 취해 자는 동안의 꿈.

궐하闕下[1037)에 이르니 과연 백관이 궐문 밖에 기다리면서 날이 늦도록 조회를 못하였다. 공이 즉시 함께 입궐入闕하는데, 임유 양공이 꾸짖어 말하였다.

"형이 국가의 으뜸이라. 마땅히 먼저 와 우리를 기다렸다가 조회에 참례參禮하는 것이 사리에 마땅하거늘, 오늘날 이 같이 늦음은 어찌된 일이오."

공이 이 말을 듣고는 부끄러움을 머금고 웃으면서 말하기를,

"형 등은 노하지 말라. 어제 연석宴席[1038)에서 자주 주배酒杯[1039)에 참여하였으니, 술에 취하여 몽롱朦朧하기로 잠을 일찍 깨어나지 못한 것은 다 나의 허물이라. 비록 죄책罪責[1040)이 있으나 내가 당할 바로서 형 등은 조금도 염려할 바가 아니지만, 실로 늦게 왔음을 그윽이 부끄러워하노라."

라고 하고는 이에 함께 참조參朝하는데, 상이 말하였다.

"오늘 조회는 어이하여 이 같이 늦느뇨?"

신하들이 수색愁色[1041)이 만면滿面[1042)하여 만조滿朝[1043)가 아무 말 없이 있는데, 승상이 출반주出班奏하여 말하였다.

"어제 연차에서 신이 과취하여 늦게야 일어나니 이렇듯 지완

1037) 궐하闕下 : 대궐 아래, 즉 임금 앞.
1038) 연석宴席 : 잔치를 베푼 자리.
1039) 주배酒杯 : 술잔.
1040) 죄책罪責 : 잘못을 저지른 책임.
1041) 수색愁色 : 근심스러운 기색.
1042) 만면滿面 : 얼굴에 가득찬.
1043) 만조滿朝 : 온 조정.

遲緩[1044]한 연고이오니 삼가 청죄請罪[1045]하나이다."

상이 이 말을 들으시고 웃으면서 말하였다.

"원간 짐의 연고라. 경의 죄가 아니어든 이같이 청죄하는 것은 불가하도다."

라고 하시고, 이어서 조신朝臣으로 하여금 고금古今의 치란治亂[1046]에 대해 의논하시어 날이 늦으니 드디어 파조罷朝[1047]하였다. 신하들이 각각 집에 돌아가니 부인이 공경하여 식상食床을 살피는데, 마침 승상의 가마가 문에 이르러 옥패玉佩[1048]를 울리면서 내당에 들어가니 부인이 맞아 말하였다.

"오늘 조회에서 무슨 죄책이 계시니이까."

공이 말하였다.

"결과적으로 각별한 죄책은 없거니와 부인이 아니었다면 거의 큰 죄를 당할 뻔했으니 부인의 넓은 덕량으로 오늘 죄를 면하였습니다. 이는 다 부인의 넓은 덕에 힘 입음이라."

부인이 말하였다.

"성덕聖德[1049]이 하늘과 같으시니 옛일을 생각하여 나라를 태평하도록 돕사와 성은聖恩[1050]을 갚사올지라. 오늘 죄를 면하

1044) 지완遲緩 : 더디고 느즈러짐.

1045) 청죄請罪 : 죄를 청함.

1046) 치란治亂 : 난을 다스리는 일.

1047) 파조罷朝 : 조회를 마침.

1048) 옥패玉佩 : 옥으로 만든 패물. 왕비 이하 문무백관이 조복·제복을 입을 때 양옆에 늘이는 장식품.

1049) 성덕聖德 : 임금의 덕.

심은 다 하늘의 뜻이로소이다."

공이 사례謝禮하면서 말하였다.

"부인의 어진 말씀이 나로 하여금 부끄럽게 하는도다. 비록 그러나 어찌 차등차此等事[1051]를 깨닫지 못하리오."

라고 하고는 즉시 나와 외당에 있는데, 문득 경주 부윤이 미창美娼[1052] 십 인을 보내었는지라 청후[1053]가 그 중 아름다운 미녀 다섯 명은 두고 그 남은 미녀는 도로 보내었다. 이 날로부터 하루씩 돌려 자고 또한 취하여 능히 기거起居[1054]를 못하니 다섯 창기를 돌아보면서 말하였다.

"부인이 너희 등이 있음을 알지 못하니 오늘은 반드시 부인에게 현알見謁[1055]하라."

다섯 창기가 수명受命[1056]하여 즉시 내당에 들어가 부인에게 현알하는데, 미녀 다섯 명이 함께 부인에게 절하여 뵈므로 부인이 무슨 일인 줄 몰랐다. 승상이 들어와 부인에게 일러 말하였다.

"이 여자들은 다른 계집아이가 아니라 경주 부윤이 미녀 열 명이 아름다우므로 내게 보내었기로 다 안 받기는 장부의 할

1050) 성은聖恩 : 임금의 거룩한 은혜.
1051) 차등차此等事 : 이러한 등의 일.
1052) 미창美娼 : 아름다운 기생.
1053) 승상을 가리킴.
1054) 기거起居 : 먹고 자고 하는 일상적인 생활을 함.
1055) 현알見謁 : 지체가 높고 귀한 사람을 찾아가 뵘.
1056) 수명受命 : 명을 받듦.

바가 아니라 마지못해 다섯 명은 도로 보내고 이들 다섯 명은 머물러 두었나니 부인의 뜻이 어떠하뇨?"

부인이 대답하였다.

"가내家內1057)가 적적寂寂1058)하옵더니 매우 마땅하니이다."

청후가 웃으며 말하기를,

"가중에 홍장紅粧1059)한 시녀가 많으나 내 별로1060) 홍장 다섯 명을 얻어 부인에게 드리나니 범사凡事1061)를 시녀와 같이 부리시고 만일 수종隨從1062)하지 않거든 내게 고하여 다스리게 하소서."

라고 하고 이어서 다섯 창기에게 명을 내려 말하였다.

"부인이 시키시는 일을 조심하여 받들고 조금도 태만하지 말라. 만일 순종하지 않으면 내 비록 사랑함이 있으나 죄를 면하지 못하리라."

다섯 창기가 명을 듣고 물러났다. 이날부터 부인이 사랑하기를 더욱 깊이 하였다. 이후 승상이 일삭一朔1063)의 망일望日1064)은 내당에 처하여 세월을 보내니 슬하에 삼자일녀를 두었으니

1057) 가내家內 : 집 안.
1058) 적적寂寂 : 고요함.
1059) 홍장紅粧 : 연지 등으로 붉게 하는 화장.
1060) 별로 : 따로.
1061) 범사凡事 : 모든 일.
1062) 수종隨從 : 남을 따라 다니며 시중을 듦.
1063) 일삭一朔 : 한 달.
1064) 망일望日 : 보름날. 혹은 15일.

이는 다 비유하건대 공산空山의 백옥白玉이오 바다의 구슬이었다. 하루는 호상 어사가 미녀 십오 명을 보내었으므로 청후가 도로 보내고 내당에 들어가 수말首末을 이르니 부인이 내념內念1065)에 대답하였다.

"전일 십 미인도 보내는 것이 장부의 풍도가 아니라서 두었노라고 하시더니, 더욱 십오 미인을 도로 보내는 것은 장부의 풍도라 하리잇가?"

청후가 이 말을 듣고 웃으면서 말하였다.

"부인이 나의 마음속을 훤칠하게 하니 마음에 스스로 부끄러워 도로 보냈나이다."

이러하고 있을 때, 두 부인이 화부인에게 수연壽宴1066)을 열어 드리므로 청후가 돕기를 풍후豊厚하게 하고 부부가 연차宴次에 참연參宴1067)하니 각각 잔을 들어 헌수獻壽1068)하였다. 차례에 미쳐서는 관복을 정제하고 부인과 더불어 헌수하기를 마치고 좌정坐定하였다.

부인이 눈을 들어 좌우를 살피니, 이자양부二子兩婦1069)와 설태수 부인은 다 이품二品인데, 청후기 홀로 구룡금관에 자금포를 입고 옥패 소리가 진동하며, 그 부인의 머리에 쌍봉관을

1065) 내념內念 : 마음속의 생각.
1066) 수연壽宴 : 보통 환갑잔치를 말함.
1067) 참연參宴 : 수연에 참가함.
1068) 헌수獻壽 : 수연에서 잔을 올림.
1069) 이자양부二子兩婦 : 두 아들과 두 며느리.

쓰고 몸에 청깁[1070]적의翟衣[1071]를 입고 명월패를 찼으니 그 복색이 의연依然히 공후의 복색이었다. 위풍이 거룩하여 좌우에 금동옥녀가 나열해 있으니 연석宴席의 즐거움이 비할 데가 없었다. 부인이 옛일을 생각하고 희허唏噓하여 말하였다.

"석일昔日[1072]을 의논할진대 오늘날 이 같이 즐거운 일이 있을 줄 어찌 뜻하였으리오. 이는 반드시 하늘이 도우심인가 하더라."

삼 일을 진락盡樂[1073]하고 돌아왔다.

이러구러 여러 춘추春秋가 지나므로 화부인의 춘추가 팔십에 이르도록 즐기다가 마침내 돌아가시니 자녀의 애통함이 과례過禮[1074]하였다. 세월이 빨라 삼 년이 지나니 청후 부부의 슬픔이 새로웠다. 이때에 이르러서는 양어사는 이부시랑을 하고 양한림은 태상정경을 하고 설태수는 예부상서를 하였다. 그 후 유백문은 공부대부를 하고 임강수는 이부상서를 하였으니, 세 사람은 매양 한 집에 모여 탄금시주彈琴詩酒[1075]로 종일 진락하여 일생을 태평으로 날을 보내었다. 시인時人[1076]이 일컬어 말하기를 '삼위三位 신선神仙[1077]'이라고 하였다.

1070) 청깁 : 명주 실로 바탕을 좀 거칠게 짠 청색 비단.
1071) 적의翟衣 : 왕후가 입던 붉은 비단에 청색의 꿩을 수놓은 대례복大禮服.
1072) 석일昔日 : 옛날.
1073) 진락盡樂 : 즐거움을 다함.
1074) 과례過禮 : 예에 지나침.
1075) 탄금시주彈琴詩酒 : 거문고를 타면서 시를 짓고 술을 마심.
1076) 시인時人 : 당시 사람들.

청후 부인이 십남삼녀를 낳으시니 그 기골이 다 명골재상名骨宰相[1078]이었다. 청후가 입신立身[1079]한 지 삼십 년에 미쳐서는 천자 섬기기를 더욱 정성으로 하고 국사에 근실勤實함이 조신 중 으뜸이었다. 이렇듯 다스림이 지극하니 천하가 태평하고 만민이 안락하여 산에는 도적이 없고 길에 떨어진 것을 줍지 아니하였다. 천하의 만민이 넓은 덕택과 청후의 무궁한 도량을 갈수록 칭송하였다. 상이 더욱 사랑하시어 날마다 어주御酒를 주시고 각도 수령이 또한 범물凡物[1080]을 마음대로 진봉進封[1081]하지 못하니 이는 그 마음이 백옥 같기 때문이라고 탄복하였다.

그 후에 상이 청후의 공을 다시 생각하시어 청후를 청원왕을 봉하시니, 공이 여러 번 상소하여 굳이 사양하므로 상이 윤허하지 않으시고 더욱 탄복하였다. 청후가 감히 여러 번 사양하지 못하여 받고 거가居家[1082]함에 있어서는 범사凡事에 엄숙하였다. 이 같이 스스로를 존중하나 사람을 대함에 있어서는 몸을 낮추어 온공溫恭[1083]함이 지극하니 누가 그 덕량을 탄복하지 않겠는가.

그 부인 또한 고법古法[1084]을 지키어 몸을 교만하게 하지 않고

1077) 삼위三位 신선神仙 : 세 분의 신선.
1078) 명골재상名骨宰相 : 재상의 골격.
1079) 입신立身 : 벼슬을 함.
1080) 범물凡物 : 평범한 물건. 세상에 있는 물건.
1081) 진봉進封 : 물건을 싸서 임금에게 진상함.
1082) 거가居家 : 자기 집에 있음,
1083) 온공溫恭 : 온화하고 공손함.

일생을 놀지 아니하니 누구도 거룩하게 여기지 않는 이가 없었다. 상이 또한 청후 부부의 덕량德量[1085]에 감동하여 장안 거리에 좋은 비를 세워 거룩한 충의를 나타내셨으니, 그 비에 새겼으되, '치국평천하지공治國平天下之公[1086]'이라고 하였다. 공의 부부가 백세로 해로偕老[1087]하고 십오 자녀가 현달하여 영화가 더욱 지극하였다.

승상 부부가 초년에는 비록 고초를 받으나 말년에 몸이 현달하여 일국의 으뜸이 되었다. 이로서 볼진대 하늘이 어진 사람에게 복을 내리신다는 말이 매우 합당하다. 이후 부부의 복덕福德[1088]은 만고의 제일이니, 이는 진실로 곽분향郭汾陽[1089]의 복덕으로도 미치지 못할 것이다. 이러므로 거룩한 충효와 도량을 자랑하고자 잠깐 기록하니 훗날 사람은 반드시 이 같은 일을 효칙效則[1090]하여 본받을지어다.

갑자甲子년 납월臘月[1091] 십오일

1084) 고법古法 : 옛날부터 전해 오는 법칙.

1085) 덕량德量 : 어질고 너그러운 마음씨나 성격.

1086) 치국평천하지공治國平天下之公 : 나라를 다스리고 천하를 바르게 한 공.

1087) 해로偕老 : 함께 늙음.

1088) 복덕福德 : 타고난 복과 후한 마음.

1089) 곽분양郭汾陽 : 중국 당나라 때의 분양왕汾陽王 곽자의를 가리킴. 곽분양은 아주 팔자가 좋아 모든 부귀와 공명을 한 몸에 지녔다고 함.

1090) 효칙效則 : 본받아 법으로 삼음.

1091) 납월臘月 : 12월.

III. 〈낙성비룡〉 원문

낙성비룡 권지일

P.1

화셜 딕명 졍통년간의 북경 유화촌의 흔 션비 이시니 셩명은
니쥬현이라 딕딕 명문거족으로 홍진을 피ᄒ여 구 셰를 산즁의
은거ᄒ미 글을 닐고 월노 벗을 숨고 지닉더라[1092](인물이 아름
답고 흑문이 너릭딕 명구란수ᄒ야 공명을 일우디 못ᄒ고 셰딕
쇠미ᄒ야 가빈궁경ᄒ딕 젹션을 너비 힝ᄒ더라 기쳐 오시는 수
족의 아름다온 슉녀로 부덕이 미진ᄒ미 업스니 부부 스이 금슬
이 화합ᄒ미 교칠 ᄀᆺᄐᆟ 오십의 니릭도록 농장의 경시 업스니
쥬현이 본딕 딕딕독지라 그 오딕죄 급졔ᄒ야 한님흑스로 일죽
죽고 그 후 딕딕 유흑으로 쥬현의게 미쳐는 더욱 쇠미흔 둥
다시 조종을 밧들딕 업스니라)

P.2

(쥬현이 오시로 더브러 믹양 탄ᄒ야 글오딕 아등의 부뷔 인셰의
나므로브터 각별 젹악을 아녓더니 영귀ᄒ기는 수ᄒ거니와 오직
슬하의 일졈 혈육이 업스니 속졀업시 셰월이 흘러 우리 수후의

1092) ( )는 판독이 불가능하여 한국학중앙연구원 장서각에 소장된 낙선재
본 「낙셩비룡」의 것으로 대신한 부분이다. 1, 2쪽의 일부가 판독이 불가
능한 상태이다.

조상신명을 의탁홀 고디 업수니 텬하 죄인으로 디하의 가 하면
목을 뵈오리오 오시 역탄 듸읍 왈 군즈의 염녀ᄒ시미 수졍의
근졀흔 비라 첩이 비박흔 긔질로 군즈의 건긔를 밧드런 디 삽십
여 년의 죄악이 듕ᄒ야

여군즈의 혈속이 쓴쳐지민 되오니 엇지 슬퍼지 아니며 붓그럽
지 아니ᄒ리오 첩의 나히 오순이니 싱산의 길이 업습지라 맛당
이 직실을 구ᄒ여 요힝 싱즈ᄒ미 이스 즉 족히 불효를 면ᄒ리로
소이다. 공이 탄왈 복은 궁ᄒ 션비라 일쳬족ᄒ거날 엇지

직실을 구ᄒ며 뉘웅ᄒ리요 ᄒ고 서로 탄식ᄒ믈 마지 아니ᄒ더
라 수일 후 부뷔 침셕을 흔 가지로 ᄒ더니 문득 벽녁 소리 텬지
진동ᄒ며 텬문이 녈니난 곳의 큰 별이 실즁의 쩌러지니 크기
동희만 ᄒ고 광치 찰난ᄒ여 수벽의 됴요ᄒ니 이목이 현난ᄒ더
라 이윽고 화ᄒ여 황뇽이 되어 방즁의 서렷더니 벽역소리의
두 날기를 버려 하날노 오르니 길희 만여 댱이나 ᄒ고 금광이
됴요ᄒ니 공이 놀ᄂ 씨다라 부인을 부르나 부인이 씨여 왈 보야
흐로 댱몽을 일우거날 씨오믄 엇지오 공이 몽사을 니르듸 오시
놀ᄂ 왈

첩의 몽시 쏘흔 이ᄀᄐ이다 ᄒ고 부뷔 희힝ᄒ믈 이긔지 못ᄒ여
혹 귀즈를 어들가 보라더니 과연 그 달붓터 잉팅ᄒ여 십팔삭의

니르니 도로혀 틱긔 아닌가 근심ᄒ더니 일일은 불흔 긔운이
집을 두르며 긔이흔 향ᄂ 실즁의 ᄀ득ᄒ더니 이윽고 부인이
히만ᄒ니 일쳑 빅옥이라 우름 소리 웅장ᄒ며 일신을 빅옥으로
식인 둣ᄒ며 골격이 비범ᄒ여 완연이 영웅의 긔샹이라 부뷔
딕희ᄒ여 도로혀 너모 웅위ᄒ믈 념녀ᄒ여 명을 경작이라 ᄒ고
ᄌᄅ 문성이라 하다 경작이 삼셰 되믹 긔골이 늠늠ᄒ여 딕인군

P.5

ᄌ의 틀이시니 보난 직 아니 칭찬ᄒ 리 업더라 슬프다 공의
부뷔 일시의 유딜ᄒ여 니어 졸ᄒ니 흔낫 친쳑이 업고 다만 비복
수십 긔와 이삼 경 젼쟝ᄲᅵ이라 경작의 유모 년셤이 쥬상ᄒ여
가산 젼토를 프라 초상을 지ᄂ고 냥위 관곽을 붓드러 금쥐 션산
으로 갈식 상구를 조ᄎ 친쳑이 업더라 년셤이 경작을 업고 힝상
을 조ᄎ 금쥐 니르러 안장ᄒ고 시비 경셩 치셤과 시노 유복
등이 목쥬를 시러 경ᄉ로 갈식 경식의 참담ᄒ믹 간쟝이라도
뉴톄ᄒ믈 마지 아니ᄒ더라 ᄎ시 년셤이 경작을 업고 원노의
구치ᄒ니 병이 복발ᄒ고 공의 풍

P.6

학의 상ᄒ여 고통ᄒ니 흔 가지로 가지 못ᄒ여 쥬인을 어더 머물
식 ᄉ인은 몬져 가믹 서로 손을 잡고 통곡ᄒ여 년셤 ᄃ려 왈
냥위 ~군이 일시의 긔셰ᄒ시고 남은 혈믹이 이 공ᄌᄲᅵ이라 주신
보호ᄒ여 조흔 시졀을 만ᄂ게 ᄒ라 유뫼 ᄯᆞ흘 두ᄃ려 통곡왈

공주 보호홈은 그딕 등의 말을 기드리지 아니셔니와 삼 년 제수
난 그딕 지셩으로 흐리니 닉 념녀치 아니흐노라 언픔의 수인이
경작을 안고 실셩통곡흐니 추시 경작이 인수를 통치 못흐고
아모란 줄 모르니 더욱 슬허흐더라 각각 손을 난화 수인은 경수
로 향흐고 유모난 경작을 보호흐여

이의 뉴락흔 지 두어 희의 경작의 연이 오셰라 부야흐로 말을
빅화 유뫼 인가의 칙을 어더 글을 구르치니 흐늘을 드려 열흘
씩치고 열흘 드러 빅을 통흐여 문니 날노 댱진흐니 유뫼 딕희과
망흐여 추후 심 써 권쟝흐여 졈졈 셩취흐니 경작이 유모를 모씨
라 칭흐더니 일일은 닌가의 가 노다가 도라와 유모드려 문왈
닉 오날 이웃집의 가니 그 집 ㅇ희 닉 동갑이라 그 ㅇ희난 아비
를 부르되 나난 모친뿐이니 부친이 어딕 가시뇨 유뫼 추언을
듯고 심장을 씃난 듯 누쉬 만면흐여 비로소 고수를 셰셰히 니르
고 인흐여 분묘를 구르치니 경작

이 추언을 듯고 냥안의 누쉬 여우흐여 왈 닉 부모의 얼골을
아지 못흐니 이 지통을 엇지 춤으리오 뉴뫼 왈 이 막비텬명이니
공주난 과히 슬허 약흔 심장을 상히오게 말나 인흐여 어로믄져
실셩 뉴체흐더니 임염한 셰월이 뉴믹흐여 경작이 칠셰 되믹
문니 쟝진흐여 수마쳔을 압두흐니 유뫼 처음은 경작의 나히

어려 우락을 아지 못하니 더욱 슬허하더니 추후 미양 부모의
묘축의 나아가 풀을 미고 투글 쓸며 이통하믈 보고 더욱 잔잉하
여 하더라 슬프다 경작의 팔지 긔험하여 유뫼 홀연 유딜하여
일일 위독하여 명

이 됴셕의 진케 되니 스스로 엄읍뉴체 왈 니 유병하여 경스
수쳔 니를 힝치 못하고 타향 긱니의셔 죽게 되니 쥬군과 쥬모의
졍영 부탁을 져브려 무탁쇼쥬를 어이하리오 구원쳔디의 명목지
못하리라 언흘의 명이 진하니 경작이 추시를 당하여 실셩통곡
하고 시신을 어로믄져 이호 왈 이제 어미를 므즈 일흐니 뉘게
의지하리며 엇지 주싱하리오 유모의 가슴을 어로믄져 통곡하니
소릐 쳐졀하여 춤아 듯지 못홀너라 마을 사름이 그 형샹을 춤혹
히 억여 관곽을 ᄀᆞ초아 장하니 경작이 ᄯ라가 무덤을 두드려
통곡 왈 어미 엇지 날을 ᄇᆞ리

고 깁흔 곳의 드러 닐노 하여곰 의탁이 업게 하나뇨 죵일 통곡하
니 겻마을의 잇난 쟝운이란 사름은 ᄀᆞ쟝 부요하더니 경작의
경상이 참혹하믈 보고 불샹이 넉여 거두어 무익하니 셰월이
임염하여 경작의 나히 십일 셰의 니르미 ᄀᆞ쟝 게을너 잠ᄌᆞ기를
조히 넉이고 밥을 만히 먹으니 쟝운의 쳐 노시 미양 치며 ᄭᅮ지져
왈 너를 무어싀 쓰리오 하고 옷도 입히지 아니코 머리도 빗기지

아니ᄒ니 의복이 남누ᄒ고 형용이 초췌ᄒ여 걸인의 거동이라 쟝운은 미양 무익ᄒ되 노시난 ᄌ조 ᄭ짓기를 ᄌ조 ᄒ며 소 먹이 기와 측간 츠기를 막겨 조곰도 쉬지 못ᄒ게 ᄒ니

P.11

그 곤ᄒ미 여ᄎᄒ더라 ᄎ셜 승샹 양윤은 디디고문거족이라 일 즉 닙신ᄒ여 현ᄌ를 도으미 튱셩이 관일ᄒ고 지식이 광활ᄒ여 지인ᄒ난 명감이 ᄉ광을 모시ᄒ고 지후 물망이 일셰의 진동ᄒ 니 텬히 다 현인군ᄌ로 추앙ᄒ고 셩샹이 ᄯ흔 이즁경디ᄒ시러 라 부인 뉴시를 조상ᄒ고 지취ᄒ여 이남이녀를 싱ᄒ니 쟝ᄌ의 명은 명뮈오 ᄎᄌ의 명은 졍줘라 기기히 옥슈경지라 ᄌ예와 문장지흑이 상하치 아니ᄒ더라 이직 다 취쳐ᄒ니 튱부난 남시 오 ᄎ부난 경시라 지뫼 졀셰ᄒ고 양순현쳘ᄒ니 ᄌ긔 복이 만ᄒ 믈 희힝ᄒ더라

P.12

ᄎ시 쟝녀의 연이 십삼이오 ᄎ녀난 구셰라 양 소져의 졀셰흔 화용혜딜이 일디 졀염이라 공이 과이ᄒ여 널니 군ᄌ를 구ᄒ더 니 녜부상셔 셜셩쉬 그 딜ᄌ로 구혼ᄒ니 명은 인쉬라 기부 년쉬 부체 조셰ᄒ고 의탁이 업ᄉ니 종슉 셜상셰 거두어 양휵ᄒ 여 년이 심ᄉ 셰의 골격이 쇄락ᄒ여 반악의 ᄀ음과 문장지흑이 ᄉ마쳔을 모시ᄒ니 양부의셔 셜낭의 아름ᄃ오믈 듯고 쾌허ᄒ 여 셩친ᄒ니 부뷔 진짓 일쌍 가위라 냥가의셔 디희과망ᄒ여

셜공이 녯집을 슈소ᄒ고 싱의 부부로 ᄉ후를 밧들게 ᄒ고 일긔 깃거 하

셩이 분분ᄒ더라 이쩌 양공의 이지 일시의 등과ᄒ여 물망이 죠야를 기우리고 쳔지 ᄉ랑ᄒ샤 양명무로 시어ᄉ를 ᄒ이시고 양명수로 한님흑ᄉ를 ᄒ이시니 샹통이 빅모의 웃듬이라 공이 말년의 노병으로 퇴ᄉᄒ믈 주ᄒ고 희골을 비러 고향의 도라갈시 샹이 그 퉁냥을 앗기시나 노병을 싱각ᄒ여 윤허ᄒ시고 옥비의 향온을 부어 별졍을 표ᄒ시고 황금 치단을 샹ᄉᄒ시니 공이 텬은을 슉사ᄒ고 집의 도라와 냥ᄌ부난 경셩의 머물고 경쥬 소져를 ᄃ려 부인으로 더브러 고향 금쥐 듁~촌의 안거ᄒ여 갈건포의 조족지ᄉ를

외오며 경민젼을 지어 빅셩을 ᄀᆞᄅ치니 인심이 화ᄒ여 그 덕을 칭송ᄒ고 붓조ᄎ 니웃ᄒ난 지쳔여 기러라 ᄎ시 경즉 난시 년이 십삼 춘광을 당ᄒ여 도요시를 외오난지라 공이 퇴셔ᄒ미 쥬야 게어르지 아니되 녀ᄋ의 방불ᄒᆞ니 업ᄉᄆᆡ 울울ᄒ더니 명년춘의 빅홰 만발ᄒ니 공이 듁쟝을 ᄯᅳ어 산간의 오유ᄒ여 셧녁 언덕의 다ᄅᆞᄅ니 ᄒᆞᆫ 목동이 소를 발목의 ᄆᆡ고 폴 우희셔 단잠이 ᄇᆡ야하라 공이 ᄂᆞ려가 ᄌᆞ시 보니 저ᄅᆞᆫ 비 오시 텬텬이 쩌러저 살을 가리오지 못ᄒ고 ᄲᅳ리온 버리털이 귀밋틀 덥허시니 면

P.15

목을 덥헛더라 공이 그 고초ᄒᄆᆯ 츄연ᄒ여 탄식고 두로 완경ᄒ
여 ᄉᆡ기ᄅᆯ 기다리더니 기 이 문득 기지게 혀며 잠결의 음영ᄒ여
왈 셔원의 풀이 깁허시니 소ᄅᆯ 노코 춘지 깁헛도다 아지 못게라
뉘 능히 영웅을 아라볼고 비록 염쳑을 효측ᄒ나 환공을 만ᄂ기
어렵도다 ᄒ니 그 음셩이 웅원ᄒ고 쓰지 심원ᄒᄆᆯ 깃거 나아가
머리ᄅᆯ 쓸고 낫츨 보니 그 은은ᄒᆫ 골격과 웅위ᄒᆫ 긔샹이 비범ᄒ
고 줌미 봉학이 긔이ᄒ며 코히 놉고 귀 크며 닙이 너ᄅ고 텬졍이
훤출ᄒ니 공이 ᄒᆫ 번 보며 칭찬ᄒ고 ᄉᆡ기ᄅᆯ 기ᄃ리며 형

P.16

용이 초췌ᄒᄆᆯ 보고 앙텬탄왈 녜붓터 영웅호걸이 ᄉᆡᄅᆯ 만나지
못ᄒ면 곤궁ᄒ니 만커니와 ᄎᆞ으ᄂ 진짓 영웅이로다 소ᄅᆯ 글너
남긔 믜고 식경이나 겨틔 안즈시되 ᄉᆡ랴 아니ᄒ고 졈졈 익이
ᄌᆞ거날 공이 불너 왈 쇼년은 수히 줌을 ᄉᆡ라 두어 번 부ᄅ니
목동이 문득 ᄉᆡ여 발의 쇠 업ᄉᄆᆯ 보고 눈을 비쓰고 두로 살피니
소 남긔 믜엿거날 곳비ᄅᆯ 글너 잡고 ᄯᅩ 조울거날 공이 나아가
여러 번 부ᄅ되 기이 머리를 글그며 눈셥을 씽긔여 왈 하인이완
듸 남의 단잠을 ᄉᆡ오난고 ᄒ고 도로 ᄌᆞ거날 공이 ᄌᆞ시 보니
머리 낫 우희

P.17

덥혓거날 공이 나아가 니ᄅᆯ 주어 바리며 다시 ᄉᆡ우니 비로소

잠을 씌여 소를 초댱의 노코 안거날 공이 우문 왈 너난 엇던
우희완디 이리 더운 곳의셔 ᄌ난고 기 이 답왈 오난 잠을 덥다
ᄒ고 아니 ᄌ리오 굿ᄐ여 남의 단줌을 씌오더니 굿ᄐ여 깃부지
아니ᄒᄂ다 공 왈 나난 이 압희 잇난 노인이라 맛춤 츈흥을
씌여 완경ᄒ다가 너를 보니 ᄀ장 ᄉ랑ᄒ온지라 너난 노치 말고
셩명과 거쥬를 니ᄅ라 손이 답왈 ᄌ난 거슬 괴라이 씌와 셩명은
아라 무엇ᄒ려 ᄒ시난고 공 왈 피ᄎ 셩명을 통홈은 서로 ᄉ괴

난 도리라 엇지 이르기를 앗기나뇨 소이 왈 하 알고져 하시니
ᄂ 셩은 니오 명은 경작이오 ᄌ난 문셩이오 거쥬난 이 압 댱운의
집 소 먹이나난 ᄃ아리라 ᄒᄃ 공이 우문 왈 네 거동을 보니
쳔인이 아니라 뉘 집 우ᄌ진다 목동 왈 노쟝은 아모 일도 모ᄅ난
노쟝이로다 샹한이 무슴 가문이 이시리오 공이 우문 왈 네 앗가
읇던 글을 드ᄅ니 심회 큰지라 무ᄅ미니 긔이지 말나 경작 왈
몽즁의 위연이 읇흔 빅라 무슴 쓰지 이시리잇고 말ᄒ기 슬흐니
가노라 ᄒ고 언ᄑ의 니러서거날 공이 급히 잡 왈 나

난 쟝지오 너난 소이라 니러톳 무례ᄒ고 경작이 되왈 노예 목동
의게 무슴 녜 이시리잇고 공 왈 너난 ᄂ 얼골을 ᄌ시 보고 심즁
소회를 은익지 말나 경작이 머리를 헤치고 눈을 드러 보니 챵안
빅발의 갈건포의를 가ᄒ여시니 의형이 표연ᄒ여 진짓 현인군ᄌ

라 경작이 일견의 흠신ᄃᆡ왈 존옹의 긔샹을 보니 진짓 제셰군ᄌᆡ시라 소ᄌᆡ 녜를 일토소이다 공이 역 소왈 네 불의예 공경ᄒᆞᄆᆞᆫ 엇지뇨 네 일즉 승상 양ᄌᆞ운을 보앗난다 경작이 ᄌᆡ비 왈 현명을 듯ᄉᆞ

왓더니 금일 존전의 쳡빅ᄒᆞᄆᆞᆫ 싱각지 못ᄒᆞᄂᆡ이다 공이 소왈 네 엇지 아난다 ᄃᆡ왈 소ᄌᆡ 존안을 뵈오ᄆᆡ 스스로 알니로소이다 공 왈 노뷔 시감이 붉지 못ᄒᆞ나 녯 글을 듯고 얼골을 보건ᄃᆡ 벅벅이 쳔인이 아니라 심곡을 긔이지 말나 싱이 손샤 왈 소ᄌᆡ 엇지 ᄃᆡ현을 뵈와 실ᄉᆞ를 아니 고ᄒᆞ리잇고 드ᄃᆡ여 ᄌᆞ기 신셰를 셰셰히 고ᄒᆞ고 동녁 뫼흘 ᄀᆞ라쳐 왈 져 뫼난 분뫼 소ᄌᆞ의 친분이라 언픗의 실셩쟝통ᄒᆞ여 공이 측연탄왈 ᄌᆞ고로 영웅호걸이 초년의 궁곤ᄒᆞᄂᆞ니 만흔지라 네

엇지 면ᄒᆞ리오 네 ᄂᆞ히 몃치뇨 ᄃᆡ왈 십삼 츈광이로소이다 공 왈 심곡 소회 이시니 네 능히 즐겨 청납홀소냐 경작이 ᄃᆡ왈 감청하교로소이다 공 왈 타ᄉᆡ 아니라 노뷔 일즉 ᄌᆞ녀 ᄉᆞ인을 두어 우흐로 세흘 셩혼ᄒᆞ고 필왜 년이 십삼이라 이제 널노써 동상을 삼고져 ᄒᆞ나니 능히 허ᄒᆞ라 경작이 소왈 귀소져난 샹국 지녀로 존귀 극ᄒᆞ고 소ᄌᆞ난 향곡쳔ᅵᆫ이라 존비 현격ᄒᆞ거날 ᄃᆡ인의 말ᄉᆞᆷ이 실치 아니실지언졍 숙녀를 엇지 족히 ᄉᆞ양ᄒᆞ리잇고

공이 되희 왈 군이 여추 즉 니 당당이 금빅

을 쟝우의게 보니여 청혼ᄒ여 속이 셩녜ᄒ리라 경작이 각별
ᄉ양치 아나 허여ᄒ니 공이 되열ᄒ여 서로 분속ᄒ고 공이 본부
의 도라오니 부인 화시 마ᄌ 왈 금일 무슴 일이 잇관듸 싀위
여추ᄒ시뇨 공 왈 니 오날 녀ᄋ의 쌍을 어드니 족히 ᄋ희 ᄌ용을
져ᄇ리지 아닐지라 엇지 깃부지 아니리오 부인이 역희 왈 가셰
엇더ᄒ며 뉘 집 자뎨며 ᄌ뫼 엇어ᄒ니잇고 공 왈 호걸을 엇지
문미ᄅ 보리오 인ᄒ여 경작의 근본ᄅ 니ᄅ니 부인이 실싁 왈
ᄋ녀난 무쌍ᄒ 숙녀명염이라 저와 ᄀ튼

샹을 구ᄒ여 원앙이 녹슈의 쌍을 구ᄒ여 원앙이 녹슈의 쌍무ᄒ
믈 보려ᄒ거날 이ᄀ튼 걸ᄋ를 빅필홀 빅 아니라 공이 소왈 인품
이 현명치 못홀가 두릴지언졍 엇지 지물을 의논ᄒ리오 되ᄉ난
부인 녀지 간예홀 빅 아니라 니 ᄯ이 임의 결ᄒ여시니 ᄃ시
이ᄅ지 말나 이 ᄋ희 타일명반 텬하ᄒ고 위진ᄒ니 ᄒ리니 니
명감이 그ᄅ지 아니리이다 부인이 불열 왈 샹공이 창졸간 녀ᄋ
의 신셰ᄅ 뭇ᄎ려 ᄒ시난도다 공이 소왈 니 부듸 나의 소교ᄅ
영귀코져 ᄒ나니 다시 니ᄅ지 말나 부인이 발연듸로 왈 어듸가
귀형을 보고 이러틋 ᄒ시ᄂ뇨 공 왈 부

인은 허셜을 말고 타일 나의 지감을 볼지어다 인ᄒ여 미프를 댱운의 집의 보ᄂᆡ여 청혼ᄒ니 댱운이 ᄃᆡ경ᄒ여 불감ᄒ믈 고ᄒ니 공이 ᄌᆡ삼 니르니 댱운이 감히 역지 못ᄒ여 허락ᄒ니 공이 ᄃᆡ희ᄒ여 은ᄌ 삼ᄇᆡᆨ 냥을 보ᄂᆡ여 젼일을 일ᄏᆞᆺ고 ᄯᅩ 혼구를 갓초아 보ᄂᆡ니 댱운이 죽기로 ᄉ양ᄒ되 공이 권유ᄒ고 길일을 졍ᄒ여 경ᄉ 냥ᄌᆞ의게 통ᄒ니 냥인이 궐하의 근친 말미를 쳥ᄒ고 쳐ᄌᆞ를 거ᄂᆞ려 금쥐로 오고 셜ᄉᆡᆼ부부난 구고의 간지를 밧드므로 못ᄎᆞᆷ내 오지 못ᄒ니라 양ᄉᆡᆼ 등이 쳐ᄌᆞ를 거ᄂᆞ려

부모긔 뵈올ᄉᆡ ᄯᅥ난 지 ᄉ 년이라 피ᄎᆡ 니졍을 니를ᄉᆡ 냥ᄌᆡ 부젼의 미ᄌᆞ의 혼쳐를 뭇ᄌᆞ온ᄃᆡ 공이 답왈 ᄃᆞ만 그 ᄉᆞ름을 보라니 부영ᄒ믈 니르리오 인ᄒ여 경작의 근본을 니르고 ᄂᆡ 칠슌지연의 녈인을 만히 ᄒ여시되 ᄎᆞ인 ᄀᆞᄐᆞ니난 초견이라 영웅호걸이 당셰의 이시믈 ᄭᆡ닷괘라 냥ᄌᆡ 경아 ᄃᆡ왈 인품은 귀쳔이 업거니와 우리 셰ᄃᆡ명문을 엇지 져 상한의 노예걸인을 어더 타인의 우음을 취하리잇고 결단코 ᄎᆞ혼이 불가ᄒᆞᆯ가 ᄒᆞᄂᆞ이다 공이 ᄂᆡᆼ소왈 젹의 ᄃᆡ슌이 녁산의 밧ᄀᆞᆯ실ᄉᆡ 뇌튁의 조어ᄒ시며

하빈의 도긔하사 궁곤을 것그시ᄃᆡ 텬하를 두어 드ᄃᆡ여 셩인이 되시고 한ᄐᆡ조 황뎨 ᄉ상졍장으로 ᄉ빅 년 대업을 일우시고

범슈난 측즁의 죽엄으로 진의 드러가 정승이 되니 조고로 영웅
호걸이 초년은 곤익ᄒ나 ᄯ를 만난 즉 영귀ᄒ나니 부귀빈쳔을
의논홀 빅 아니라 ᄎᄋ난 범인이 아니니 여등은 한셜을 말고
타일 네 아뷔 지감을 보라 이ᄯ 부인이 돌돌분탄ᄒ여 공을 원한
ᄒ더니 낭즈를 딕ᄒ여 탄왈 비록 쟝니 귀홀지라도 아직 나의
교옥으로써 저 걸인을 취ᄒ니 닉 병이 될가 ᄒ노라 낭지 묵연이
러라 길

P.27

일이 달ᄒ니 양부의셔 위의를 셩비ᄒ여 신낭을 마잘ᄉ 초시
경작이 헌 오솔 벗고 길복을 뎡졔ᄒ여 양부의 니르러 뎐안ᄒ고
물러서니 보건딕 일신이 곤뷔ᄒ다가 불의예 쓰다듬아시나 그은
낫빗치 검고 향암된 거동이 보암 즉지 아니니 엇지 어스 형뎨와
셜싱의 시톄 ?조은 거동과 청쇄흔 풍치의 비기리오 양싱 등이
흔 번 보미 그윽이 우읍고 믹즈를 앗겨 익닯고 부인은 발 안희셔
노긔 튱텬ᄒ여 말을 못ᄒ니 공이 싁로이 도긋겨 희싁이 만안ᄒ
니 부인이 ᄶ짓고 혀ᄎ믈 마지 아니ᄒ더라 양공이 경작

P.28

다려 왈 임의 뎐안셩예ᄒ여시니 네 부모의 ᄉ당이 아니 계시나
분뫼 ᄀ가이 계시니 신부의 녜를 분묘로 ᄒ미 엇더ᄒ뇨 싱이
딕왈 존뷔 맛당ᄒ여이다 공이 즉시 화교를 숌이고 웅장셩식을
소셔믈 농위ᄒ여 상교ᄒ니 니 싱이 뎡문을 잠으고 흔 가지로

묘젼의 나아가 비례를 ㅍㅎ미 폐빅을 밧드러 묘젼의 드리니
신낭의 안식이 참연ㅎ여 누쉬 연낙ㅎ니 소졔 쏘흔 유미셩악의
슬프미 동ㅎ여 도홰 이살을 씌엿난 듯 이원흔 거동이 보난 스름
으로 ㅎ여곰 흠앙ㅎ믈 마지 아니ㅎ더라 헌작을 맛츠미

P.29
도라올시 십여 년 쇠잔ㅎ던 분믜 일시의 영화로오믈 인인이
칭찬ㅎ여 양공의 의긔를 탄복ㅎ더라 양부의 도라오니 공이 친
이 녀셔의 길복을 벗기고 신의를 닙힌 후 손을 잡아 슬하의
안치고 쏘흔 녀오를 겻티 안쳐 냥인의 손을 ㄱ로 잡고 도굿기되
부인은 일졈 화긔 업서 닝닝ㅎ더라 공이 웃고 싱두려 왈 네
안히 엇더ㅎ뇨 싱이 디왈 아직 ㅈ시 보지 못ㅎ엿나이다 공 왈
안즌 디 ㄱㅈ가오니 모르미 ㅈ시 보라 싱이 비로소 눈을 드러
보니 소졔 아미를 숙여시나 빅틱쳔염이 찬난ㅎ여 방즁의 됴요

P.30
ㅎ니 싱이 닉심의 흠경ㅎ나 다시 눈을 드지 아니니 공이 혜오듸
녀오의 졀셰미용을 보면 놀ㄴ리라 ㅎ여다가 그 거지 타연ㅎ믈
보고 다욱 경복ㅎ여 문왈 닉 ㅇ희 엇더ㅎ뇨 싱이 딕왈 유슌흔
부인이로소이다 공이 각각 그 등을 어로만져 이즁ㅎ믈 이긔지
못ㅎ더라 공이 소왈 너의 부븨 각각 닉게 진빅ㅎ여 셔랑은 안히
잘 어드믈 사례ㅎ고 녀오난 군ㅈ 만나믈 샤례ㅎ라 싱이 함소ㅎ
고 즉시 진빅ㅎ되 소져난 붓그려 옥면이 통홍ㅎ니 그 소담졀묘

ᄒᆞ미 더욱 아름답더라 공이 ᄌᆡ삼 ᄌᆡ촉ᄒᆞ여

절을 밧고 깃부믈 이긔지 못ᄒᆞ여 부인을 도라보아 왈 우리 말년
의 이런 긔셔를 어더시니 서로 치하ᄒᆞ사이다 잔을 ᄂᆞ와 뒤취ᄒᆞ
미 날이 느즌지라 셕반을 ᄑᆞ하고 싱을 신방으로 인도ᄒᆞ니 그
버린 거시 졍결소아ᄒᆞ고 구틔여 사치ᄒᆞ미 업더라 싱이 심즁의
탄복 왈 양공은 인셰의 드문 인걸이로다 ᄒᆞ고 침상의 비겨 ᄌᆞ긔
신셰를 싱각ᄒᆞ니 혈일신이 쳔신만고를 격거 ᄌᆞ신홀 묘척이 업
더니 쳔만뜻밧긔 샹국의 긱이 되믈 몽즁인가 의심ᄒᆞ고 양공의
지감을 감탄ᄒᆞ더라 야심 후 소졔

촉으로 인도ᄒᆞ여 나오니 싱이 마ᄌᆞ 뒤좌ᄒᆞ미 무산의 촛나라
구름이 엉긔여 츈홰 븟야흐로 무르녹아 은졍이 여산약히ᄒᆞ더라
명일 소져난 모져 니러 소셰ᄒᆞ고 싱은 늦도록 ᄭᆡ지 아니니 부인
이 시녀로 ᄭᆡ오라 ᄒᆞ더니 오린 후 시비 ᄭᆡ여 소셰를 ᄑᆞ하ᄆᆡ
상을 드리니 진찬이 상 우희 ᄀᆞ득ᄒᆞ엿난지라 싱이 ᄆᆡ양 적은
음식으로 너른 양을 치우지 못ᄒᆞ다가 만흔 음식을 다 먹으니
어ᄉᆞ 형뎨 놀나 왈 그ᄃᆡ 식냥이 ᄀᆞ쟝 쟝ᄒᆞ도다 싱 왈 만히 주난
거슬 남기기 부졀 업서 다 먹엇노라 ᄒᆞ고 상을 믈

니니 부인이 놀나고 공은 더욱 깃거ᄒᆞ니 부인이 말마다 셜싱을
칭찬ᄒᆞ니 공이 부인의 너ᄅᆞ지 못ᄒᆞᄆᆞᆯ 웃고 싱의 식양을 아라
식반을 공이 친히 보아 나오ᄃᆡ 슌슌이 다 먹으니 부인이 투미타
ᄭᅮ짓더라 싱의 풍치 졈졈 그은 거시 버서 긔뷔 쳥슈ᄒᆞ고 톄되
슈려ᄒᆞ니 부인이 잠간 무언이 너기나 ᄌᆞᆷ을 늣도록 ᄌᆞ고 글을
젼폐ᄒᆞ니 일일은 양공이 문왈 네 우리 녀셰 되연 지 삼삭의
ᄌᆞᆷ ᄌᆞᄆᆞᆯ 일슴고 혹업을 폐ᄒᆞ니 이 무슴 ᄯᅳ지뇨 싱이 ᄃᆡ왈 ᄌᆞᆷ
ᄌᆞ기난 텬셩이오 글 닑기난 슬희여이다

공이 ᄃᆡ소 왈 연즉 무슴 일을 ᄒᆞ려ᄒᆞ나뇨 쥬의를 듯고져 ᄒᆞ노라
싱이 ᄃᆡ왈 소싱이 아직 나히 어리니 나히 이십이 된 후 ᄒᆞ려
ᄒᆞ나이다 공 왈 네 마음ᄃᆡ로 ᄒᆞ라 ᄒᆞ고 익즁ᄒᆞ미 더ᄒᆞ더라 싱이
운쉬 불힝ᄒᆞ여 양공이 졸연 유딜ᄒᆞ여 일일 위즁ᄒᆞ니 스스로
니지 못ᄒᆞᆯ 줄 알고 ᄌᆞ녀를 불너 왈 노뷔 희년의 ᄌᆞ네 ᄀᆞᆺ고 관작
이 인신의 극ᄒᆞ니 무슴 부죡ᄒᆞ미 이시리오 너희난 각각 잔을
부어 노부의 도라가ᄆᆞᆯ 위로ᄒᆞ라 부인과 자녜 망극ᄒᆞ여 눈물을
먹음어 잔을 ᄎᆞ례로 드리고 셜

싱 부쳬 병보를 듯고 훔긔 금쥐 이르니 공이 긔운을 속렴ᄒᆞ여
니싱 부쳐의 손을 잡고 각각년년ᄒᆞ니 싱이 츄연 감상ᄒᆞ고 소져

난 간쟝이 믜난 듯 누쉬 방방ᄒ니 공이 부인을 도라보아 잔을
구ᄒ니 부인이 슬프믈 먹음어 옥비를 나오니 공이 잔을 잡고
부인을 틱ᄒ여 부탁 왈 니랑은 당셰 인걸이라 나의 싱시 ᄀ치
후틱ᄒᆫ 즉 타일 튱텬경인ᄒ믈 보리라 부인이 함누무언이라 공
이 니싱의 손을 잡고 졸ᄒ니 향연이 칠시ᄉ 셰라 일개 쵸혼
발상ᄒ니 곡셩이 진동ᄒ고 일식이

무광ᄒ더라 부음이 경ᄉ의 이ᄅ니 텬지 드ᄅ시고 크게 슬퍼ᄒ
샤 공의 튱의를 표ᄒ샤 후례로 조샹ᄒ시고 시호를 문튱이라
ᄒ시다 광음이 훌훌ᄒ여 임의 상긔 지나믹 합긔 식로이 망극비
통ᄒ고 니싱은 됴셕곡 반의 반ᄌ의의뿐 아니라 지긔응셔로 후
덕을 싱각ᄒ여 세월이 오릭도록 익통ᄒ더라 ᄎ시 텬지 붕ᄒ시
고 신군이 즉위ᄒ샤 어ᄉ 형뎨를 찻지 아니시니 이난 씩닷지
못ᄒ시라 이씩 부인과 일긔 니싱을 일호 ᄉ랑ᄒ미 업서 ᄌᄌ
즐믹ᄒ고 어ᄉ 형뎨 괄시ᄒ나 오직

소졔 공경ᄒ믈 존빈 ᄀ치 ᄒ고 싱의 위인이 심원관후ᄒ고 침묵
언희ᄒ여 희로를 낫타닉미 업서 부부 양인이 상틱ᄒ미 녜뫼
빈빈ᄒ여 소연의 희롱되미 업고 일즉 비복도 부ᄅ믈 듯지 못ᄒ
니 부인이 믹양 미거타 ᄭ짓더라 소졔 쳥ᄂ을 닉여 싱의 셤이를
일워 침션의 졀묘홈과 졔도의 긔이ᄒ미 신인의 조홰라 부인이

혀츠고 쑤지져 왈 투미혼 니랑이 혼 씌만 닙으면 두험이 되니 엇지 앗갑지 아니리오 소졔 부답ᄒ고 함의 담아 침당의 니르러 닙기를 쳥ᄒ디 싱이 ᄀ연이 닙기

를 못츠미 단좌ᄒ여 소ᄅ 업시 셔안의 칙을 보더니 이쩍 부인이 시녀 난미로 소져 업슨 씌를 타 분즙을 ᄀᆺ다가 그 신의예 쌕려 져의 동졍을 보라 ᄒ니 난미 슈명ᄒ여 준 똥을 담아 가지고 디인각의 니르니 싱이 단좌ᄒ여 고요히 글을 보니 신치 싁싁엄슉ᄒ여 불감앙시로디 이 부인 분뷔라 층계의 숨어 분즙을 쥐여 더지니 먼니 씌여 좌셕과 입은 오시 편만ᄒ되 싱이 안연부동ᄒ여 눈을 드지 아니니 난미 식경이나 셔시디 별노 소ᄅ 업스니 난미 무류히 도라

와 부인 긔속 말을 고ᄒ니 부인이 혀츠 왈 나난 그려도 스룹만 넉엿더니 진실노 금쉬로다 츠후 더욱 멸시ᄒ여 의식을 복비 ᄀᆺ치 ᄒ니 그 식찬이 능히 너 혼 냥을 치오지 못ᄒ더라 이날 소졔 침소의 도라오니 당즁의 분톄 옹비ᄒ고 싱의 옷과 좌셕의 분즙이 ᄀ득ᄒ여시되 벗지 아니ᄒ고 글을 참착ᄒ여 보니 소졔 임의 모친의 일인 줄 알고 안식을 화히ᄒ여 나즉이 고왈 샹공의 오시 더러온 거시 만히 무더시니 버스물 바라나이다 싱이 이의 벗거날 소졔 친히 입

P.40

시호여 다시 닙게 호니라 추후 싱을 구박호미 날노 더으니 쥬야
잠자기로 일숨더니 일일은 어스 형뎨 싱이 깁히 잠들믈 보고
노흘 가져 스지를 단단이 미여 놉히 달고 나간되 씨지 아니니
냥인이 다시 드러가 보되 종시 씨지 아낫거날 냥인이 되소 왈
저런 줌이 어딕 이시리오 진짓 투미혼 금쉬로다 일장을 되소호
고 나오니 ᄀ장 느즌 후 싱이 씨여 기지게 호려 하나 슈족을
놀니지 못호니 ᄀ히 넉여 도라 누으려 혼 즉 스지 핑핑호여
운신치 못호니 더욱 의괴호여 눈을

P.41

써 보니 ᄌ긔 몸이 공즁의 달녓난지라 어스 등의 일인 줄 딤작호
고 그 거동을 보려 짐짓 ᄌ난 체호더니 문 녀난 소리 나거날
겻눈으로 보니 이곳 소졔라 싱의 거동을 보고 그 긔긔의 일인
줄 알고 단슌화협의 우음을 씌여 도로 나가거날 싱이 보지 못호
난 듯하더니 시녜 상을 가져 니르러 보고 놀나 식상을 노코
나와 모든 비복드려 니르고 우스니 부인이 듯고 이 ᄌ를 도라보
아 왈 이 아니 여등의 일이냐 그거시 씌여시되 능즁호여 ᄌ난
체호니 녀ᄋ난 가 글어 노흐라 한되 냥인

P.42

이 방즁의 니르러 보니 눈을 썻드가 도로 ᄀᆷ거날 냥이이 ᄀ르며
왈 능즁호니 랑아 씌여 밥이나 먹으라 싱이 나려안ᄌ 식반을

는호여 왈 양형은 가히 한가흔 스룸이로다 인흐여 식반을 푸흐
고 화려흔 말슴이 츈풍 굿투니 냥인이 쏘흔 화답흐두가 도라가
니라 차셜 광음이 훌훌흐여 명년츈의 셜싱이 등과흐여 남쥐
부추관을 흐니 부인 양시로 더브러 임소로 향홀시 모녜 반기고
깃거 왈 노뫼 미망여싱이 여등 스인을 브라더니

P.43
냥지 침폐흐고 츠셔난 능히 공명을 못홀 거시오 오직 밋난 지
현셔 일인이라 노신의 젹막흔 심회를 위로흐리로다 츄관이 손
사흐고 양시 즈미 졔현을 반기나 그 야야를 싱각고 시로이 쳬읍
흐믈 마지 아니흐더라 명일 조반을 느와 하져홀시 시녜 외당
식반을 니여 가니 세 반은 찬품이 셩비흐고 한 반은 박약흐니
셜부인이 문왈 저 식반은 어인 거시뇨 부인 왈 츠난 니랑의
식반이라 흐니 셜부인이 경아 왈 세 상은 번화흐고 저 니랑의게
저러툿

P.44
현격흐니잇고 부인이 불열 왈 실노 먹이고 시분 졍이 업스니
강잉치 못흐리로다 셜부인이 상연 뉴톄 왈 셕일 야얘 저 니랑을
엇지 흐시든 거시라 이제 춤아 박졀흐시믈 이러 툿 흐시리잇고
부인이 연식부답이러라 추관이 칠일을 머무러 발힝홀시 부인이
당즁의 연셕을 빗셜흐고 추관 부부를 연별홀시 추관이 어스
형녜로 더브러 니당의 드러와 니싱이 양시로 처음 보난지라

실노 천고절염이니 흔 번 보믹 경탄흐믈 마지 아니흐더라 부인
과 어ᄉ 형뎨 니싱을

보믹 소셰를 폐흐여 두 발이 헛튼 즁 골격이 웅위흐고 신치
동탕흐나 단졍흐믄 업고 셜츄관은 오ᄉ홍포 ᄀ온딕 소아흔 형
용을 보믹 시로이 ᄉ랑홉고 댱여난 봉관화리로 명부의 복쇠이
화려현요흐고 ᄎ녀난 홍상녹의 초초하미 심흐니 스ᄉ로 필녀의
일싱을 맛ᄎ믈 돌돌 증한흐여 니싱 뮈오미 더욱 듕흐되 계유
춤고 안잣더니 상을 드리믹 옥반 금긔의 진찬이 ᄀ득흐고 삭인
곳비치 봄경을 일웟더라 상이 니싱의게 니ᄅ러난 나즌 상과
씌여

진 그ᄅ싀 박약한 찬품이 서너 그ᄅᄉ 되니 어ᄉ의 형뎨와 츄관
의 상의 비기리오 남경 이부인과 셜부인이 차악흐믈 마지 아니
흐더라 또 ᄉ위 부인긔 상이 니ᄅ믹 셩찬이 어ᄉ 등으로 감치
아니니 무안이 넉여 여러 부인ᄂᆡ 쳐를 드지 아니흐고 눈을 씌
니싱을 보니 드만 단졍이 안잣고 또흔 상을 븟다 타연히 하려
흘 ᄲ룬이오 눈을 드러 좌우를 보지 아니코 화긔 만면흐여 츈풍이
화흔 듯흐더라 졔인이 흔 그ᄅ술도 먹지 못흐여셔 싱은 다 먹고
흔나도

P.47

남긴 거시 업스니 삼부인이 그 도량을 탄복ᄒ나 그 음식이 츠지 못ᄒᄆᆯ 츠셕ᄒ더라 츄관이 져의 슈히 먹난 양을 보고 두어 긔 찬물을 나와 더 먹으ᄆᆯ 권ᄒ니 싱이 ᄉ양치 아니코 ᄇ다 먹으니 ᄉ위 부인이 하져치 아니ᄒ더니 틔부인이 문왈 상이 거의 ᄑ케 되엿거날 냥부냥여난 먹지 아니ᄒ나뇨 디왈 긔운이 불평ᄒ여 하져ᄒ시 슬희여이다 인ᄒ여 상을 ᄑᄒ고 니어 셕반이 드니 찬품의 닉도ᄒ미 ᄒᆫ 가지라 삼부인이 더욱 무안ᄒ여 그 긔싴을 다시 슬피니 화

P.48

긔 ᄌ약ᄒ더라 어ᄉ 등 ᄉ인이 ᄒᆫ 가지로 니러 외당을 나가니 셜부인이 경희ᄒᄆᆯ 춤지 못ᄒ여 모친긔 고왈 셜군과 니랑은 한 가지 손이어날 엇지 그디도록 편벽ᄒ시나니잇고 니난 시녀비의 방ᄌᄒᄆᆯ로소이다 츠 소졔 소왈 져져난 식노ᄒ소셔 혹 찬물이 부족ᄒ고 시녀비의 그릇ᄒ미라 관겨ᄒ리잇가 셜부인 왈 여러 번 부족ᄒ미 업스리니 이 무안ᄒᆫ 일이어날 너의 부부난 됴곰 긔희ᄒ미 업스니 진짓 빈필이로다 ᄒ고 셜부인이 여러 번 시녀 치죄ᄒᄆᆯ 고ᄒ니 틔

P.49

부인 왈 네 말이 비록 올흐나 니랑은 진실노 에엿부미 업스니 닉 뮙기 심ᄒ여 먹이고 시분 ᄯ쯧이 업스니 저 미련ᄒᆫ 시비 엇지

알니요 닉 무움을 겹어 치죄치 못ᄒ노라 셜부인이 탄식고 말을
아니ᄒ더라 명일 츄관 부뷔 ᄒ직고 발힝홀ᄉᆡ 일기 체루상별ᄒ
니 셜부인이 미져의 손을 잡고 츄연 왈 닉 요ᄉᆞ이 가즁경식을
보니 틱틱와 낭거 거의 ᄡᅳ지 크게 벌ᄒ여시니 셕일 야애 니랑
무익ᄒ시던 일을 상상ᄒ니 엇지 슬프지 아니리오 미져난

P.50

모ᄅ미 슴가 공경ᄒ여 딕인 영혼의 죄ᄅᆞᆯ 엇지 말나 소졔 읍읍딕
왈 인정이 ᄌᆞ연 여ᄎᆞᄒ니 강츙을 한치 아니ᄒ거니와 지어소믹
ᄒ여난 소텬의 듕ᄒ미 이시니 어이 ᄉᆞᄉᆞ로 부도ᄅᆞᆯ 일흐리오
언ᄑᆞ의 서로 년년ᄒ다가 상별ᄒ니라 지셜 니랑이 식반이 큰
양을 치오지 못ᄒ고 ᄌᆞ연 잠ᄌᆞ기ᄅᆞᆯ 일ᄉᆞᆷ아 흑업을 젼폐ᄒ니
부인과 일기 즐미ᄒ고 소져난 민망ᄒ여 일일은 저의 씐 석ᄅᆞᆯ
타 문득 말을 발ᄒ고져 ᄒ다가 쥬져ᄒ니 ᄎᆞ난 피ᄎᆞ 결발뉴지ᄒᆞᆫ
졔 엄졍

P.51

침듕ᄒ여 일즉 슈작이 드믄 ᄀᆞ로 ᄌᆞ연 슈습ᄒ니라 싱이 저 거동
을 보고 ᄌᆞ연 연익ᄒ여 흔연 문왈 그딕 무슴 소히 잇도다소졔
염임 딕왈 쳡이 ᄒᆞᆫ 말을 군ᄌᆞ긔 고코져 ᄒ되 당돌ᄒᄆᆞᆯ 용사ᄒ시
리잇가 싱이 흠신 딕왈 원컨딕 ᄀᆞᄅ치ᄆᆞᆯ 듯고져 ᄒ노라 소졔
피셕 왈 ᄎᆞ난 타시 아니라 군ᄌᆞ 고고독신으로 닉무형뎨ᄒ고
외무치쳑ᄒ니 닙신상명ᄒᆞᄂᆡ 부모의게 현달ᄒ미 군ᄌᆞ의 일신의

잇난지라 존무ᄀ의 유명간 ᄇ라시미 계실지라 맛당이 혹업을
힘써 보즈런이

P.52

닷가 현달ᄒᄆ를 일시 지완치 못ᄒᆯ 비어날 군직 춘츄 십구 셰라
이롤 싱각지 아니시고 근늬 혹업을 젼폐ᄒ시니 이 쳡의 의혹ᄒ
난 비라 감히 존의를 쳥문코져 ᄒ난이다 싱이 문ᄑ의 변식고
거슈칭사 왈 현직라 금일 즈의 교회롤 드르니 슈블만이나 감동
ᄒ미 업스리오 연이나 복이 쏘ᄒᆫ 이를 모ᄅ미 아니로듸 칙을
잡지 못ᄒᆫ 타괴 아니라 복의 쳔냥이 괴로이 크므로 됴셕 음식
이 능히 튱복지 못ᄒ니 강긔ᄒ여 글 닑을 졍신이 업스미니 그듸
괴로이 넉이믈 감심이로다 소졔 문ᄑ의 춤연

P.53

경괴ᄒ여 묵묵막향의 쳔연이 니러 협실노 드러가 즈긔 장염지
뉴롤 늬여 ᄀ만니 시녀로 회미ᄒ여 됴셕 식반을 보틱나 미양
이우지 못ᄒ고 싱이 혹 칙을 펴 보나 소릭ᄒ미 업더라 이ᄀ치
간핍ᄒ미 즉년이 되미 셜츄관은 부인긔 보늰난 거시 만흐니
부인은 이셔로 칭ᄒ고 일가비복이 다 셜싱만 알고 니싱은 견마
ᄀ치 넉이되 오직 공경예듸ᄒ난 즈난 소져 일인이러라 츠시
가즁 의논이 분분ᄒ여 니싱을 박츅기의 니ᄅ니 니싱은 긔위광
활ᄒᆫ지라 그 괴식을 알오듸 쳥이불문

ᄒ여 심긔안한 ᄒ니 소졔 참연ᄌ상ᄒ여 아모리 ᄒᆯ 줄 모ᄅ더라
경남이 부인이 그 가부의 힝ᄉᄅᆯ ᄎ셕ᄒ더니 화부인이 심홰
듸발ᄒ여 병이 발ᄒ여 졈졈 즁ᄒ니 ᄌ녜 구호ᄒᆯᄉᆡ 부인이 소져
ᄅᆯ 듸ᄒ여 왈 ᄂᆡ 병이 실노 너로 말미암으미니 살기 어렵도다
소졔 임의 짐작고 안ᄉᆞᆨ을 화히ᄒ여 듸왈 틱틱 말ᄉᆞᆷ을 소녜 불민
ᄒ여 ᄭᆡ닷지 못ᄒ오니 틱틱난 밝히 ᄀᆞᄅ치소셔 부인이 답왈
ᄎᆞ난 타ᄉᆞᆼ 아니라 노뫼 니랑 곳 보면 밉기 심ᄒ여 ᄌᆞ연 심홰
동ᄒ니 모녀의 졍니의 너의

일ᄉᆡᆼ 계왈이 아조 보ᄌᆞᆯ 거시 업ᄂᆞᆫ 고로 돌돌ᄒ여 인병치ᄉᆞ고져
ᄒ미라 실노 ᄎᆞ마 보기 슬호니 니랑을 가즁의 업시 ᄒᆞᆨ즉 ᄂᆡ
ᄉᆡᆼ도ᄅᆯ 어드리니 네 어뮈 졍을 ᄉᆡᆼ각ᄒ여 ᄂᆡ여 보ᄂᆞ라 소졔 쳥미
의 이셩 듸왈 졔 실노 일신이 고고ᄒ여 ᄉᆞ고무탁이라 ᄂᆞ가라
ᄒ미 불초인졍이니 ᄎᆞ마 못ᄒ엿ᄉᆞᆸ더니 틱틱 졍의 여ᄎᆞᄒ시니
소녜 부도의 죄인이 될지언졍 존명을 거역ᄒ리잇가 틱틱난 관
심ᄒ소셔 어ᄉᆞ 왈 실노 바졍혼 일이로듸 셰부득이ᄒ미라 미ᄌ
난 ᄉᆞ졍을 구이치 말나 소졔 것

ᄎ로 응낙ᄒ나 심ᄉᆞᆨ 황난ᄒ여 오릭 어린 듯ᄒ다가 듸인간이
니ᄅ니 ᄉᆡᆼ이 광ᄉᆞ로 낫ᄎᆞᆯ 덥고 누엇거날 소졔 좌ᄅᆯ 먼니 ᄒ여

신싁이 ᄌ조 변ᄒ니 싱이 그 괴식을 늣치고 니러 안ᄌ 날호여
문왈 악모환휘약하오 소졔 ᄃᆡ왈 일양이로소이다 싱이 우문왈
ᄌ의 괴식을 보니 소회 잇난지라 듯기를 구ᄒ노라 소졔 속괴참
안ᄒ여 운환을 숙여 묵묵무언이어날 싱이 ᄎᆞ경을 보믹 엇지
모ᄅᆞ리오 소졔 져의 신명ᄒᆞ믈 보고 익익참연ᄒᆞ여 옥안이 도화
ᄀᆞ거날 싱이 졍싴 문

P.57

왈 ᄌ의 슈괴 불안은 하시오 소졔 ᄃᆡ왈 첩이 부도의 득죄ᄒᆞ미
불근인졍이니 이러므로 군ᄌ긔 고ᄒᆞ믹 ᄎᆞᆷ아 발셜치 못ᄒᆞ난고로
낫치 덥고 ᄆᆞ음이 황황ᄒᆞ니 하면목을 ᄃᆡ인ᄒᆞ리잇고 싱이 소왈
ᄀᆞ히 너ᄅᆞ지 못ᄒᆞ도다 형셰 냥난 즉 가난 손인들 어이ᄒᆞ며 ᄌ의
슈괴지심이 조빈압지 아니랴 소졔 ᄃᆡ왈 구인의 집 가힝이 홀노
군ᄌ긔 박ᄒᆞᆯ ᄲᅮᆫ 아니라 션인이 기셰ᄒᆞ신 후 가셰 ᄃᆞᄅᆞᆫ 고로
불근인졍을 힝ᄒᆞ니 첩이 하면목으로 ᄃᆡ인ᄒᆞ며 군ᄌ긔 득죄ᄒᆞᆫ
겨집이라 언ᄑᆞ의

P.58

옥안의 쳔항늬 종힝ᄒᆞ니 싱이 ᄎᆞ경을 당ᄒᆞ여 엇지 안연ᄒᆞ리오
츄연강긔 왈 닉 비록 밝지 못ᄒᆞ나 결발 뉴칠지의 지심지긔라
무슴 ᄃᆞᄅᆞᆫ 말을 ᄒᆞ리오 급히 힝코져 ᄒᆞ되 ᄃᆞ만 반젼이 업스니
복의 광복을 힝걸치 못ᄒᆞᆯ지라 일노 난쳐ᄒᆞ도다 소졔 ᄃᆡ왈 ᄎᆞ난
첩이 쥰비ᄒᆞ리이다 아지 못게라 어듸로 향코져 ᄒᆞ시나뇨 싱이

츄연 왈 복의 팔지 무상호여 일신이 고고무탁호니 즈최 츄풍낙
엽이라 어딕룰 지향호리오 도만 복이 즈의게 흔 말을 붓치고져
호나

니 능히 용납호시랴 소졔 공경되왈 원컨딕 명딕로 호리이다
싱이 이의 니르러난 명월 굿튼 안모의 츄연흔 빗치 니러나
츄픽 어리여 누취 써러질 쯧호니 소졔 결발칠년의 져의 슈식을
보지 못호다가 금일 이듯지 슬허호믈 보민 심싴 참담호여 머리
를 숙여 누쉬 삼삼호더니 싱이 이의 니르되 도른 말이 아니라
복이 무상호여 부모 가뫼 아모 딕 계시믈 모르니 됴셕의 브르난
브난 분묘뿐이라 이번 나가민 십년 젼 셜음신을 단졀호리니
도라 싱

각건딕 임즈 업손 분뫼 외로오믈 혜아리건딕 아심이 최졀호나
니 즈의 현덕으로 복을 위호여 부모 분묘의 슷시 향화룰 씃지
아니시면 부인의 더을 감골홀 거시오 만일 구추호미 이실진딕
유명이 도르니 출하리 아닐 만 굿지 못호니 브르건딕 졍셩으로
호고 기추난 유모의 무덤을 싱각호라 말을 맛추민 음셩이 즈죠
굿쳐져 누취 연낙호니 소졔 이 지경을 당호민 옥뉘 방방호고
심졍이 오열호여 왈 군즈의 니르시난 브난 곳 쳡의 우러는 빅라
구고의

P.61

분묘를 엇지 감히 일신들 혈호미 이시리오 금일 말숨을 슘가 간폐의 삭여 닛지 아니리니 귀톄를 보즁호소셔 인호여 주긔 혼인 적 진쥬슈식과 옥연츠와 슌금주현과 슌금지환 일쌍과 명주를 니여 파라 은즈 삼빅 냥을 바다 힝장을 찰혀 주니 명일 발호려 호고 부인긔 말 호 필을 빈디 허치 아니니 소졔 탄식고 이의 느와 싱을 디호여 왈 말이 비록 만흐나 다 병들고 허치 아니시니 그 은즈를 더러 니여 말을 한 필 엇더호니잇고 싱이 소왈 니 말을 구치 아니

P.62

호느니 느의 두 드리 셩호지라 어이 남의 거름을 빌니오 소졔 두어 벌 의복을 일울싱 등하를 디호여 마른기를 맛츠미 실과 빅를 드러 죠곰도 쉬미 업서 지으니 싱이 침셕의 비겨 주난 체호고 소져의 거동을 보니 화험뉴미의 진쥬 곳튼 눈물이 비 곳치 흐르니 힝혀 싱이 볼가 호여 주조 나삼을 세어호니 취미의 난 일쳔 시름을 씌엿고 화안의난 만쳡비회를 먹음어시니 쳔틱 만상이 댱부의 쳐량호 심장을 어즈러이며 영웅의 장심을 녹이니 겸호여 긴 니별

P.63

이 괴로온지라 츄연강기호여 낫빗츨 변호고 위로 왈 밤이 깁허시니 자미 굿호도다 소졔 즉시 눈물을 거두고 디왈 일이 밧브니

즈지 못ᄒ리로소이다 싱이 간쳥치 아니코 다시 즈다가 씨니
의복을 맛츠 회의 걸고 즈리의 나아가 즘을 일우지 못ᄒ거날
싱이 심니의 녀즈의 졍이 ᄀ련ᄒᄆᆯ 연이ᄒ여 셤슈를 닛그러
벼기의 나아갓더니 미명의 소졔 니러 다시 힝쟝을 찰힐식 싱이
니러 관세ᄒ고 힝쟝을 슈습ᄒ며 소져를 디ᄒ여 왈 닉 이번 가민
십 년을 그음ᄒ나니 모ᄅ미 넘

P.64

녀를 긋쳐 방신을 상히오지 말지어다 후일 만날 씨 이시리니
기ᄃ리소셔 소졔 오열 왈 하일의 군즈 현달ᄒ여 도라오시리오
연이나 쳡은 눈상 죄인이라 엇지 군즈의 용납ᄒᄆᆯ ᄇ라리잇고
오직 구고 분묘를 몸이 맛도록 밧들니니 넘녀치 마ᄅ소셔 싱이
희허타루 왈 ᄀ히 악모긔 하직흠을 어드라 소졔 디왈 하직ᄒ시
미 무방ᄒ여이다 싱이 드러가 하직ᄒ니 부인이 됴곰도 권연ᄋ
미 업고 어슨 형뎨난 보즁ᄒᄆᆯ 일ᄏ를 ᄯ룬이오 거쳐를 뭇지 아니
ᄒ더라 싱

P.65

이 표연이 푸긔를 메고 긔러문을 ᄂ되 소져를 다시 보지 아니코
부모 묘하의 나아가 실셩통곡ᄒ여 하직ᄒ고 ᄯ 승상 분묘의
곡별할식 영웅의 눈물이 귀밋틱 흘너 비셩이 쳐졀ᄒ니 일식이
참담ᄒ고 셰셜이 비비ᄒ여 슈인의 회포를 돕더라 ᄎ일 소졔
부뷔 산별ᄒ민 소졔 난누의 비겨 져의 힝식을 목도ᄒ민 고고단

신이 초리를 들메고 푸기를 메여 문을 ᄂ되 ᄒᆞᆫ 스룸도 권연ᄒᆞ미
업고 일신이 스고무친ᄒᆞ여 의탁이 망연ᄒᆞ거날 니별이 무한ᄒᆞ여
모들 긔약

이 묘연ᄒᆞᆫ지라 약ᄒᆞᆫ 간장이 촌졀ᄒᆞᆷ믈 어이 면ᄒᆞ리오 ᄃᆡ인각의
도라오미 물식은 의구ᄒᆞ되 인ᄉᆡ 변ᄒᆞ여시니 샹의 비겨 고ᄉᆞ를
샹냥ᄒᆞ미 결발 팔년의 야야의 ᄉᆞ후를 편히 밧드지 모ᄉᆞ고 포셕
음식도 그 냥을 치오지 못ᄒᆞ던 일을 셰셰히 샹냥ᄒᆞ미 쟝위 혼혼
ᄒᆞ여 읍읍여위터니 남경이 부인이 니ᄅᆞ러 관위ᄒᆞ나 경경일심이
골졀의 스뭇ᄎᆞ 비샹톄위라 화부인은 ᄎᆞ일노붓터 향ᄎᆞᄒᆞ니 가듕
샹히 환셩이 ᄌᆞᄌᆞᄒᆞ되 오직 소졔 익익비샹이러라 ᄌᆡ셜 니싱이
푸기를 메고 표연이 힝하여

수삼 일을 가더니 문득 ᄃᆡ셜이 비비ᄒᆞ여 일긔 엄닝ᄒᆞ니 눈을
무릅쓰고 혼혼 견진ᄒᆞ여 큰 언덕을 넘어 가며 ᄌᆞ긔 일신을 싱각
ᄒᆞ미 ᄂᆞ의 혈혈무탁ᄒᆞ고 스고무친ᄒᆞ니 텬되 무심ᄒᆞᆷ믈 ᄎᆞ탄ᄒᆞ고
졍힝ᄒᆞ여 황혼을 당ᄒᆞ되 ᄒᆞᆫ 그릇 밥을 어들 모척이 업서 졍히
근심ᄒᆞ더니 홀연 스룸의 곡셩이 은은이 들니거날 졈졈 ᄀᆞ가이
드ᄅᆞ니 소리 쳐졀ᄒᆞ여 일쳔 원한을 쟝ᄒᆞ여시니 싱이 희허탄왈
텬되 스룸의 화복을 고로로 홀 거시어날 아지 못게라 ᄎᆞ인의
곡셩이 여ᄎᆞ비졀ᄒᆞ니 필연

P.68

소회 잇도다 민민ᄒ여 힝ᄒ더니 곡성이 졈졈 ᄀᆞ가 오니 빅의
노옹이 몸의 상복을 닙고 오며 울거날 싱이 나아가 앙읍 왈
존옹이 무ᄉᆞᆷ 슬프미 이셔 이통ᄒ여 힝인으로 ᄒ여곰 ᄆᆞᄋᆞᆷ을
참담케 ᄒ나뇨 기인이 ᄃᆡ왈 나ᄂᆞᆫ 결강인이라 나히 뉵십이오
구십 쌍친을 뫼셔 본ᄃᆡ 빈한ᄒ더니 노뷔 거년 츈의 기셰ᄒ시ᄆᆡ
관가의 빗을 ᄂᆡ여 장ᄉᆞ의 ᄡᅥᆻ더니 긔한이 지나ᄆᆡ 노모를 잡아
가두고 쥬야 독촉ᄒ되 두로 구걸ᄒ나 푼젼을 엇지 못ᄒ고 노모
ᄂᆞᆫ 이런 엄동을 당ᄒ여 ᄉᆞ싱이 됴모의 급ᄒᆞ

P.69

지라 이제 젹슈로 고향을 향ᄒ니 스ᄉᆞ로 우름 나믈 ᄭᆡ닷지 못ᄒ
ᄭᆡ라 싱이 쳥풍의 츄연 왈 존옹이 말ᄉᆞᆷ을 드ᄅᆞ니 ᄂᆡ ᄆᆞᄋᆞᆷ이
ᄌᆞ연쳑쳑ᄒ도다 연이나 갑흘 거시 언마나 ᄒ뇨 노옹 왈 은ᄌᆞ
일빅오십 금이 이제 갑졀이 디여시니 삼빅 금이면 갑흘가 ᄒ노
라 싱이 ᄎᆞ언을 듯고 즉시 몌엿던 푸기를 버서 가연이 주어
왈 니를 가져가 급화를 면ᄒ라 노옹이 쳔쳔만만 의외예 의인을
만나 니를 어드니 크게 희열ᄒ되 도로혀 동곡ᄒ니 싱이 경문
왈 은ᄌᆞ ᄉᆞ소ᄒ나 그ᄃᆡ 급화

P.70

ᄂᆞᆫ 면홀 만ᄒ거날 ᄯᅩ 엇지 슬허 ᄒ나뇨 노인 왈 만만 의외예
고ᄒᆞᆫᄃᆡ의를 만나 노모를 구케 ᄒ니 이 은혜ᄂᆞᆫ 분골쇄신ᄒ여도

갑지 못ㅎ리라 도로혀 감읍ㅎ믈 마지 아니 ㅎ난이다 싱이 ᄉ왈
미믈을 쥬고 큰 말을 드ᄅ니 도로혀 참괴ㅎ도다 ᄃ만 노옹의
힝식이 총홀ㅎ니 밧비 힝ㅎ라 노옹이 빅빅사례ㅎ고 존셩ᄃ명을
무ᄅ니 답왈 피치 총홀ㅎ니 뭇지 말고 급히 힝ㅎ라 노옹이 앙쳔
ㅎ여 ᄃ현의 만복을 축슈ㅎ고 삼싱지은을 각골감심이러라 싱이
평일

비록 광복을 치오지 못ㅎ나 직믈을 불관이 넉여 ㅎ더니 저의
이ᄀᆺ치 사례ㅎ믈 심하의 웃더라 싱이 프기를 업시 ㅎ미 힝식이
더옥 총홀ㅎ여 날이 임의 황혼이라 쳔산만학의 빅셜이 ᄊ혀
ᄇ라보미 ᄉ면이 빅옥을 부운 듯 광야의 무인젹이라 닝긔난
침골ㅎ고 긔한이 심ㅎ여 총총이 봉만을 너머 눈을 드러 보니
인기 버럿거날 문을 두ᄃ려 부ᄅᄃ 응ㅎ 리 업ᄉ니 비 고프미
심ㅎ되 무가ᄂ히라 다시 길을 더듬어 도로 나오ᄃ 됴곰도 프기
를 싱각지 아니ㅎ더라 멀니

ᄇ라보니 동녁산하의 ᄃ기 이셔 직상의 집 ᄀᆺ거날 싱이 나아가
문을 두ᄃ리니 청의동직 ᄂ와 무ᄅᄃ 이 반야(야밤?)의 인젹이
업거날 긱이 어이 니ᄅ러 밤이 깁허시되 쥬인을 엇지 모ᄉ여시
니 ᄇ라건ᄃ 그ᄃ난 노야긔 술와 ㅎ로밤 드식믈 고ㅎ라 동직
드러가더니 이윽고 나와 드러오믈 쳥ㅎ니 싱이 깃거 ᄯ라 드러

가니 당샹의 촉홰 휘황ᄒ고 버린 거시 긔이ᄒ여 인셰 아니라
당샹의 일위 빅발노옹이 안즈시니 골격이 기이ᄒ여 시속 스

P.73

름이 아니라 싱이 나아가 녜ᄒ니 노인이 답읍 왈 노신이 젼신이
모호ᄒ여 귀긱을 멀니 맛지 못ᄒ니 허물치 말나 싱이 니러 샤왈
명~궁 싱이 귀긱의 니ᄅ러 과렴ᄒ시믈 입스오니 불승감사ᄒ여
이다 공이 소왈 귀인은 저근인스ᄅᆯ 아닛ᄂ니 그ᄃᆡ 말이 젹도다
이의 동ᄌᆞᄅᆯ 명ᄒ여 왈 존긱 의냥이 크니 일두식과 찬품을 잘
하여 나오라 싱이 심니의 의혹ᄒ되 쥬인이 엇지 ᄂ의 식냥을
아난고 깁히 친복ᄒ더라 이윽고 동ᄌᆡ 식반을 가져오니 과연
한 말 밥과 산치 졍결ᄒ여

P.74

큰 그ᄅ식 ᄀ득ᄒ니 싱이 여러 날 주렷난지라 츄호도 스양치
아니코 진식ᄒ니 노옹 왈 냥의 ᄎᆞ지 못ᄒᆯ진ᄃᆡ 더 가져 오리라
싱이 스양 왈 주신 거시 광복을 치와시니 그만ᄒ소셔 노인이
소왈 ᄀᄃᆡ난 협냥이로다 나난 소시의 두 말 밥을 삼식ᄒ더니라
우왈 그ᄃᆡ 오날 큰 젹션을 ᄒ니 노뷔 탄복ᄒ노라 싱이 이톳
신긔ᄒ믈 보고 범인이 아닌 줄 경아ᄒ여 문왈 이 어인 말ᄉᆞᆷ이니
잇고 싱이 본ᄃᆡ 빈곤ᄒ지라 젹션ᄒᆞ미 업ᄂ이다 공 왈 군ᄌᆞ난
ᄃᆡ인을 속이지 아닛나니

P.75

그듸 져리 머난 냥의 반젼을 업시 힝ᄒ리오 싱 왈 이쳐로 어더 먹으면 아니 견듸리잇가 노인이 듸소왈 소년의 말이 오활ᄒ도다 년이나 노부난 그듸를 알거니와 그듸난 날을 모르리라 다만 그듸게 붓칠 말이 잇ᄂ니 심상이 아지 말나 맛당이 안거ᄒ 곳을 혹문을 널닐 곳이 잇거날 도로의 방황ᄒ미 무익지 아니랴 싱이 듸왈 소지 아득ᄒ여 씌닷지 못ᄒ오니 듸인은 밝히 ᄀ르치소셔 공 왈 낙양 쏘 쳥운시 ᄀ장 부요ᄒ고 그 졀 즁이 의긔 만ᄒ니 족히 안거

P.76

ᄒ여 공뷔 실홀지라 노뷔 수소ᄒ 반젼을 보틱리라 싱이 칭사ᄒ듸 노인 왈 삼빅 양 은즈를 픠기지 쥬고도 사례ᄒ믈 깃거 아니ᄒ엿고 이제 도로혀 수오젼 냥을 사례ᄒ미 과례 아니랴 우왈 힝노의 곤홀 거시오 본듸 즁이 만ᄒ니 그만ᄒ여 주고 명일 날을 찾지 말나 싱이 고왈 존공이 찾지 말난 말슴이 어듸 쥬ᄒ시미뇨 진실치 못홀가 ᄒ난이다 노인 왈 진실ᄒ 일이 이시니 혹 ᄒ나 여러 날 신고ᄒ여 몸이 잇부고 즁이 더

P.77

욱 계온지라 누으믹 동방이 밝난 둘 씌닷지 못ᄒ더라 홀연 몸이 셔날ᄒ거날 니러나 보니 장ᄒ 누각과 노옹은 업고 은과 글 쓴 조희 ᄒ 장과 황낭 ᄒᄂ와 츳 ᄒ 그릇시 노혓거날 ᄇ야흐로

신션의 소원 줄 알니더라 싱이 경황ᄒ여 글 쓴 조희를 펴 보니
술와시되 노뷔 기셰ᄒ니 네 몸이 덧덧지 괴롭도다 표연이 힝ᄒ
여 ᄃ만 흔 프기어날 젹션ᄒᄆ 삼빅 냥 은ᄌ를 가연이 ᄇ렷도다
수삼 일 힝길ᄒ되 포곰도 프기를 싱각지 아니니 그 도량이 너ᄅ
고 덕이 크도다 황현이

P.78
감동ᄒ여 복을 나리오사 날노 ᄒ여곰 너의 곤흔 거슬 구ᄒ고
비셔를 주나니 ᄀᄅ친 말을 어긔지 말나 니 ᄎ를 먹으면 쳔
니를 힝ᄒ리라 싱이 보기를 ᄃᄒᄆ 싯티 쏘 써시되 빙악 양ᄌ윤
은 이셔 니경작의게 붓치노라 ᄒ엿더라 싱이 창감ᄒ여 눈물
두어 줄을 나리오고 낭셔와 ᄎ를 슈습ᄒ고 쏘 ᄎ를 마시니 졍신
이 상쾌흔지라 몸을 니러 악쟝의 젼후 은혜를 싱각ᄒᄆ 의의
총창ᄒ여 영웅의 혈셕금심이나 ᄌ연 누쉬 죵횡이러니 홀연 셕
샹으로셔 일진 듸풍이 니러나

P.79
몸을 붓쳐 들 밧긔 나오니 공즁의셔 웨여 왈 수히 나가고 더듸지
말나 ᄒ거날 싱이 우러러 감읍지빌러니 힝ᄒ여 낙양의 니ᄅ러
쳥운ᄉ를 ᄎᄌ가니 큰 졀이 뫼흘 둘너 젼각이 영농ᄒ여 구름의
소삿고 ᄉ문이 졍제ᄒ더라 싱이 밧비 ᄂ아가니 졔승이 져녁
지를 프ᄒ고 북을 처더니 노승이 법당의 단좌ᄒ여시니 톄곰이
완닌이 늑도ᄒ엿난지라 싱이 나아가 댱노를 향ᄒ여 읍ᄒ되 댱

뇌 놀나 젼도히 답녜ᄒ고 왈 귀긱이 어ᄂᆡ 곳을 조ᄎᆞ 이의 니ᄅᆞ시
뇨 노승이 긔이

몽즁의 황뇽이 법당의 들거날 놀나 ᄭᆡᄃᆞ라 죵일토록 긔긱을
기ᄃᆞ리더니 존긱이 오시니 빈승의 꿈을 뭇친가 ᄒᆞ나이다 싱이
손사 왈 엇지 몽ᄉᆞ를 당ᄒᆞ리오 뭇나니 존ᄉᆞ의 법명을 무어시라
ᄒᆞ며 냥식 업ᄉᆞᆫ 손을 용납ᄒᆞ랴 쟝뇌 합쟝ᄃᆡ왈 졀 일홈은 쳥운ᄉᆡ
오 빈승이 비록 불민ᄒᆞ나 궁ᄒᆞᆫ ᄉᆞ름을 졋기ᄒᆞᄂᆞ니 ᄒᆞ믈며 귀긱
을 경히 ᄒᆞ리오 원컨ᄃᆡ 존셩ᄃᆡ명을 드러지이다 싱 왈 나의 셩명
은 니격쟝이오 ᄌᆞ난 문셩이라 댱뇌 왈 빈승의 법명

은 현불댱뇌라 ᄒᆞ고 셩명은 금초완 지 오ᄅᆡ여이다 드ᄃᆡ여 방쟝
의 드러 상ᄌᆞ를 불너 분부 왈 니 샹공의 례도를 보니 식냥이
너ᄅᆞᆫ지라 진를 만히 ᄒᆞ여 오라 이윽고 진를 드릴ᄉᆡ 큰 그릇
시 밥이 놉고 산치 졍결ᄒᆞ더라 싱이 여러 날 만의 금일이야
냥을 여러 다 먹은 후 니ᄅᆞ되 ᄂᆡ 실노 의탁홀 곳이 업ᄉᆞ니 졍히
방황ᄒᆞ더니 텬ᄒᆡᆼ으로 댱노를 만나 관ᄃᆡᄒᆞᆷ믈 닙으니 삼싱의 ᄒᆡᆼ
이라 댱뇌 ᄃᆡ왈 샹공은 ᄃᆡ인이라 타일 복녹이 미ᄎᆞ 리 업ᄉᆞ리니
빈승이 엇지 졍셩을 다ᄒᆞ지 아니리오 인ᄒᆞ여 고

P.82

왈 후원 초당이 그윽ᄒ니 독셔ᄒ기의 뉴벽ᄒ오니 샹공은 츠쳐의 쳐소ᄒ소셔 또 샹ᄌ 일인을 ᄀᄅ쳐 왈 츠난 도데니 일홈은 쳥이라 좌와의 두샤 ᄉ환케 ᄒ소셔 싱이 칭샤ᄒ고 초당의 니ᄅ니 즙물이 졍졔ᄒ고 만권서칙이 ᄊ혀시니 싱이 불승딕희ᄒ여 이날노붓터 시흑ᄒ여 수삼 일 후 쥬야불쳘ᄒ니 웅원ᄒᆫ 소ᄅᆡ 구소의 학여셩 ᄀᆺᄒ지라 싱의 관홍ᄒᆫ 거동과 발월ᄒᆫ 풍치와 쇄락ᄒᆫ 말ᄉᆞᆷ을 크게 공경이모ᄒ고 싱은 쟝노의 긔샹을 심

P.83

즁의 거록히 넉여 칭찬ᄒ더라 셰월이 오ᄅᆡᄆᆡ 쳥이 쥬야 ᄯᅥ나지 아나 슌종ᄒ미 그림ᄌ 좃둧 ᄒ니 싱이 빅시 안한ᄒ여 쥬야 셩경현뎐과 졔ᄌ빅가를 달통ᄒ니 문니 날노 향진ᄒ고 겸ᄒ여 병셔를 잠심졍통ᄒ여 일즉 게으름이 업더라 이ᄯᅦ 납월 즁슌이라 ᄆᆡ화난 한 거ᄉᆞᆯ ᄌᆞ랑ᄒ고 빅셜은 구슬을 일워시니 명월은 교교ᄒ여 눈 우희 ᄇᆞᄋ니 셜셩이 졀승ᄒ지라 싱이 쳥ᄋᆞ이로 더브러 월식을 ᄯᅵᆯ여 산문의 나 완경ᄒ니 시흥이 도도하ᄆᆡ

P.84

풍월 일슈를 지어 읇더니 긔약지 아닌 두 소년이 월하의셔 손을 닛그러 빅회ᄒ다가 니의 다ᄃᆞᄅ니 두 소년은 쳥운산 남녁 쳥운동의 이시니 일인은 뉴빅문이오 일인은 임강쉬라 냥인의 풍뫼 슌아ᄒ고 문치 슈발ᄒ되 다 조샹부모ᄒ여 각각 그 실가를 의탁

하여시니 냥인이 본디 의긔 샹합ᄒ여 졀친붕위라 삼츈가졀과
월빅미림의 한유ᄒ여 산샹의 오ᄅ니 문득 글 읇난 소ᄅ 나거날
이인이 드ᄅ니 쳥음이 웅원ᄒ여 문쟝이 발현ᄒ니 냥인이 경

ᄋ 왈 이벅벅 이틱빅이 하강ᄒ엿도다 우리 ᄒ 번 구경ᄒ미 막힝
이 아니리오 ᄒ고 서로 셩음을 ᄯ라 운산을 넘어 산문의 다ᄃ라
보니 일위 소연이 갈건혁ᄃ의 빅포광삼을 붓쳐 비회ᄒ니 그
늠늠ᄒ 풍치와 슈려ᄒ 긔샹이 광풍졔월이오 슈ᄑ빅년지용이라
냥인이 불승경복ᄒ여 폴을 드러 쟝읍 왈 소졔 냥인은 쳥운동의
잇더니 월하의 셜미를 구경ᄒ더니 존형의 글 닑난 소ᄅ를 드ᄅ
니 족히 틱빅과 ᄌ건의 우히니 ᄒ 번 교회를 듯고져 ᄒ

노라 싱이 답왈 소뎨난 원방인이라 위연이 이곳의 유락ᄒ여
가졀을 만나 시를 읇어 긔회를 창화ᄒ미러니 형의 과쟝ᄒ믈
드ᄅ니 엇지 감당ᄒ리오 냥인이 긔향과 셩명을 무러 피치 근본
을 니ᄅ니 삼 인의 고혈ᄒ미 방불ᄒ지라 피치 늣게야 만나믈
한ᄒ고 교도를 여러 년치를 무릴ᄉ 니싱이 ᄯᄒ 동년이라 희힝
ᄒ여 왈 ᄎ난 년의 삼인으로 삼싱의 언약을 두시미라 ᄒ고 야심
토록 고금을 답논ᄒ여 술을 먹을ᄉ 한긔 습인ᄒ여 오슬 적시난
지라

P.87

명일 만남을 긔약ᄒ고 분슈ᄒ다 싱이 졀노 도라와 ᄌ고 니튼날
글을 닑더니 쳥이 보왈 임유 냥상공이 쥬찬을 가져 니르러 계셔
이다 싱이 마ᄌ 왈 냥형은 ᄀ히 신셕로다 이인 왈 소뎨 등이
흔 번 형을 만나미 엇지 오기를 더듸ᄒ리오 형이 오릭 산간의
머무러 쥬육을 긋쳐시리니 우리 형을 위ᄒ여 쥬찬을 가져 와시
니 금일은 희소ᄒ미 엇더ᄒ뇨 싱이 칭샤ᄒ고 잔을 드러 마실ᄉᆡ
삼인이 죵일토록 즐기ᄃ가 훗터지니 ᄎ후난 셔로 모다 피ᄎ
졍이 비최여 관포의 졍을

P.88

허ᄒ더라 명츈을 당ᄒ여 삼인이 ᄉᄆᆡ를 닛그러 운산의 니르니
빅홰 쟉쟉ᄒ여 암향을 날니니 양뉴난 의의ᄒ여 쳥슈를 드리웟
고 맑은 시ᄂᆡ난 잔잔ᄒ여 향긔를 흘니니 삼인이 흥을 이긔지
못ᄒ여 시를 지어 챵화ᄒ여 즐기니 니싱은 원ᄂᆡ 말숨이 단묵ᄒ
고 냥인은 민쳡표일ᄒ여 니싱을 향하여 왈 요ᄉᆞ이 드르니 경ᄉ
의셔 셜과ᄒ여 인ᄌᆡ를 ᄲᆞ신다 ᄒ니 동힝ᄒᄆᆞᆯ 브ᄅ노라 싱 왈
소뎨난 십 년을 독셔ᄒ여 삼십 후의 과셔 보믈 뎡ᄒᄉᆞ엿ᄂᆞ니 냥형
은 흔 번

P.89

가ᄆᆡ 두샹의 계화를 ᄭᅩᆺ고 도라오리라 소뎨 당당이 우음을 먹음
어 지하ᄒ리라 냥인이 쇼왈 형언이 유리ᄒ나 지긔의 졍회 아닌

가 ᄒ노라 형이 이제 셩인의 여풍을 니어 뜻지 구드니 강박지
아니ᄒ거니와 샹별이 어렵도다 싱이 미소 왈 인싱이 만나면
훗터지미 샹시라 소소니별을 한ᄒ리오 삼인이 한담ᄒ다가 훗터
지니라 냥인이 발ᄒ᷀ᆼ홀시 니싱이 십니의 나가 보니 쩌나난
졍이 의의ᄒ여 각각 별시를 지어 강기ᄒ믈 마지 아니터라 싱이
손을 난화 도라오민

P.90
삭풍이 늠녈ᄒ여 찬 빗치 동ᄒ고 낙엽이 표표ᄒ여 니향ᄒ 심시
일일층가ᄒ니 ᄇ야ᄒ로 방즁의 드라와 무류ᄒ여 젹막ᄒ믈 ᄎ탄
ᄒ고 글을 지어 관희ᄒ더라

임오십월 壬午十月二十三日 始作
朋友逢時酒 山河到處詩

낙셩비룡 권지이 종

P.1
화셜 금쥐 양소졔 소년을 니별ᄒ고 홀로 ᄒ 셰월이 뉵 년이
되니 도뢰 소원치 아니ᄒ되 쳥픠무릐ᄒ고 소식이 돈졀ᄒ니 망
망ᄒ 텬이를 ᄇ라보니 봄졔비 주렴의 춤추고 ᄀ을 기러기 한텬
의 슬피 울 졔 ᄉ창을 의지ᄒ여 홍안의 ᄌ한이 깁허 단장ᄒᄂ
희포 ᄊ로 더ᄒ니 속졀 업시 고인의 글□□ 외오고 사창을 구지

닷고 침샹침권을 일솜으며 구고 졔슈를 졍셩으로 지어더니 츳
시 듕추망일이라 졔젼을 졍히 츠려 가지고 친히 묘하의 니르러
향을 쏘즈 졔를 파ᄒᆞ미 인ᄒᆞ여 묘하의 업더리어 통곡ᄒᆞ고 버거
유모의게 친히 나아가 슐을

붓고 도라오니 물식이 소조ᄒᆞ여 슬픈 사름의 수한을 도으니
소졔 도라와 몸을 벼개의 더져 늣기믈 마지 아니ᄒᆞ더니 홀연
긔이ᄒᆞᆫ 향닉 쏘이거늘 ᄒᆞᆫ 쌍 명목을 드러보니 쳥의시녜 압흘
향ᄒᆞ여 셧시되 비쳔요됴ᄒᆞᆫ 티되 인셰 사름 ᄀᆞ지 아니거늘 뭇고
져 ᄒᆞ되 심신이 사라져 수습지 못ᄒᆞ더니 시예 졀ᄒᆞ고 ᄀᆞᆯ오딕
우리 노야와 부인이 소져를 쳥ᄒᆞ시ᄂᆞ이다 소져 왈 노야와 부인
이 어딕 겨시며 쏘ᄒᆞᆫ 뉘라 ᄒᆞ시ᄂᆞᆢ 시예 대왈 가시면 즈시
아ᄅᆞ시리이다 소져 왈 가고져 ᄒᆞ나 긔믹 조비치 아녓시니 엇지
ᄒᆞ리오 딕왈 긔믹 밧긔 니르잇시니 셜니 가시이다 소졔 소두를
졔ᄒᆞ고 즉시 시녀를 좃차 수릭의 오ᄅᆞ니 경킥의 ᄒᆞᆫ 집의

니르믹 붉은 문과 옥으로 한 집이 운무를 조롱ᄒᆞ니 소졔 눈을
드러 보니 지궁졍인개라 ᄒᆞ엿더라 시녜 인도ᄒᆞ여 야와 부인이
겨시니 빗ᄒᆞ소셔 소졔 단을 우러러 보니 일위 지샹이 부인으로
더브러 좌를 일우고 위의단엄ᄒᆞ여 양인이 다 슐을 취ᄒᆞ엿ᄀᆞ
좌우의 시비 수풀 ᄀᆞᆺ더라 부인이 명ᄒᆞ여 안즈라 ᄒᆞ거늘 소졔

오른딕 니공이 굴오딕 능히 늘을 알소니 소졔 념용 딕왈 쳡은
인간의 쓸딕 업슨 사름이라 엇지 존안을 아오미 잇사리잇고
공이 소왈 나난 곳 현부의 존구오 저는 나의 부인이라 가운이
불힝ᄒ여 돈이 삼셰의 우리 부뷔 셰상을 손소 유모를 참별ᄒ니
공영경ᄒ 일신이 혈혈

ᄒ여 샹집 종이 되기를 면치 못ᄒ여더니 경대인의 거두시믈
닙어 그딕굿튼 슉덕현부를 어드니 이난 하늘이 도으시미니 의
람코 다힝ᄒ미 비록 지하 음혼이나 즐기믈 마지 아니ᄒ더니
돈이 이곳을 써난 후 현부의 졍셩이 더욱 간졀ᄒ지라 금일의
졍된 졔ᄉ를 바다 먹으미 주고 오히려 그져 잇노라 묘하의 겨
우는 소릭를 드르니 그딕 슬프미 업셔도 너 아름다운 거동을
구원의 그림을 탄ᄒ려든 ᄒ물며 비졀ᄒ미야 우리 ᄆ음이 쏘ᄒ
동ᄒ니 슬프미 막키는 지라 부뷔 약질의 슈쳑이 과ᄒ니 능히
보젼치 못ᄒ고 혈혈홀지라 오날날 쳥ᄒ여 슬픈 회포를 펴고져
ᄒ나니 사름이 셰샹의 부귀빈쳔과 우락이 다 텬명이라 과히
비회홀 빈

아니오 지 비록 표연이 힝ᄒ여 영낙혼 굿최 겨희의 평초 굿ᄒ나
후의 영화로이 도라오리니 그딕 총혜ᄒ여 능히 알지라 엇지
속졀업시 이쳑을 과히 ᄒ여 현부의 신샹의 희롭고 우리의 망혼

을 위로치 아니ᄒᄂ뇨 ᄎ후란 관심ᄒ여 몸을 앗기라 소졔 구고
를 쳐음으로 뵈오믹 반갑고 슬프믹 교집ᄒ여 눈물을 흘니며
니러 직빅 왈 첩이 부릉누질노 셩문의 모첨ᄒ완지 십 년이라
덕이 박ᄒ고 인싀 미거ᄒ와 졔수를 졍셩으로 밧드지 못ᄒ와
ᄒ 번 이럿툿 무궁지죄를 짓ᄉ고 지아비 도라가 뉵 년의 니르러
소식이 모연ᄒ니 명교의 죄인이라 첩신이 구구ᄒ 회푀 비졀ᄒ
여 묘하의 니르러난 존안을 뵈옵지 못ᄒ온

P.6

유한이 이셔 소릭 나믈 씩둣지 못ᄒ나 구괴 드르시며 죄 만ᄉ무
셕이로소이다 공이 쳑연 왈 우리 부뷔 인간의셔ᄂ 그리 빈곤ᄒ
더니 이의 니르러ᄂ 뇌략ᄒ 작위를 바다 이리 화려히 안거ᄒ니
사름이 ᄉ오납다 아닐지언졍 험이 엇지 업스리오 부인이 소져
의 옥슈를 잡고 머리를 어로만져 뉴쳬 왈 현부ᄂ 이상ᄒ믈 긋치
라 ᄒ거늘 소졔 다시 업딕여 ᄀᆯ오딕 첩이 니문의 의탁ᄒ완 지
십여 년의 일즉 존안을 빅옵지 못ᄒ엿ᄉ더니 금일 존안을 뵈와
하교를 듯ᄌ오니 첩의 하졍을 펴울지라 원ᄒ옵ᄂ니 첩의 넉슬
인도ᄒ여 슬하의 뫼셔지이다 공 왈 슈요쟝단니 씩 잇ᄂ니 현부
ᄂ 말을 경히 말나 비록 일시 곤궁ᄒ나 쟝

P.7

닉 복녹이 무량ᄒ리니 엇지 우리의 쟛쵀를 ᄌ릭 ᄯᄅ리오 부인
이 슬허 왈 가련타 나의 현부여 즛쵀 이럿툿 슬프뇨 공이 쳥의를

명ᄒᆞ여 왈 현뷔 완 지 오ᄅᆞ니 차를 마시라 시녜 슈명ᄒᆞ사 차를
드리ᄆᆡ 양시 바다 마시니 혼혼ᄒᆞᆫ 졍신이 샹쾌ᄒᆞ러라 공이 명ᄒᆞ
여 글오ᄃᆡ 현뷔 완 지 오ᄅᆞ니 수히 도라갈지어다 소졔 이러
하직홀ᄉᆡ 슬허ᄒᆞ기를 마지 아니ᄒᆞ니 공이 ᄌᆡ삼 위로 ᄒᆞ고 ᄉᆞ랑
ᄒᆞ여 그 손을 잡고 어서 효후 가기를 허ᄒᆞ니 젼샹의 ᄂᆞ리여
옥계 심히 놉흔지라 것치쳐 ᄭᆡᄃᆞ르니 침샹 일몽이라 소졔 황홀
ᄒᆞᆷ믈 이긔지 못ᄒᆞ여 벼기를 밀치고 몽ᄉᆞ를 싱각ᄒᆞ니 구고의
쇄연ᄒᆞᆫ 긔샹이 니목이 버럿시니 다시 엇지 밋ᄎᆞ리오 금풍이
소슬ᄒᆞ고 기러

기 슬피 울ᄆᆡ 속졀 업시 단쟝ᄒᆞᆷ믈 ᄉᆞ로니 다만 처챵홀 ᄯᆞᆫ이러라
ᄌᆞ셜 ᄎᆞ시의 겻고을의 김영이란 션비 나히 졈고 인물이 풍후ᄒᆞ
니 실가를 못 어덧더니 양소져의 ᄌᆞ식과 양비의 용모를 겸ᄒᆞ여
단쟝ᄒᆞᆷ믈 ᄃᆞ르니 문득 ᄯᅳᆺ이 동ᄒᆞ여 그윽이 가긔를 ᄇᆞ라더니
한 부인이 쳔금녀ᄋᆞ의 일싱 침몰ᄒᆞᆷ믈 슬허ᄒᆞ다가 이 말을 듯고
도로혀 녀ᄋᆞ의 빙쳥옥결 ᄀᆞᆺ흔 ᄆᆞ음을 싱각지 아니코 귀를 기우
려 허ᄒᆞ고 남셩을 불너 개유ᄒᆞ라 ᄒᆞ나 니뷔 가치 아니믈 고ᄒᆞᆫᄃᆡ
부인이 졍ᄉᆡᆨ고 듯지 아니니 소졔 탄식고 대인각의 니ᄅᆞ니 이ᄯᅦ
발셔 가을이 진ᄒᆞ고 삼츈가졀이라 슈양이 졍히 프ᄅᆞ고 낙홰
졍젼의 난만ᄒᆞ니 소졔 난두의 안ᄌᆞ 셕ᄉᆞ를 싱각고

간쟝이 슬허 지는 듯ᄒ더니 니소져를 보고 급히 ᄂ려 마즐ᄉᆡ 부인 왈 봄 경이 아름다오니 사름이 다 즐기거늘 현ᄆᆡ난 뉴미의 시름이 쩌날 적이 업도다 소졔 탄식 왈 츈ᄉᆡᆨ이 셩ᄒᆡᆫ 소져는 시름 더 십토소이다 이인이 묵묵ᄒ다가 존고의 ᄀᆞᄅ치던 말을 니ᄅ니 소졔 쳥픠 안ᄉᆡᆨ이 여토ᄒ여 말이 업더니 문득 졍식 왈 냥현의 현슉ᄒ시미 타인의 지ᄂᆞ시니 소ᄆᆡ 듕심의 그 일일 업고 밋기를 모친과 ᄀᆞᆺ치 ᄒ더니 엇지 도로혀 소졔의 ᄆᆞ음을 모르고 이 ᄀᆞᆺ흔 말을 구외의 내여 져믄 나희 슬픈 인싱이 되게 ᄒ시난뇨 냥 소졔 존고의 명인 줄 이ᄅ고 휘루쟝탄ᄒ니 소졔 오렬ᄒ여 오ᄅᆡ 물을 못ᄒ다가 곳쳐 니르ᄃᆡ 다ᄅᆞᆫ 일은 슈ᄒᆡ

라도 모명을 거스지 못ᄒ려니와 오늘늘 이 일은 잔명을 긋츨 밧긔 묘ᄎᆡᆨ이 업ᄉ니 져져는 모친긔 술와 소져의 잔명을 지여 니싱의 죵젹을 안 후의 자최를 ᄊᆞ르게 ᄒ소셔 말슴을 ᄆᆞᆺᄎᆞᄆᆡ 져를 구박ᄒ여 ᄂᆡ여보내든 일을 싱각ᄒ니 가슴이 막혀 쥬뤼 긔음 ᄎᆞ니 냥인이 잔잉ᄒ믈 이긔지 못ᄒ여 위로 왈 그ᄃᆡ와 자못 셜부인이 존구 싱시의 ᄒᆞᆫ 쌍 명쥐러니 이졔 니ᄅᆞ러는 셜부인은 져럿툿 참졀ᄒ여 존귀ᄒ시며 현ᄆᆡ는 ᄌᆡ덕용모로 뭐 이럿툿 참졀ᄒ여 존고의 비샹ᄒ시며 념녀ᄒ시미 깁흐시니 우리 현ᄆᆡ로 더브러 서로 본 족마다 무심치 아니ᄒ니 ᄎᆞ후란 슈식을 뵈지 아니ᄆᆡ 엇더ᄒ뇨 소졔 기리 탄식 왈 봄

곳치 브람의 늘니미 비단즈리의도 써러지고 굴형의도 써러지니 사름 인싱이 엇지 낙화와 다르리오 져져의 ᄀ르치신 디로 흐리이다 니 소졔 탄식고 명당의 도라와 소져의 거동과 슈말을 고흐고 눈물을 드리으니 부인이 슬허흐기를 마지 아나 왈 내 졔 뜻을 엇지 모로리오마는 일싱 가슴의 막혀 셜우미 비홀 디 업거늘 수졍의 졀박흐여 그리흐엿더니 졔 뜻이 굿어 수졀흐기의 니르면 어이 강박흐리오 니뷔 온화이 위로흐다 ᄎ일 졔역의 소졔 문안흐디 ᄉ싴이 즈약 온화흐여 담소흐미 예와 다르니 부인이 즈긔 ᄆ음을 깃그므라 그리 흐는 쥴을 더옥 잔잉이 너겨 잠간 ᄆ음을 졍흐더라 잇찍 셜부인이 남쥐셔 니싱 디여 보

니믈 듯고 아연탄식 왈 대인 싱시의 니랑을 큰 사름으로 아르샤 즈셔 듕 수랑흐시더니 엇지 참아 니치며 두 거거는 엇지 간치 아니흐신고 니군이 친쳑도 업다 흐더니 어듸 가 의지흐며 아의 졍시 오죽흐리오 샹샹의 그 부친을 싱각고 슬허흐더라 잇찍 셜츅관니 남쥐 도임흐연 지 삼 년이라 빅셩이 츄존흐니 옴겨 강셔 태슈 흐연 지 삼 년이러라 ᄎ시 니싱이 쳥운수의셔 독셔흐연 지 칠 년이러니 남뉴 니싱이 급졔흐여 뉴싱은 호부원의랑을 흐고 님싱은 한님흑ᄉ를 흐니 니싱이 붕우의 영지흐믈 깃거흐더라 싱이 일일은 댱노를 디흐여 글오디 내 예셔 독셔흐얀 지 칠 년을 흐니 만권 졔 복듕의 이

P.13

이시니 흔 번 명산대천의 노라 수 년 만의 긔약ᄒ니 도라오면
혹문이 더 나흘가 시브니 쟝노ᄂ 날을 위ᄒ여 귀경케 ᄒ라 댱뇌
왈 어렵지 아니타 ᄒ고 일쳑 소션을 어더 싱으로 더브러 길
나 ᄇᆡ를 ᄯᅴ여 갈ᄉᆡ 여러 ᄂᆞᆯ 듕 뉴ᄒ여 남원지계의 니르러ᄂ
산쉬 졀승ᄒ여 문인의 흔 번 보암 즉흔 곳이라 싱이 쟝노를
ᄃᆡᄒ여 굴오ᄃᆡ 이졔 남은 산ᄒᆡ를 구경ᄒ려 ᄒ엿더니 산쉬 이러
ᄐᆺᄒ니 몬져 명산을 구경ᄒ고 버거 ᄃᆡᄒᆡ를 보미 엇더ᄒ뇨 댱뇌
왈 츠언이 ᄀᆞ쟝 맛당ᄒ도다 우리 수 년을 긔약ᄒ고 나왓시니
이 년으란 명산을 구경ᄒ고 이 년으란 ᄃᆡ쳔을 구경ᄒ면 거의
ᄆᆞ음을 훤출케 ᄒ리라 셜파의

P.14

두 사ᄅᆞᆷ이 ᄇᆡ의 ᄂᆞ려 언덕의 올나 두로 구경ᄒ며 졈졈 드러가니
산쉬 긔이치 아닌 곳이 업ᄂ지라 지난 바의 봉만이 긔이ᄒ고
계쉬 잔잔ᄒ니 시인 문ᄀᆡᆨ의 흥이 ᄉᆡ롭더라 이러구러 ᄒᆡ 진ᄒ고
명츈이 니르니 싱과 댱뇌 놉흔 흥이 더욱 승ᄒ여 아니 본 ᄃᆡ
업더라 이 젹의 남강슈뉴빅문이 급졔ᄒ연 지 슈 년이라 득의ᄒ
여 서로 즐기되 홀노 니싱을 싱각고 화젼월하의 초챵ᄒ믈 마지
아니ᄒ더라 이인이 가속을 다리라 갈ᄉᆡ 한 ᄃᆞᆯ 말ᄆᆡ를 어더 위의
를 다 썰치고 필마로 힝ᄒ여 낙양의 니르러 니싱을 싱각고 쳥운
스의 드러오니 문득 샹ᄌᆡ 예ᄒ고 치하ᄒ니 냥인이 셜ᄂᆡ 문왈
니싱과 댱뇌 어ᄃᆡ 잇ᄂ뇨 쳥

아 대왈 이상공 승샹이 거년의 유람ㅎ라 수 년을 긔약ㅎ고 나가
시니 슈이 오지 아니리이다 님힝의 흔 봉서찰을 맛기며 니샹공
긔 드리라 ㅎ시되 기력의 늘들 엇지 못ㅎ여 이제야 알외ᄂ이다
이인이 문파의 이연듸경ㅎ여 바다 보니 봉초의 년셰경모ᄂ 돈
슈ㅎ노라 ㅎ엿더라 밧비 써혀 보니 다시 보지 못ㅎ고 멀니 쥬류
ㅎ믈 챵연흔 셜화라 냥인이 간필의 탄ㅎ여 니형이 나가믹 글을
머무러 우리를 무르니 ᄀ쟝 신의 군지로다 칭찬ㅎ다가 각각
집의 도라가 권솔ㅎ여 경수로 나아가니 샹이 냥인의 벼슬을
도도와 님강수로 경쥐총마어ᄉ를 ㅎ이시고 뉴빅문으로 계부시
랑을 ㅎ이시니라

님싱이 경쥐 도임ㅎ여 공ᄉ를 상명히 ㅎ니 빅셩이 일콧기를
마지 아니ㅎ더니 문득 삼 년이 지나믹 빅를 타 경수로 향홀ᄉ
길이 셔호를 지나ᄂ지라 잇찍 삼월망간이라 계츈 왈 밤을 당ㅎ
여 봄하늘이 온화ㅎ고 사야쟝반의 물결이 고요흔듸 비단돗츨
놉히더니 홀연 퉁소소릭 들니거늘 주시 드르니 그 소릭 몱고
몱아 구소의 어리ᄂ지라 서로 도라보와 왈 이ᄂ 반드시 인간소
릭 아니라 ㅎ고 잠심ㅎ여 듯더니 그 소릭 졈졈 갓갑거늘 님싱이
황홀ㅎ여 눈을 드러보니 일쳑 소션이 츈풍을 좇차 빅낭의 듕뉴
ㅎ엿ᄂ지라 어 칭찬ㅎ믈 마지 아니ㅎ더니 빅낭의 멀리셔

P.17

두 비 서로 갓기오미 션듕의 양인이 단좌ᄒ엿시니 일인은 산승이오 일인은 션비라 그이흔 풍광이 월하의 더욱 표연ᄒ니 이 다른 사름 아니라 쳥운산 현불 댱노와 니졍뫼라 텬하를 유람ᄒ고 다시 셔호로 비를 씌여 졍히 옥산으로 향ᄒ더니 이곳의셔 넘어스를 만ᄂ니 서로 깃부미 하늘노 조차 나린 둣ᄒ여 삼 인이 별회를 닐너 눌이 싀도록 챵음ᄒ드라 어시 니싱을 위ᄒ여 션듕의 져오일을 머무러 비로소 손을 난호미 니졍이 차아ᄒ여 글을 지어 니회를 위로홀시 그 문쟝필법이 귀신도 층냥치 못홀지라 님싱이 칭찬 왈 형의 문쟝이 본디 츌듕ᄒ나 이럿틋 너르고 웅쟝ᄒ믈 진실노

P.18

아지 못ᄒ엿더니 오늘늘 이 곳치 듀옥을 쌕므니 이ᄂ 반ᄃ시 텬지라 ᄒ리오다 금츄의 과거 되리니 형이 금번 과거의ᄂ 모로미 득지ᄒ리니 범연이 듯지 말고 과쟝의 나아가미 엇더ᄒ뇨 니싱 왈 디쾌 이실진디 보미 히롭지 아니ᄒ니 형이 올나간 후 당당이 뒤흘 ᄯᄅ리라 님싱이 크게 깃거 지삼 권ᄒ고 비를 씌여 가니라 ᄎ시 댱노와 니싱이 운산의 니르러 화초월셕의 글을 일우니 너른 문쟝과 몱은 귀법이 더욱 긔이흔지라 댱뇌 심히 샹득ᄒ더니 이럿틋 여류ᄒ여 듕츄를 당ᄒ니 싱이 힝니를 슈습ᄒ여 경ᄉ로 갈시 댱ᄂ아 졔승이 다 젼별을 슬허ᄒ니 졍이 ᄯ흔 쳑연ᄒ니 댱노

P.19

를 더ᄒ여 십 년 싱존ᄒ 은혜를 지삼 ᄉ례ᄒ니 댱뇌 합댱 왈 샹공은 텬샹신션이라 우연이 빈승의게 니르러 계시거늘 궁ᄉ의 의식이 유여치 못ᄒ여 괴로이 머모시다가 금일 도라가시ᄆᆡ 댱 댱히 농문의 오르시리이다 싱이 칭샤ᄒ고 니별ᄒ니아라 댱뇌 일필쳥셔와 셔동 일인을 주어 힝니를 도은ᄃᆡ 싱이 구지 ᄉ양ᄒ여 밧지 아니코 스스로 거러 오 일 만의 경ᄉ의 니르니 발셔 초취진ᄒ고 듕츄초길이라 과댱이 촉박ᄒ엿시니 님뉴 이인을 능히 ᄎᆺ지 못ᄒ고 겨유 주인을 졍ᄒ고 긔구를 출혀 과댱의 나아 가 글졔를 보니 니빅의 신긔ᄒ미라도 밋츨 바여ᄆᆞᆯ 니싱이 바다 ᄀᆞᆺ흔 문댱을 긔우

P.20

르니 바다히 움즉이고 구름이 서리난 듯 문필이 일월졍긔를 모화시니 진실노 쳔츄만고의 일인이라 글을 밧치ᄆᆡ 집의 도라 와 단잠이 깁헛더니 텬직 룡두젼의 젼좌ᄒ시고 졔신으로 더브 러 시권을 ᄲᆡ실ᄉᆡ 삼빅의 니르러 평평ᄒ여 ᄲᆔ여난 직죄 업ᄂᆞᆫ지 라 샹이 불열ᄒ시더니 기 듕의 ᄒ 졍초 잇거늘 샹이 친히 펴보시 니 필법이 그이ᄒ여 니목이 현황ᄒ시니 무릅흘 치시며 칭찬ᄒ 여 ᄀᆞᆯ으샤ᄃᆡ 짐이 보위의 오른 지 쟝ᄎ 이십 년의 인직를 만히 엇어시되 이러툿ᄒ 문쟝필법을 보지 못ᄒ엿더니 아지 못게라 엇던 사름이 이런 직조를 품엇난고 졔신이 보기를 맛치ᄆᆡ

칭찬 왈 이글이 너르고 웅쟝ᄒ여 쳔고의 드문 문쟝이라 졔명ᄒ
사 비봉을 ᄶᅥ히미 금쥐인 니경뫼 닌이 삼 십이라 일시의 소리
질너 쟝원을 브르니 잇ᄯᅥ 니싱이 낫잠이 바야흐로 깁헛더니
브르ᄂᆞᆫ 소리 급ᄒ나 응ᄒ 리 업ᄉ니 문득 사ᄅᆞᆷ이 니싱을 흔드러
ᄶᅵ오ᄂᆞ지라 싱이 잠을 이긔지 못ᄒ여 계유 니러 안즈미 크게
불너 왈 갑과쟝원인 금쥐 니경모의 경이 삼십이라 일시의 브르
나 니싱이 잠이 몽농ᄒ여 대답지 못ᄒ더니 연ᄒ여 ᄉ오 번의
밋쳐ᄂᆞᆫ 브르ᄂᆞᆫ 소리 급ᄒ니 그계야 아라 듯고 응연이 이러나
단지 아리 복지ᄒ온ᄃᆡ 샹이 보시고 크게 깃거ᄒ시니 좌우 졔신
이 뉘 아니 칭찬ᄒ리오 즉시 금포어화와 텬동ᄲᅡᆼ개를 사급

ᄒ시고 시어ᄉᆞ를 ᄒ이사 노복과 가미를 버려주시니 싱이 ᄉ은
슉비ᄒ고 졀문의 ᄂᆞ니 무슈ᄒᆞᆫ 추종이 옹위ᄒ니 쟝뇌 ᄒᆞᆫ 풍광이
비길 ᄃᆡ 업거늘 ᄯᅢ 바야흐로 듕츄 초슌이라 금풍이 습습ᄒ여
계화를 움즉이고 각싱 풍뉴 좌우의 옹위ᄒ니 깃브미 무궁ᄒ나
우흐로 부뫼 구몰ᄒ시고 슬하의 ᄌᆞ질이 업ᄉ니 스스로 비감ᄒ
여 누슈 의ᄃᆡ를 적시ᄂᆞᆫ지라 하리를 분부ᄒ여 녯집을 ᄎᆞᄌᆞ니
알 니 업ᄂᆞᆫ지라 싱이 심신이 아득ᄒ여 그 부친 셩명으로ᄲᅢ ᄎᆞ즌
ᄃᆡ 오ᄅᆡ 가야 ᄒᆞᆫ 노인이 ᄀᆞᄅᆞ치니 싱이 빅시ᄒ고 그 집의 니르니
ᄆᆞᆫ졍이 져져ᄒ고 ᄎᆔ ᄉᆡ잔ᄒᆞᆫᄃᆡ 쟝원이 문처저 부ᄀᆔ의ᄃᆡ 슬픈
지라 문을 드러 보니 두낫 차환이

늙엇고 챵두 일인 서로 탄식ᄒ다가 쟝원을 마즈니 이ᄂ 결녈 츠셤이라 금줘 가 일흔 공진 줄 몽니의나 싱각ᄒ리오 싱이 바로 닉당의 드러가니 ᄯᅳᆺ 글이 가득ᄒ고 초목이 무셩ᄒ여 졍젼을 ᄀ리왓시니 일쳔 ᄀ지 궁텬지통이 식로온지라 즉시 슬픈 ᄆ음을 진졍ᄒ고 가묘의 올나가 통곡ᄒ믹 그 슬픈 우름소릭 구소의 ᄉ뭇고 혈뉘 의ᄃᆡ를 젹시ᄂ지라 보ᄂ 사름이 뉘 아니 슬퍼ᄒ리오 시비 구호ᄒ여 방듕의 나오믹 싱이 졍신을 진졍ᄒ여 ᄉ면을 첨시ᄒ니 벽샹의 그 부친 필젹 두어 쟝이 머무러시니 쇽졀 업시 녯 화젼을 아로만져 음용이 졀연ᄒ믈 식로이 망망할 분이러라 ᄎ환 등이

녯일을 니ᄅ고 쟝원을 붓들고 비로소 통곡ᄒ여 노줘 일쟝을 크게 우니 지나ᄂ 사름이 거름을 머무ᄅ고 산쳔초목이 다 슬허 ᄒᄂ 듯ᄒ더라 이윽고 하리 보왈 니어ᄉ 뉴시듕 양노야 와 겨시이다 ᄒ거ᄂᆯ 싱이 마즈 좌졍 후 삼인 반기믈 이긔지 못ᄒ여 서로 손을 잡고 치하 분분ᄒ되 쟝원은 비식이 쳡쳡ᄒ여 희긔 묘연ᄒ니 냥인이 문왈 형이 소년의 등과ᄒ여 쟝원이 필문쟝이 빅뷔 공경치 아니 리 업거ᄂᆯ 진실노 희식이 업ᄉ믄 엇지오 싱이 추연 탄왈 미쳔ᄒᆫ 몸이 텬은을 망극히 업어시니 스ᄉ로 당치 못ᄒ믈 붓그러나 엇지 깃부지 아니ᄒ리오마ᄂ 부모를 됴상ᄒ고 공명을

일워 녯집의 도라와 가묘에 배알하미 종일통곡하디 한 소리도
응함이 업스니 죵텬의 설우미 흉격의 막히미 오릭 쩌낫든 형을
만나나 능히 그리든 회포를 펴지 못ㅎ믈 고이히 너기지 말나
말을 뭇ㅊ미 누쉬 연낙ㅎ니 이인이 감챵ㅎ믈 마지 아나 왈 오늘
늘 그듸로 더브러 즐기믈 바라더니 럿툿 비챵ㅎ미 형을 위ㅎ여
슬프믈 금치 못ㅎ노라 ㅎ더라 쟝원이 이의 묵어 삼일뉴과ㅎ고
어스ㅎ신 집의 니릭니 고루거각이 구소의 격ㅎ엿고 주함옥란이
공후의 집 ᄀᆞᆺ더라 싱이 ᄆᆞᄋᆞᆷ의 황감ㅎ나 텬직 스급ㅎ시미 시러
곰 ᄉᆞ양치 못ㅎ더라 비로소 졔젼을 ᄀᆞᆺ초화 졔문 지어 졔홀식
통곡ㅎ고 인ㅎ여 머므니 냠뉴 양인이 됴셕으로

분분이 왕내ㅎ여 녜 졍을 니으며 친이ㅎ미 골육 ᄀᆞᆺ더라 쟝원이
ᄎᆞ시를 당ㅎ니 그 부인 냥시 싱각이 일시 밧바 ㅎ여 권솔ㅎ믈
알외고 일삭 말믜를 어더 수삼 일 후 발힝ㅎ려 ㅎ더니 ᄎᆞ시의
변왕 남관이 병을 크게 모와 강셔를 침범ㅎ니 틱슈 셜인쉬 급ㅎ
믈 샹소ㅎ니 샹이 졔신을 모화 크게 근심ㅎ신디 졔신이 양승상
을 싱각고 서로 일ᄏᆞ르며 탄식ㅎ니 녜부샹셔 됴셕이 츌반쥬왈
남관이 강셔를 침범ㅎ니 그 홰 젹지 아닌지라 맛당이 덕망이
과인흔 니를 보니여 진무ㅎ오리니 금방 쟝원 니경모 글이 ᄉᆞ히
의 니릭믈 겸ㅎ어 덕틱시 과인ㅎ니 ᄎᆞ인을 보니여 진무ㅎ오미
가ㅎ니

이다 샹이 대열ᄒ사 왈 경의 말이 올타 ᄒ신ᄃᆡ 계부시랑 셕늉이
주왈 니경모의 글이 비록 놉ᄒ나 쇠 업슨 남지라 맛당이 지용이
겸비ᄒ 니를 보ᄂᆡ여 치리니 니경모ᄂᆞᆫ 불가ᄒ니이다 상 왈 녜붓
터 영웅이 쇠 업스니 이러므로 범이 산즁의 이셔 진실노 쇠
업스니 경모ᄂᆞᆫ 용호의 위엄을 겸ᄒ엿시니 좀 쇠 잇ᄂᆞᆫ 사름의게
비ᄒ리오 ᄒ시고 즉시 니어스를 명초ᄒ시니 어ᄉᆡ 즉시 드러와
현포ᄒ온ᄃᆡ 샹이 굴오사ᄃᆡ 남관이 지금 ᄃᆡ병을 니ᄅᆞ켜 강셔를
침범ᄒ니 맛당이 지혜 과인ᄒ 니로 적을 막ᄌᆞᄒ려 졔신으로
더브러 의논ᄒ더니 조셕이 경을 쳔거ᄒ니 진실노 맛당ᄒᆫ지라

명을 인ᄒ여 적을 막으미 엇더ᄒ뇨 어ᄉᆡ 복지 주왈 번젹의 흉계
충냥치 못ᄒ올지라 셜니 막암 즉ᄒ오니 신이 국은을 닙ᄉ와
만의 ᄒ나흘 갑지 못ᄒ와ᄂᆞᆫ지라 원컨ᄃᆡ 간뇌를 ᄇᆞ려 일호나
갑하지이다 샹이 ᄃᆡ열ᄒ샤 ᄐᆡ일ᄒ여 십니졍의 보ᄂᆡ실ᄉᆡ 군마를
졈고ᄒ고 빅모황월과 샹방금인을 더으샨~ 원슈 마지 못ᄒ여
슐위의 올은ᄃᆡ 샹이 친히 슐위를 미러 보ᄂᆡ시고 친퇴쟝군이라
ᄒ시다 원쉬 대군을 긔ᄂᆞ려 강셔로 나아갈ᄉᆡ 샹이 빅관으로
잔을 드러 보ᄂᆡ시고 쟝ᄃᆡ의 올나 보시니 쟝군의 ᄒᆡᆼ군ᄒᆞᆫ 거동
이 웅쟝ᄒ여 졍긔 폐일ᄒ여 물미듯 ᄒᆡᆼᄒ니 샹이 빅관으로 더브

P.29

러 칭찬ㅎ시고 환궁ㅎ시다 원쉬 힝ㅎ여 강셔지방의 니르러 진
을 치고 안병부동ㅎ디 남관이 쳥젼ㅎ기를 두어 번의 원쉬 병을
나와 셰 번 밧와 이긔고 번쟝 스로잡은 빈 오십여 인이니 번왕이
디경ㅎ여 싸홈을 긋치고 놉흔 디 이셔 니원슈와 진법을 굽어
보니 군듕이 엄위ㅎ여 졍긔 하늘의 덥헛고 원쉬 홀노 쟝검을
들고 빈의 당건으로 밧긔셔 두로 슬피니 화긔 면모의 낫타나
봄눌이 화한 빗츨 당한 둣 엄위흔 긔샹과 웅쟝흔 골격이 사름을
놀닉는지라 번왕이 멀니 바라보나 시러곰 당치 못흔 줄을 혜아
리고 믈너가랴 ㅎ니 졔신이 맛당이 어셔 밧홈을 긋치고

P.30

회진ㅎ여 명년 츈의 니르디 싸홈을 쳥치 아니코 덕을 둣허이
ㅎ여 빅셩을 스랑ㅎ니 인인이 추앙ㅎ여 투흥ㅎ 리 구름 못둣
ㅎ니 번왕이 크게 근심ㅎ여 졔신드려 왈 대쟝 니경뫼 지덕이
츌듕ㅎ고 용명이 귀신 굿흐니 이의 니르러 셰 번 싸와 셰 번
이긔고 싸홈을 긋치고 덕을 베푸는지라 빅셩이 다 투항ㅎ니
이를 엇지ㅎ리오 졔신 왈 니경모는 만고영웅이오 쳔고호걸이라
능히 당치 못ㅎ리니 츠라리 즈긱을 보내여 경모을 희ㅎ면 듕국
을 손의 춤 밧고 엇으리라 왕이 디희ㅎ여 만금을 내여 즈긱을
구ㅎ더니 즈긱 노방은 늘닉미 당ㅎ 리 업더니 번왕이 만금을
무어 니원슈

P.31

를 히흐믈 쇠흐더니 노방이 되희흐여 삼경의 니원슈의 진의
오다 ᄎ일 원슈 진듕의 하령흐여 단단이 직희라 흐니 졔쟝이
각각 쳥명ᄒ고 엄히 직희다 원슈 홀노 쵹을 붉히고 당건빅의로
셔 안의 지혀 병셔를 잠심흐더니 밤이 반 니르러 문득 ᄒ 고이ᄒ
바름이 골졀을 불며 ᄒ 사름이 공듕으로 좃차 나려셔니 원쉬
눈을 들어 보지 아니ᄒ더니 기 인이 ᄀ가이 왓다가 문득 놀나
도로 믈너가거늘 원슈 눈을 들어 보니 ᄒ 남지 허리의 보검을
ᄎ고 셧거늘 원슈 칙을 노코 왈 엇던 사름이완되 밤이 깁흔되
진듕의 드러왓ᄂ뇨 노방이 원슈를 보니 얼골이 웅위흐고 긔샹
이 거록ᄒ거늘 즉시

P.32

칼을 노코 ᄭ러 왈 소인은 ᄌ긱 노방이라 번왕의 명을 들어
히ᄒ려 왓ᄂ니다 원쉬 왈 너ᄂ ᄀ쟝 튱의예 남지로다 국왕의
ᄠᅳᆺ을 밧어 두리믈 잇고 이의 와셔 그져 간 즉 공이 업ᄉ리니
샐니 버혀 네 국왕의 드리고 대공을 밧으라 되 ᄀ쟝 튱의를
항복ᄒ노라 인ᄒ여 목을 느리니 노방이 업되여 쥭기를 쳥ᄒ거
늘 원쉬 왈 되 너희 튱졀을 항복ᄒ여 목숨을 허ᄒ거늘 도로혀
쥭기를 쳥ᄒ니 실노 아지 못게라 노방 왈 소인이 국왕의 달되믈
들어 이익 니르럿더리 ᄂ야의 위임을 쵹범ᄒ엿ᄉ오니 맛ᄂ이
죄를 닙어지이다 원쉬 왈 네 말을 드르니 불악의 유 아니라
진실노 쳔하영웅이라

ᄒ고 즉시 말을 니여 왈 산룸의 목숨은 만물 듕 큰지라 엇지
무죄ᄒᆫ 사룸을 히ᄒᆞ면 엇지 몸을 보젼ᄒᆞ리오 이졔붓터 ᄆᆞ음을
착실이 닥가 어진 빅셩이 되면 만고의 아룸다온 일홈을 유젼ᄒᆞ
리니 엇지 즐겁지 아니ᄒᆞ리오 뇨방이 빅비사례 왈 소인은 본ᄃᆡ
농민이라 이럿ᄐᆞᆫ 일을 아니ᄒᆞ더니 칠 년 연흉을 만나 긔한이
졀신ᄒᆞᄆᆡ 현심을 발치 못ᄒᆞ고 천금의 ᄆᆞ음이 밧고여 이럿ᄐᆞᆺ
존위를 침범ᄒᆞ니 죄 만소무셕이로소이다 원쉬 희허 탄식 왈
엇지 ᄒᆞᆫ갓 너희 허물ᄯᆞᆫ이리오 가련ᄒᆞᆫ 인싱을 몃치나 히ᄒᆞᆫ다
대왈 이십여 인을 죽엿나이다 원쉬 추연ᄒᆞ기를 오릭 ᄒᆞ다가
낫빗츨 곳치고 글오ᄃᆡ

내 ᄒᆞᆫ 말을 네게 붓치고져 ᄒᆞᄂᆞ니 가히 드ᄅᆞ라 뇨방이 왈 무슴
말슴을 명ᄒᆞ셔든 죽기를 다ᄒᆞ여 긔스지 말니이다 원쉬 왈 사룸
이 비록 처음의 어지지 못ᄒᆞ면 ᄆᆞ음을 곳쳐 후의 착ᄒᆞᆫ 남지
되면 그는 처엄의 어지 니도 곳 낫다 니ᄅᆞᄂᆞ니 네 이런 그른
일을 ᄇᆞ리고 쟝ᄉᆞ질 ᄒᆞ며 밧 가라 ᄆᆞ음을 닥고 일 슘으면 일신이
졍안ᄒᆞ고 후의 공명을 엇으리라 ᄒᆞ고 만일 밋쳔이 업슬진ᄃᆡ
니 약간 도오리라 ᄒᆞ고 인ᄒᆞ여 샹ᄌᆞ 가온ᄃᆡ로셔 ᄒᆞᆫ 봉 은ᄌᆞ를
주어 왈 이거시 비록 미미ᄒᆞ나 나의 졍을 표ᄒᆞ노라 뇨방이 죽기
로써 ᄉᆞ양ᄒᆞ고 빅비고두 왈 오ᄂᆞᆯ노ᄂᆞᆺ디 긔괴쳔션ᄒᆞᆯ 빅골난망
이로소이다 원쉬 져의 개과하믈 보고

P.35

크게 깃거 왈 ᄂᆞᆯ이 ᄉᆡ면 군듕이 너ᄅᆞᆯ 용납지 아니리니 섈니 도라가라 뇨방이 니러 졀을 ᄒᆞ고 보검을 낫낫치 바아 ᄇᆞ리고 원슈를 향ᄒᆞ여 무슈 사례ᄒᆞ고 도라가니 원쉬 축하의셔 위로ᄒᆞ여 보ᄂᆡ고 시러곰 누셜치 아니ᄒᆞ니 군듕이 알니 업더라 뇨방이 급히 달녀 번진의 니ᄅᆞ니 번왕이 제장을 모호고 쟝ᄎᆞ 뇨방의 도라오믈 기ᄃᆞ리더니 문득 뇨방이 니ᄅᆞ러 졀ᄒᆞ고 아모 말도 못ᄒᆞ거ᄂᆞᆯ 왕이 문왈 경모의 머리 어ᄃᆡ 잇ᄂᆞ뇨 뇨방이 두 번 졀을 ᄒᆞ고 ᄇᆞᆫ 은ᄌᆞ를 왕긔 드리며 원쉬 목을 늘희여 칼흘 밧으려 ᄒᆞ든 일을 고ᄒᆞ고 문답ᄒᆞ던 수말을 낫낫치 고ᄒᆞᆫᄃᆡ 왕이 쳥ᄑᆞ의 탄왈 하ᄂᆞᆯ이 일묘 영웅을 듕국의 ᄂᆡ여 ᄂᆡ 뜻을 능

P.36

히 일우지 못ᄒᆞ게 ᄒᆞ시니 진실노 한홉도다 인ᄒᆞ여 제신을 도라보아 왈 이 사ᄅᆞᆷ은 만고일인이라 천장만병이나 능히 당치 못ᄒᆞ리니 섈니 항복ᄒᆞ여 왕작을 편안이 누리미 만젼지ᄎᆡᆨ이라 제신이 울흐믈 품은ᄃᆡ 기 듕 일인이 간왈 군병이 약ᄒᆞ여 빌면 제 반ᄃᆞ시 용ᄉᆞ치 아닐가 ᄒᆞᄂᆞ이다 왕 왈 불가ᄒᆞ다 이럿ᄐᆞᆺ 도량이 너ᄅᆞ고 ᄯᅩᄒᆞᆫ ᄆᆞ음이 어지니 반ᄃᆞ시 용ᄉᆞᄒᆞ리라 ᄒᆞ더라 원쉬 뇨방을 보ᄂᆡ고 ᄯᅩᄒᆞᆫ 은ᄌᆞ를 쥬니 방이 원슈의 명영을 ᄭᆡ다라 ᄌᆞᄀᆡᆨ 노르ᄉᆞᆯ 바리고 쟝ᄉᆞ질 ᄒᆞ며 밧 갈아 냥민이 되어 원슈를 축슈ᄒᆞ더라 번왕이 명일 병과을 ᄀᆞᆺ초와 항표를 올린ᄃᆡ 원쉬 보ᄆᆡ 몬저 죄를

일ᄏᆞ라 ᄠᅳ시 심히 공슌ᄒᆞ니 ᄆᆞ음의 ᄀᆞ쟝 깃거ᄒᆞ더라 문득 번왕
이 서로 보믈 쳥ᄒᆞ미 원슈 즉시 몸을 니러 몸의 홍포를 닙고
금관을 쓰고 옥륜거를 미러 가니 졔쟝 왈 ᄎᆞ젹의 ᄠᅳ시 ᄯᅩᄒᆞᆫ
츙냥치 못ᄒᆞ리니 갑쥬를 ᄀᆞ초미 가ᄒᆞ니이다 원슈 소왈 관계치
아니타 ᄒᆞ고 번진의 니ᄅᆞ니 번왕이 십 니의 나와 읍ᄒᆞ고 공경ᄒᆞ
기를 극진히 ᄒᆞ여 ᄒᆞᆫ ᄀᆞ지로 본진의 도라가 만만 일ᄏᆞᆺ고 왈
ᄂᆡ 본ᄃᆡ 능치 못ᄒᆞ여 그릇 샹국을 침범ᄒᆞ여 죄를 엇어시니 뉘우
ᄎᆞ미 만ᄒᆞ 표를 올니려 ᄒᆞᄂᆞ니 죄를 ᄉᆞᄒᆞ시면 면면이 됴공을
브즈런이 ᄒᆞ리이다 원슈 안식을 화히 ᄒᆞ여 ᄃᆡ답이 흔연ᄒᆞ니
왕이 두리고 싁싁ᄒᆞ믈 심ᄂᆡ의 항복ᄒᆞ여 죵일 진환ᄒᆞ고

원슈 본진으로 도라오니 번왕이 멀니 나와 공경ᄒᆞ여 비별ᄒᆞ더
라 원슈 번진을 ᄯᅥ나 본진의 니ᄅᆞ니 밤이 깁허 술이 반취ᄒᆞ미
셔안 의지ᄒᆞ여 졔쟝으로 더브러 말ᄒᆞ더니 ᄎᆞ시 각도 슈령들이
날마다 모여 워뉴를 시립ᄒᆞ여 죵일토록 잇다가 도라가더니 태
슈 셜인슈 ᄆᆡ양 ᄀᆞᆺ가이 뫼셔시니 원슈는 셜인헌 줄 ᄌᆞ시 아나
인슈는 녯늘 경작인 줄 엇지 싱각ᄒᆞ리오 원슈 회포를 펴고져
ᄒᆞ나 군듕이 분분ᄒᆞᆫ ᄶᅵ 능히 발셜치 못ᄒᆞ고 쥬야 ᄆᆞ음ᄲᅮᆫ이러니
이 늘은 도적을 평정ᄒᆞ고 군듕이 죵용ᄒᆞᆫ지라 늘이 져물미 각도
슈령이 각각 물너가니라 인슈 홀노 뫼셔시니 원슈 친히 당이
ᄂᆞ려 태슈를 잇그러 올니고 왈 인슈

형이 경모를 모로느냐 태쉬 돈수 왈 소관이 정신이 붉지 못ᄒ여 씌닷지 못ᄒ오니 모로미 죄를 감당ᄒ리이다 원쉬 소왈 형이 과연 눈이 무되다 금쉬 양승샹 ᄎ져 목동 니경작을 모로는냐 태쉬 이 말을 듯고 쳔만의외라 인ᄒ여 굴오되 ᄎ는 소관의 동서 라 금쉬을 써난 지 십일 년이라 ᄒᄂ이다 원쉬 소왈 십일 년 일헛든 니경작이라 형은 조곰도 의아말나 셜틔쉬 여치여춰ᄒ여 ᄒ 번 머리를 들어 ᄌ시 보니 완연ᄒ 니경모라 반가오믈 이긔지 못ᄒ여 손목을 잡고 칭찬ᄒ여 왈 문경형아 이는 실노 샹시 아니 라 오늘늘 이것의 서로 만느니 하늘이 도으시미오 우연ᄒ 일이 아니라 ᄒ고 서로 울며 잔을 늘니 십여 년

그리든 졍을 창음ᄒ며 못닉 깃거ᄒ더니 원쉬 왈 형이 외방이연 지 십여 년이라 모로미 존쉬 무양ᄒ시냐 틱쉬 소왈 소ᄌᄂ 약ᄒ 남ᄌ라 좃ᄎ 바 안히를 무단이 바리지 아니ᄒ니 몸이 졍안ᄒ여 유ᄌ유손이어늘 형은 무단이 존슈를 ᄇ리고 십여 년의 ᄒ 번 봉셔를 보닉는 일 업다가 이졔 몸이 영귀ᄒ여 뉵경의 웃듬이 되니 부귀영광이 비길 딕 업거늘 오직 존슈를 박딕ᄒ니 이는 이른바 의 아니라 소졔는 비록 잔미ᄒ여 형의게 시립ᄒ믈 면치 못ᄒ나 치ᄌ를 편히 거ᄂ녓시니 가히 형의셔 나흐리라 ᄒ고 웃고 서로 술 먹으며 수작홀식 태쉬 왈 근닉 드르니 금쥐 게신 존쉬 몸의 병이 어디믹셔 목숨이 됴셕의

잇다 ᄒ니 엇지 가련치 아니리오 원쉬 쳥파의 악연참쉭ᄒ여 굴오ᄃᆡ 이는 진실노 나의 연괴 아니라 시러곰 마지 못ᄒ미니 이 ᄯᅩᄒᆫ 텬쉬라 혈마 엇지ᄒ리오 슈뇨쟝단은 인력으로 홀 빅 아니라 내 반ᄃ시 경ᄌᆞ의 도라가면 엇지 지완이 젼과 ᄀᆞ치 무신 타 ᄒᆞᆷ믈 드ᄅ리오 틱쉬 왈 어니 ᄣᅵ의 경ᄉ로 가려ᄒᆞᄂᆒ 원쉬 왈 민심이 진졍치 못ᄒ엿시니 슈삼삭 진무ᄒ고 즉시 가리라 태쉬 왈 나의 관듕이 비록 젹으나 형을 젼송ᄒ리라 ᄒ고 즉시 도라와 그 부인으로 더브러 원슈의 젼후 슈말을 일일이 젼ᄒ고 못ᄂᆡ 칭찬ᄒ더라 ᄎᆞ시 부인이 금쉬 소식을 드ᄅ니 싱이 나간 지 십일 년의 소식이 업스므로 약질이 병이 들ᄆᆡ 싱피 어려오

믈 듯고 탄식오녈ᄒᆞᆷ믈 마지 아니ᄒ더니 금일 이 말을 드ᄅᄆᆡ 깃부믈 이긔지 못ᄒ다가 이윽고 굴오ᄃᆡ 사ᄅᆞᆷ의 일을 진실노 탁냥키 어려온지라 약질소졔는 이런 줄 모로고 몸을 바려 보젼 치 못ᄒ게 되엿시니 더욱 슬프도다 틱쉬 왈 이는 그ᄃᆡ 집의셔 그릇ᄒᆞᆫ 일이라 눌을 한ᄒ리오 비록 빈한ᄒ나 엇지 핍박이 심ᄒ 여 사ᄅᆞᆷ으로 더브러 용납을 못ᄒ게 되니 잇ᄯᆡ를 당ᄒᆞᄆᆡ 원쉬 하회지량으로 죡히 긔회치 아니려니와 그ᄃᆡ 집의셔 ᄀᆞ장 브그 려 ᄒ리니 닉 그ᄃᆡ를 위ᄒ여 브그리믈 금치 못ᄒ노라 부인 왈 니샹셔를 가히 졍ᄒ리잇가 태ᅲ 왈 명일의 반ᄃ시 우리니 맛당 이 ᄃᆡ졉ᄒ려 ᄒ노라 부인이 깃거 이에 잔치를 비

P.43

셜ᄒ고 원슈의 오기를 기ᄃ린더니 이 날 원슈 니ᄅ러 태슈로
더브러 닉당의 드러가 양부인으로 다브러 예를 ᄆᆺ고 한훤을
파ᄒᆫ 후 슐이 두어 슌 지나ᄆᆡ 분인 왈 존슉슉의 광풍졔월지샹이
츙홰 방챵ᄒᆞᆷ 갓거ᄂᆞᆯ 약졔의 노둔ᄒᆫ 긔질노 비힝을 일우ᄆᆡ 비컨
딕 산계봉황으로 ~지음 ᄀᆺᄒ니 션친의 깃거ᄒᆞ심과 져의 외람ᄒᆫ
복을 일ᄏᆺ더니 샹텬이 돕지 아니사 붕셩지통을 만나고 셰ᄉᆡ
번복ᄒᆞ고 텬슈 무심치 아니사 슉슉이 쳔가를 ᄶᅥ나신 후 십 년
셩샹의 음신이 아득ᄒᆞ니 아니 만만ᄒᆫ 죄로 뷔규 둥 자탄이 깁허
외로온 약질이 셰샹을 ᄇᆞ리게 되니 가히 슬플 ᄯᆞᆷ이러니 텬은
이 망극ᄒᆞ사 슉슉이 이ᄀᆺ치 영

P.44

귀ᄒᆞ여 일홈이 ᄉᆞ희의 ᄀᆞ득ᄒᆞ시니 약졔 지하음혼이 되나 엇지
즐겁지 아니ᄒᆞ며 잔명이 보젼흔들 엇지 붓그럽지 아니ᄒᆞ리오
언파의 이연ᄒᆫ 눈물이 나삼을 젹시니 원슈 이 거동을 보ᄆᆡ ᄆᆞ음
이 비감ᄒᆞ여 공경 ᄃᆡ왈 소셩이 공부를 인ᄒᆞ여 금줘를 ᄶᅥ나미오
실노 다ᄅᆫ 일이 업거ᄂᆞᆯ 오늘 존슈 이갓치 슬허ᄒᆞ시니 불감ᄒᆞᄆᆞᆯ
금치 못ᄒᆞ나 오늘늘 서로 만나오니 이ᄂᆞᆫ 하늘이 지시하시미라
쟝촛 금줘 이ᄅᆞ리 소분 후 반ᄃᆞ시 존틱의 니ᄅᆞ리니 비록 몸이
영귀ᄒᆞ나 존대인 싱시의 소싱으로 더브러 지우ᄒᆞ시든 은덕을
엇지 져바리리오 이ᄂᆞᆫ 다 존딕인의 너브신 덕틱이로소이다 부
인이 직삼 칭사ᄒᆞ고 태

쉬 또훈 사례ᄒᆞ더라 이윽고 늘이 저물믹 원쉬 진듕의 도라와
삼삭을 머무러 빅셩을 진무ᄒᆞ고 대소ᄉᆞ를 총찰ᄒᆞ니 원슈의 덕
냥과 위엄이 진듕의 ᄀᆞ득ᄒᆞ니 인인이 칭복지 아니 리 업더라
강서를 평졍ᄒᆞ고 빅셩이 안낙ᄒᆞ믹 삼군을 휘동ᄒᆞ여 경ᄉᆞ로 향
ᄒᆞᆯ시 변왕이 반졍의 와 젼송ᄒᆞ고 모든 수령들이 또훈 젼송ᄒᆞ더
라 원쉬 몬져 표를 올녀 강셔를 진졍ᄒᆞ고 올나오믈 왈외고 발ᄒᆡᆼ
ᄒᆞ니 모든 빅셩이 술위를 붓들고 눈물을 흘녀 적직 ᄌᆞ모를 써남
ᄀᆞᆺᄒᆞ니 원쉬 텰령지계의 니ᄅᆞ러ᄂᆞᆫ 텬직 원슈의 승젼훈 표를
보시고 딕열ᄒᆞ시니 만됴빅관이 하례ᄒᆞ더라 샹이 특지로 니

경모를 대승샹문현각틱흑ᄉᆞ로 부로니 잇씩 됴셰 혈령의 마조
니ᄅᆞ믹 원쉬 향안을 빅셜ᄒᆞ고 북향ᄉᆞ빅ᄒᆞ여 밧줍고 불감ᄒᆞ믈
이긔지 못ᄒᆞ더라 다시 발ᄒᆡᆼᄒᆞᆯ시 딕원슈의 승젼ᄒᆞ여 도라가ᄂᆞᆫ
위엄이 늠늠훈딕 겸ᄒᆞ여 대승샹 위의를 더으니 그 거룩ᄒᆞ미
만고의 일인이라 승샹이 십여 일을 ᄒᆡᆼᄒᆞ여 금쥐 니ᄅᆞ럿더라
직셜 양소졔 소쳔을 니별ᄒᆞ연 지 쟝ᄎᆞ 십일 년이라 처음으로
이별긔약이 십 년이러니 문득 십일 년이 지나되 어안이 묘망ᄒᆞ
니 속졀업시 단쟝회한이 시시로 더으니 일일은 부인긔 고ᄒᆞ되
소녀 냥인이 나간 지 십일 년이라 당초 분쥬ᄒᆞᆯ 졔 십 년을 긔약
ᄒᆞ여

P.47

더니 이졔 십일 년의 소식이 돈졀ᄒ니 싱각건듸 그 몸을 보젼치
못ᄒ엿ᄂ지라 친쳑이 업고 의탁ᄒᆫ 빅 우리ᄲᆞᆫ이어늘 지금 도라
오미 업ᄉ니 반ᄃᆞ시 불ᄒᆡᆼᄒ미 잇ᄂ지라 반ᄃᆞ시 그 ᄒᆡ골을 ᄎᆞᄌ
구고 묘하의 쟝홀 거시니 모친은 소녀 일인을 업ᄉ 니 ᄀᆞᆺ치
이르사 ᄒᆡᆼᄒᄂ 졍경을 막ᄌᆞᆯ지 마르소셔 셜파의 주류 홍엽의
구으니 부인이 노왈 싱이 나간 지 십 년이 남으나 소식이 업ᄉ니
낙엽과 평초 ᄀᆞᆺ흔 인싱이 어듸 의탁ᄒ엿시며 ᄯᅩᄒᆫ 죽지 아나실
거시어늘 망영된 말을 방ᄌᆞ히 발ᄒᄂ뇨 이ᄂ 결단코 보ᄂᆡ지
못ᄒ리니 ᄂᆡ 죽은 후 ᄆᆞ음ᄃᆡ로 ᄒ라 소녜 일노 좃ᄎ ᄯᅳᆺ을 일우지
못ᄒ니

P.48

인ᄒ여 병이 되어 ᄉᆞ싱의 잇ᄂ지라 셜~ 쉬 부인이 이늘 니원슈
의 ᄃᆡ승샹을 겸ᄒ여 개가를 부르고 금쥬로 지나믈 듯고 크게
깃거ᄒ더라 금쥐 일읍이 진동ᄒ여 집 잡아 굿 볼ᄉᆡ 한 부인이
양부인을 ᄃᆞ리고 종각의셔 승샹의 지나믈 보려 ᄒ더니 문득
셔편으로셔 붉은 양산이 움죽이며 병마긔치 졍졔ᄒ여 졍긔 폐
일ᄒ며 금괴 졔명ᄒ여 빅모황월이 압흘 인도ᄒ여 승젼곡을 울
니며 나아오니 그 위엄이 늠늠홀ᄉᆡ 졈졈 갓가이 나아오ᄆᆡ 문득
양산 압희 큰 긔 움죽이며 금ᄌᆞ로 크게 썻시되 ᄃᆡ원슈대승샹문
현각태흑ᄉ 니졍모라 ᄒ엿더라 그 긔 밋희 일위 옥

눈거룰 미러 오니 주렴을 ᄉ면으로 것고 소년 ᄃ ᆡ쟝이 단좌ᄒ엿
시니 몸의 ᄌᆞ금포을 닙고 머리의 구룡통텬관을 쓰고 허리의
빅옥ᄃ ᆡ를 ᄯ ᆡ고 우수의 빅옥규를 주엿시며 니마의 일곱 줄 명쥬
를 드리오고 좌수의 ᄐ ᆡ양션을 주엿시니 관옥 ᄀ ᆞᆺ튼 얼골과 츈풍
ᄀ ᆞᆺ튼 풍치 슈려ᄒ여 운듕뇽이라 좌우 관광이 뉘 아니 칭찬ᄒ리
오 남시 셩시를 도라 보와 왈 풍도 긔샹이 니싱과 ᄀ ᆞᆺ트니 심히
고이ᄒ도다 ᄒ고 ᄆ ᆞ음의 ᄀ ᆞ쟝 의심ᄒ거늘 부인 왈 니랑은 천고
의 투미ᄒ 인물이오 이 사름은 만고영웅이라 엇지 이의 밋ᄎ리
오 이에 승샹이 지나ᄆ ᆡ ᄐ ᆡ듕의 도라와 이ᄌ ᆞ로 더브러 칭찬ᄒ믈
마지 아니ᄒ

더라 양부인이 소져의 침소의 니ᄅ ᆞ니 긔운이 잠간 스습거늘
이부인이 승샹의 풍도와 긔샹이 니샹공 ᄀ ᆞᆺᄒ니 문득 반갑고
슬프더이다 소졔 이 말을 듯고 한숨 지며 기리 탄식ᄒ거늘 냥인
이 위로ᄒ더니 두어 시녜 드러와 어ᄉ ᆞ긔 빈알ᄒ고 보ᄒ되 앗가
지나든 승샹이 니샹공 부모 분묘의 빈알ᄒ고 통곡ᄒ더이다 어
ᄉ ᆡ 왈 일정 친척인 줄 알고 ᄆ ᆞ음의 깃거 ᄒ더니 이윽고 시비
쏘 보왈 ᄉ ᆞ 승샹이 우리 노야 분묘의 와 슬허 우ᄂ ᆞ이다 어ᄉ ᆡ
ᄭ ᆡ ᄃᆺ지 못ᄒ여 ᄆ ᆞ음의 ᄀ ᆞ쟝 의심ᄒ더니 문득 문젼이 들네며
시비 급보 왈 승샹 긔ᄇ ᆡ 분션의 니ᄅ ᆞ시 ᄂ ᆞ야를 쳥ᄒ시 ᄂ ᆞ이다
냥인이 황망이 의관을 졍졔ᄒ고 외관의 나아

와 무즌디 옥눈거 비로소 졍젼의 밋첫는지라 이인이 폴흘 지여
당하의 섯더니 승샹이 완완이 당젼의 니르미 양셩 등이 공슈지
비ᄒ거늘 승샹이 답녜ᄒ고 흔 ᄀ지로 올나 승샹이 몬져 말을
펴 글오디 별니 십 년 젼 가듕이 무양ᄒ시닛가 냥인이 오리
묵묵ᄒ다가 디왈 흑싱이 님ᄒ의 침폐하연 지 오린지라 붉히
ᄀ르치소셔 승샹이 잠소 왈 이형이 엇지 소졔를 이곳치 외디ᄒ
ᄂ뇨 형이 혈마 소졔를 아라보지 못ᄒ랴 나는 곳 경작이라 냥인
이 이 말을 듯고 심듕의 놀나 서로 보기를 오리 ᄒ다가 부야흐로
경작인 줄 알고 쳔만몽미라 이윽고 글오디 그디 엇지ᄒ여 몸이
이럿틋 영귀ᄒ뇨 승샹이 젼후 슈말을 ᄌ시

베프르 글오디 이 ᄉ이 가듕이 대기 평안ᄒ시나 디왈 근니의
노친은 무양ᄒ시나 소미의 병이 실노 위틱ᄒ니라 승샹 왈 니
온 연고를 통ᄒ라 싱이 마지 못ᄒ여 한 부인긔 알왼대 부인이
듯기를 다ᄒ고 묵묵ᄒ다가 왈 쳥ᄒ라 ᄒ거늘 이의 승샹을 드리
고 니당의 니르니 승샹이 공슈지비 ᄒ거늘 부인이 답녜ᄒ고
어린 듯ᄒ여 아모 말도 못ᄒ거늘 승샹 왈 부인이 날을 아지
못ᄒ시ᄂ니 엇지 슬프지 아니ᄒ리오 부인이 참괴ᄒ믈 먹음고
승샹의 금포를 잡고 쳬뤼 죵힁ᄒ여 반향 후 글오디 노틱의 졍신
과 안력이 부족ᄒ여 그디를 아지 못ᄒ니 실노 죽을 만ᄒ지 못ᄒ
지라 쏘흔 약녀의 일싱을 싱각ᄒ미 듀

야의 잠들 일우지 못ᄒ고 식음이 졍안치 못ᄒ더니 이졔 몸이
이럿툿 영귀ᄒ여 국가의 대공을 일우고 영홰 극ᄒ니 녯일을
싱각지 아니 이ᄀ치 닙ᄒ시니 신의에 군지라 노인이 빗일 싱각
ᄒ니 사름을 아지 못ᄒ믈 스스로 탄ᄒ노라 바라건딕 현셔는
녯일을 용ᄉᄒ고 약녀를 ᄇ리지 말나 승샹이 공경흠신ᄒ여 슈
작이 화려ᄒ여 조곰도 녯일을 기회치 아니ᄒ니 부인이 ᄀ쟝
아름다이 너겨 영힝호믈 ᄀ쟝 깃거 츙냥치 못ᄒᄂ지라 이에
글오딕 현셰 나가므로붓터 약녀단쟝ᄒ미늘노 깁허 이에 니ᄅ러
ᄂ ᄉ병이 골슈의 박히여 빅약이 무효ᄒ지라 현셔로 밧비 구ᄒ
라 승샹이 즉시 딕인각의

이ᄅ니 ᄉ면이 젹젹ᄒ고 금병이 의의ᄒ지라 승샹이 슬픈 ᄆ음
을 진졍ᄒ고 소져의 방듕의 니ᄅ니 소졔 병듕이나 졍신을 수습
ᄒ여 혹 그ᄅ미 이실가 시녀로 ᄒ여곰 젼어 왈 니군이 처음으로
ᄉ실 젹의 빗슬 것거서로 난횟더니 모로미 빗슬 늬여 젼ᄒ라
ᄒ니 시비 빗 반을 늬여 오니 승샹이 반소를 늬여 맛초미 맛치
ᄀᄐ지라 시비 드러가니 승샹이 시비를 ᄯ라 침소의 드러가니
소졔 몸을 ᄇ려 인ᄉ를 출이지 못ᄒ거늘 승샹이 그 덥흔 거슬
거두치미 문득 녯 화용이 변ᄒ여 그 참혹형용을 이로 긔록지
못ᄒᄂ라 승샹이 그 손을 삽고 ᄀ럿든 졍을 회포 못내 이긔여
눈물을 머금고 두어

번 브르되 소제 눈을 쓰지 아님커늘 승샹이 쏘흔 슬프믈 참고 강기 왈 나는 그듸의 낭군 니경모러니 그듸 니별 후 어이 늘을 보고 오히려 슬흔 사룸 ᄀᆞ치 ᄒᆞ니 심히 노흡도다 양시 이 말을 듯고 누쉬 여우ᄒᆞ여 기리 한숨 지고 늣기다가 문득 혼졀ᄒᆞ니 어시 형졔 참졀ᄒᆞ믈 이긔지 못ᄒᆞ고 승샹이 쏘흔 비감ᄒᆞ여 밤이 깁도록 씨지 못ᄒᆞ니 혼개 진공ᄒᆞ여 구호ᄒᆞ더니 오린 새야 숨을 늬쉬며 정신을 수습ᄒᆞ거늘 모든 사룸이 깃거 아니 리 업더라 수삼 일 지나ᄆᆡ 병셰 쾌ᄒᆞ니 원간 다른 병이 아니라 일싱 소년을 찾지 못ᄒᆞ여 일병이 고황의 깁허더니 이졔 이럿툿 영귀ᄒᆞ여 도라와 구호ᄒᆞ믈

ᄆᆞ즘의 못늬 깃거 천수만한이 츈셜 ᄀᆞ치 슬려지니 합게 대락ᄒᆞ 더라 소제 처음으로 의샹을 수습ᄒᆞ고 부뷔 서로 듸ᄒᆞᄆᆡ 영힝ᄒᆞ 믈 엇지 다 충냥ᄒᆞ리오 소졔는 다만 두 줄 청뉘 이음츠 능히 말을 일우지 못ᄒᆞ거늘 승샹이 지삼 위로ᄒᆞ되 부인은 다만 녯일 을 싱각고 슬허ᄒᆞ며 붓그리믈 금치 못ᄒᆞ더라 승샹이 오 일을 머므러 경스로 향홀식 님힝의 승샹이 치단 두어 수릭를 부인긔 드리고 남셩 냥부인긔 쏘 치단 수거를 드리고 금빅을 훗터건니 와 노복을 주니 그 치하ᄒᆞ미 만고의 드문지라 인ᄒᆞ여 승샹이 수뤼를 도로혀 낙양 쳥운스의 드니 댱노와 졔승이 영화를 하례 ᄒᆞ고 치하ᄒᆞ

미 비홀 뒤 업더라 그 늘밤을 청운스의셔 지나고 댱노와 제승을
금빅과 치단을 만히 주고 졀을 듕슈호기를 극진이 호더라 승샹
이 쟝노를 니별호고 힝호여 셩외의 니르러는 텬지 빅관을 거느
려 십 니의 나와 마즐시 위풍이 거룩호지라 좌우 관광이 칭찬호
기를 마지 아니호더라 밋 다드르미 술위의 느려 스빅호온디
샹이 답호여 글오디 강셰 위티호미 급호거늘 경이 흔 번 나아가
미 문득 도적을 평정하고 빅셩을 무휼호고 도라와 짐을 깃그게
호니 국가의 괴공지신이라 이의셔 더흔 공이 드믄지라 무어스
로써 그 공을 갑흐리오 승샹이 돈슈지비 왈 신의 미쳔호온 몸이
텬은을 닙

스와 뉵경의 니르 오니 됴셔를 밧즈와 강셔의 도적을 평졍호오
믄 이 다 폐하의 홍복으로 말미암음이오 신의게 무슴 공이 이스
리잇가 샹이 무릅흘 터 탄호시고 금빅을 샹샤호시미 승상이
감이 스양치 못호고 밧즈오니 샹이 더욱 깃그샤 거원의 잔치를
빈셜호샤 삼일진환호고 좌호다 승샹이 젼솔호미 일시 밧분지라
일샥 말미를 쳥호온디 샹이 허호시고 인견호시니 승샹이 단지
하의 꿀엇더니 샹이 글오샤디 경이 뉘 스회요 승샹이 디왈 뎐됴
승샹 양즈눈의 추셰 되엿슙니이다 샹이 글오샤디 양즈눈은 어
진 지상이러니 셩이 쏘 양공의 스회되니 가치 긔특다 흐리로다
인호여 승샹부

인으로 위현비를 봉호여 직첩을 주시고 니승샹 부친으로 남원
왕을 봉호시고 그 모친으로 졍녈부인으로 츄증호시니 승샹이
텬은을 축슨호고 퇴일호여 가묘를 츄증호고 금쥐로 갈시 궐하
의 하직호오니 샹이 수이 도라오기를 두셰 번 당부호시니 승샹
이 지삼 주왈 젼시 어스 양명무와 젼한님 양명슈는 젼됴의 춍이
호시든 비라 지조와 문흑이 출등호니 맛당이 거두어 쓰심 즉호
오나 침폐호온 지 수십 년의 니르럿습고 강셔 태슈 셜인슈는
그장 아름다온 군지어늘 외임으로 오릭 이시미 불가호온지라
청컨딕 거두어 쓰시면 쳔거의 맛당홈을 바라옵닉다 샹이 츈몽
이 씬 듯호샤 글오시딕 양영무 형졔는 딤이 즉위호므로붓터
졔신이 일콛지

아니호미 젼연이 이졋더니 이졔 경의 주언을 드르니 진실노
맛당혼지라 즉시 냥인을 각각 녯 벼슬노 브르실시 됴셰 승샹
힝도와 갓치 금쥐로 니르미 됴셔 나리믈 몬져 고호니 어스 형졔
향안을 빅셜호고 마즈 북향슨비호고 함끠 깃거호더라 니승샹이
이의 니르러 그 부모와 양승샹 묘하의 졔문 지어 졔호고 그
유모의 묘의 비를 크게 셰우고 소져를 발힝홀시 양부인이 봉비
디쳡을 밧즈와 셩도로 향홀시 강변의 니르러 칙션의 비단 돗글
놉히 들고 각식 풍뉴 진동호니 광칙 비증호더라 셩듕의 니르러
는 양어시 모친을 뫼셔 녯집의 안둔호니 양부인은 바로 승샹

부로 니르러 처음으로 부뷔 스당긔 빈계를 일우니 식로이 슬허
무궁비회홀 졔 어

P.61

키 어렵더라 졍랑의 도라오니 화긔 조약ᄒ여 봄긋치 비괴운을
머그믄 듯ᄒ더라 잇써 셜틴쉬 니르러 녯집을 쇄소ᄒ고 벼슬의
니르러 형졔조미 모친을 뫼셔 즐기미 비길 ᄃᆡ 업더라 ᄎ시 님강
슈ᄂᆞ 호부시랑이오 뉴빅문 니부시랑을 ᄒ엿더라 냥인이 됴회
후 승샹부의 모다 시쥬로 종일 ᄒ여 이럿툿 즐겨 홀홀ᄒ 광음이
여러 츈취 지나미 승상의 벼슬을 도도와 쳥광후를 봉ᄒ시니
사름이 일콧기를 니쳥휘라 ᄒ더라 승샹이 일일은 조참 후 옥눈
거를 미러 부듕을 힝홀식 시듕의셔 수쥬 소오빅를 마시고 왓ᄂᆞ
지라 옥안의 홍광이 얼의여시니 보기의 늠늠ᄒ 풍치와 그이
ᄒ 골격이

P.62

발ᄒ여 비길 ᄃᆡ 업더라 ᄃᆡ를 힝ᄒ여 올식 좌우 쳥누의 아름다온
계집 뉵칠인이 승샹의 위풍이 거록ᄒ믈 보고 호탕ᄒ 졍을 이긔
지 못ᄒ여 동졍 금귤을 닷토와 더져 술위의 ᄀᆞ득ᄒ나 승샹은
홀노 아지 못ᄒᄂᆞ 쳬ᄒ고 단졍이 안조 좌우를 슬피지 아니ᄒ고
오더니 ᄆᆞᄎᆞᆷ 길의셔 뉴시랑을 만나니 시랑이 굴오ᄃᆡ 형의 수릭
우희 어이ᄒᆞᆫ 귤이 져긋치 민ᄒᆞᄂᆞ 귤이 ᄋᆞ어 왈 ᄃᆡ로록 지나미
조연이 귤이 술위를 침노ᄒ니 그 풍도를 가히 알 것가 시랑이

웃고 왈 당셰의 두목지로다 청누 미인이 아리짜온 화용으로
츈졍을 금치 못ᄒ여 굴노 ᄒ여곰 옥슈를 눌여 형을 희롱ᄒ미니
이ᄂᆞᆫ 다 형을 희

롱ᄒ미라 오히려 아지 못ᄒᄆᆫ 실노 박졍흔 일이라 승샹이 소왈
주ᄂᆞᆫ 거슬 ᄉ양치 아니나 무슴 유의 ᄒ마 이스리오 셜파의 서로
웃고 흔 가지로 집의 니르러 가인을 불너니 시랑을 쳥ᄒ니 이윽
고 시랑이 니르ᄆᆡ 삼공이 후원의 모다니 화졍 아릭 쥬효를 버리
고 잉무빈를 눌녀 흔ᄀᆞ히 말숨ᄒ다가 일모셔산ᄒᄆᆡ 파ᄒ여 흔
가지로 침소의 도라와 머무니라 일일은 텬ᄌᆞ 금난젼의 잔치를
비셜ᄒᄉᆞ 됴신으로 즐길식 빅관이 다 취ᄒ여 도라오고 니승샹
이 부듕의 도라와 인ᄉᆞ를 모르고 의당의셔 ᄌᆞ미 일즉 씨지 못ᄒ
니 부인이 됴회의 느즈믈 민망ᄒ여 동ᄌᆞ로 하여곰 흔 그릇 차를
몬져 보ᄂᆡ여 마시게 ᄒ고 친히 관복을 밧들어 창밧긔 딕

후ᄒ여 씨기를 기드리되 시러곰 이지 아니ᄒ니 부인이 시동으
로 긔침을 슬오라 ᄒ고 난간머리의 셧더니 동ᄌᆞ 소릭를 ᄂᆞ즉이
ᄒ여 고ᄒ딕 눌이 님의 느젓고 됴회를 푸ᄒ엿ᄂᆞ이다 공이 씨치
ᄆᆡ 동ᄌᆞ 차를 드리고 왈 부인이 차를 보ᄂᆡ시고 창외의 대후ᄒ연
지 오릭니이다 공이 굴오딕 부인이 엇지 외당의 나와 겨시며
와 겨실진딕 엇지 들어오지 아니ᄒ시ᄂᆞᆫ뇨 동ᄌᆞ 왈 노얘 긔침

아니시기로 민망이 너기사 나오시미오 들어오시지 못ᄒ시믄
소동이 잇ᄉᆞᆸ기로 들으시지 못ᄒ시ᄂᆞ이다 공이 이윽고 서동을
믈니치고 부인을 쳥ᄒ니 부인이 빵슈로 관복을 밧들어 드러오
거ᄂᆞᆯ 공이 오히려 ᄌᆞ리의 이지 아녓ᄂᆞᆫ지라 부

인 왈 어이 지금 이지 아니시뇨 공이 기지게 혀며 왈 ᄂᆞᆯ이 아니
닐넛ᄂᆞ냐 부인 왈 거의 낫이로소이다 공이 왈 그얼진ᄃᆡ ᄂᆞᆯ을
닐라혀라 부인이 졍ᄉᆡᆨ 왈 군이 비록 텬셩이 완완ᄒ나 이졔 국가
ᄃᆡ신으로 항녈의 읏듬이라 ᄇᆡᆨ관이 됴회ᄒ려 궐문의셔 기ᄃᆞ리거
ᄂᆞᆯ 완완ᄒ시미 이ᄀᆞᆺᄒ시니 엇지 족히 부즈런타 ᄒ리잇고 공이
즉시 이러 글오ᄃᆡ 어지다 부인의 말이여 나의 ᄎᆔ몽을 ᄭᆡ게 ᄒᆞᄂᆞᆫ
도다 인ᄒ여 소셰ᄒᆞ미 부인이 관복을 밧들어 닙히기를 졍히
ᄒᆞᆫ 후 ᄌᆡ쵹ᄒ여 수리의 오ᄅᆞ게 ᄒ고 ᄂᆡ당으로 들어오다 공이
궐ᄒᆞ의 니ᄅᆞ니 과연 ᄇᆡᆨ관이 궐문 외에 기ᄃᆞ리며

ᄂᆞᆯ이 늣도록 됴회를 못ᄒᆞ엿ᄂᆞᆫ지라 공이 즉시 ᄒᆞᆫ 가지로 닙궐ᄒᆞᆯ
ᄉᆡ 남뉴 양공이 ᄭᅮ지저 글오ᄃᆡ 형이 국가의 읏듬이라 맛당이
몬져 와 우리를 기ᄃᆞ려 됴회의 참녜ᄒᆞ미 수리의 맛당ᄒ거ᄂᆞᆯ
오ᄂᆞᆯᄂᆞᆯ 이ᄀᆞᆺ치 느즈믄 엇지오 공이 ᄎᆞ언을 드ᄅᆞ미 붓그리믈
머ᄆᆞᆫ고 우어 글오ᄃᆡ ᄒᆡᆼ등은 노치 말니 이졔 언ᄱᅨᆼ이 ᄌᆞ교 쥬비이
참예ᄒ여 ᄎᆔᄎᆔ몽농ᄒᆞ기로 잠을 일즉 ᄭᆡ지 못ᄒᆞᆫ 다 나의 허물

이라 비록 죄칙이 잇亽오나 나의 당흘 비니 셩등은 조곰도 념녀
흘 비 아니로딕 실노 늦기 와시믈 그윽이 붓그리노라 ㅎ고 이의
흔 가지로 참됴흘ᄉᆡ 샹이 글오샤딕 금일 됴회ᄂᆞᆫ 어이 이ᄀᆞᆺ치
느즈뇨 졔신이 슈칙이 만

면ᄒᆞ여 만됴 묵묵ᄒᆞ더니 승샹이 츌반 주왈 작일 연츙의 신이
과취ᄒᆞ와 늦기여 니러니 이러툿 지완흔 연괴오니 삼가 쳥좌ᄒᆞ
ᄂᆞ이다 샹이 추언을 드ᄅᆞ시고 우어 글오샤딕 원간 딤의 연괴라
경의 죄 아니어ᄂᆞᆫ 이ᄀᆞᆺ치 쳥죄ᄒᆞᄆᆞᆫ 불가ᄒᆞ도다 ᄒᆞ시고 인ᄒᆞ여
됴신으로 하여곰 고금 치란을 의논ᄒᆞ샤 ᄂᆞᆯ이 느즈믹 드듸여
조푸ᄒᆞ니라 졔신이 각각 집의 도라오니 부인이 공경ᄒᆞ여 식샹
을 슬피더니 ᄆᆞᆺ춤 승샹의 거믹 문의 니ᄅᆞ며 옥픽를 울며 내당의
니ᄅᆞ니 부인이 마ᄌᆞ 왈 오ᄂᆞᆯᄂᆞᆯ 됴회의 무삼 죄칙이 계시닛가
공 왈 과연 각별흔 죄칙이 업거니와 부인 곳 아니런들 거의
큰 죄를 당흘너니 부인의 너ᄅᆞ신 덕냥

으로 오ᄂᆞᆯᄂᆞᆯ 죄를 면ᄒᆞ오니 이ᄂᆞᆫ 다 부인의 너ᄅᆞ신 덕을 힘
닙으미라 부인이 글오딕 셩덕이 여텬ᄒᆞ시니 녯일을 싱각ᄒᆞ여
나라흘 태평으로 돕ᄉᆞ와 셩은을 갑ᄉᆞ올지라 오ᄂᆞᆯᄂᆞᆯ 죄를 면ᄒᆞ
시믄 다 하늘이로소이다 공이 사례 왈 부인의 어진 말ᄉᆞᆷ이 ᄂᆞᆯ노
ᄒᆞ여곰 붓그럽게 ᄒᆞᄂᆞᆫ도다 비록 그러나 엇지 추등ᄉᆞ를 ᄭᆡ둣지

못ᄒ리오 ᄒ고 즉시 나와 외당의 잇더니 홀연 경쥐 부윤이 미창 십 인을 보닉엿ᄂ지라 청휘 그 듕 아름다온 미녀 오 인은 두고 그 남은 미녀ᄂ 도로 보닉니라 이 ᄂᆯ노 일일식 돌녀 자고 쏘흔 취ᄒ여 능히 긔거를 못ᄒ여 오창을 도라보아 왈 부인이 너히 등의 이ᄉ믈 아지 못ᄒᄂ니 오ᄂᆯᄂᆯ 반드시 부인긔 현알

P.69

ᄒ라 오창이 수명ᄒ여 즉시 닉당의 드러가 부인긔 현알홀식 미녀 오 인이 흔 가지로 부인긔 졀ᄒ여 뵈온딕 부인이 아모란 줄 몰나ᄒ더니 승샹이 드러와 부인ᄃ려 닐너 왈 ᄎ녀 등은 다른 계집이 아니라 경쥐 부윤이 미녀 십 인이 아름다오민 내게 보닉 엿기로 다 아니 밧기ᄂ 쟝부의 홀 빅 아니라 마지 못ᄒ여 오 인은 도로 보내고 ᄎ등 오 인은 머무러 두엇ᄂ니 부인의 뜻의 엇더ᄒ뇨 부인이 딕왈 가닉 젹젹ᄒ옵더니 ᄀ장 맛당ᄒ니이다 휘소 왈 가듕의 홍쟝 시녀 만ᄒ나 닉 별노 홍쟝 오 인을 어더 부인긔 드리ᄂ니 범ᄉ를 시녀와 ᄀ치 부리시고 만일 슌종치 아니커ᄃ 닉게 고ᄒ여 다스리게 ᄒ소셔 ᄒ거늘 인ᄒ여 오챵의 게 하령 왈 부인의 시키시ᄂ 일을

P.70

조심ᄒ여 밧들고 조곰도 틱만치 말나 만일 슌종치 아니ᄒ면 닉 미목 ᄉᆡ닝ᄒ니 이ᄉ니 괴를 면치 못ᄒ리라 오창이 명은 듯ᄀ 물너나니라 이ᄂᆯ붓터 부인이 ᄉ랑ᄒ기를 더욱 깁히 ᄒ더라 이

후 승샹이 일삭의 망일은 닉당의 처ᄒ여 셰월을 보내니 슬하의 삼ᄌ일녀를 두엇시니 이ᄂ 다 비컨딕 공산의 빅옥이오 희저의 구슬이라 일일은 호샹 어ᄉ 미녀 십오 인을 보닉엿거ᄂᆯ 쳥회 도로 보내고 닉당의 드러와 수말을 니ᄅ니 부인이 닉렴의 딕왈 젼일 십 미인도 보내미 쟝부의 풍이 아니라 두엇노라 ᄒ시더니 더욱 십오 미인을 도로 보닉미 쟝부의 풍되라 ᄒ리잇가 쳥휘 이 말을 듯고 웃고 글오딕 부인은 나ᄋ 듕

심을 휜츌케 ᄒ니 ᄆ음의 스ᄉ로 붓그러 도로 보닉니이다 ᄎ시 양부인 한 부인긔 슈홀ᄉ 쳥휘 돕기를 풍후히 ᄒ고 부뷔 연츠의 참연ᄒ니 각각 잔을 드러 헌슈홀ᄉ ᄎ례니 후긔 밋처ᄂ 관복을 졍히 ᄒ고 부인으로 더브러 슈헌ᄒ기를 맛ᄎ미 좌졍ᄒ니 부인 이 눈을 들어 좌우를 슬피니 니ᄌ양부와 셜태수 부인이 다 이품 이로딕 휘 홀노 구룡금관의 ᄌ금포를 닙고 옥픽 소릭 진동ᄒ며 그 부인의 머리의 쌍봉관을 쓰고 몸의 츄기젹의를 닙고 명월픽 를 ᄎ시니 그 복ᄉ이 의연이 공후의 복ᄉ이러라 위풍이 거룩ᄒ 여 좌우의 금동옥녜 나렬ᄒ니 연셕의 즐

거오미 비홀 딕 업더라 부인이 녯일을 싱각고 희허 왈 셕일을 의논홀진딕 오ᄂᆞᆯᄂᆞᆯ 이ᄀᆞ치 즐거온 일이 이실 줄 엇지 ᄠᅮᆺᄒ엿시 리오 이ᄂ 반ᄃ시 하ᄂᆞᆯ이 도으심닌가 ᄒ더라 삼일을 진낙ᄒ고

도라오다 이러구러 여러 츈취 지나미 한 부인 츈취 팔십의 니르
도록 즐기드가 뭇춤니 졸ᄒ시니 ᄌ녜 애통ᄒ미 녜를 넘엇더라
광음이 훌훌 삼 년이 지나미 휘 부뷔 슬허ᄒ미 ᄭ롭더라 차시의
밋쳐서는 양어ᄉ는 이부시랑을 ᄒ고 양한림은 태ᄒ졍경을 ᄒ고
셜ᄐ슈는 녜부샹셔를 ᄒ엿더라 ᄯ흔 뉴빅문은 공부태우를 ᄒ고
님강슈는 니부샹셔를 ᄒ여시니 삼인이 ᄆ양 ᄒ 집의 모다 탄금
시쥬로 죵일 진낙ᄒ여 일ᄉᆼ을 태평으로 늘을 보내니

시인이 일ᄏᄅ 글오ᄃ 삼위신션이라 ᄒ더라 쳥휘 부인이 십ᄌ
삼녀를 ᄉᆼᄒ시니 그 ᄌ곤이 다 명골직샹이러라 쳥휘 닙신ᄒ연
지 삼십여 년의 밋쳐는 텬ᄌ 셤기기를 더욱 졍셩으로 ᄒ고 국ᄉ
의 근실ᄒ미 됴신 듕 일인이라 이러툿 ᄃ ᄉᆞ미 지극ᄒ니 텬해
태평ᄒ고 만민이 안락ᄒ니 산무도젹ᄒ고 길히 드른 거슬 줍지
아니ᄒ더라 텬하 만민이 너른 덕틱과 쳥후의 무궁ᄒ 도량을
가지록 일ᄏ더라 샹이 더욱 ᄉ랑ᄒ샤 늘마다 어쥬를 주시고
각도 슈령이 ᄯ흔 법물을 ᄆᆞᆷᄃᆡ로 진봉ᄒᄆᆯ 님의로 못ᄒ니
이는 그 마음이 빅옥 ᄀᄒᄆᆯ 탄복ᄒ미러라 그후의 샹이 쳥후의
공을 다시곰 ᄉᆼ각ᄒ샤 쳥

츄로 쳥원왕을 봉ᄒ신ᄃ 공이 여러 번 샹소ᄒ여 구지 ᄉ양ᄒ니
샹이 불윤ᄒ시고 더욱 탄복ᄒ시더라 쳥휘 감히 여러 번 사양치

못ᄒ여 거개ᄒ미 범ᄉ의 엄숙ᄒ더라 이 ᄀ치 몸이 존듕ᄒ나 사름을 대ᄒ미 몸을 나족이 ᄒ여 온공ᄒ미 지극ᄒ니 뉘 아니 그 덕냥을 탄복ᄒ리오 그 부인 쏘ᄒᆫ 고법을 직희여 몸을 교만히 아니ᄒ고 일싱을 노지 아니ᄒ니 뉘 아니 거룩히 너기지 아니리 업더라 샹이 쏘ᄒᆫ 쳥후 부부의 덕냥을 감동ᄒ샤 쟝안 거리의 큰 집을 짓고 옥비를 셰워 거록ᄒᆫ 튱의를 표ᄒ시니 그 비의 ᄉ겨시되 치국평텬하지공이라 ᄒ엿더라 공의 부뷔 빅셰 ᄒ로ᄒ고 십오ᄌ녜 현달ᄒ

P.75

여 영홰 더욱 극ᄒ시니 승샹 부뷔 초년의 비록 고초를 밧으나 말년의 몸이 현달ᄒ여 일국의 읏듬이라 일노 볼진딘 하늘이 어진 사름을 복을 나리오신 말이 ᄀ쟝 맛당ᄒ지라 니후 부부의 복덕은 만고의 졔일이라 이ᄂᆫ 진실노 곽분향의 복덕으로도 오히려 밋지 못ᄒᆯ지라 이러므로 거록ᄒᆫ 튱효와 도량을 ᄌ랑코져 잠간 긔록ᄒ니 훗 사름이 반ᄃ시 이 ᄀ흔 일을 효측ᄒ여 본바들지어다

갑ᄌ 납월 십오일

■ 〈김광순 소장 필사본 고소설 100선〉 간행 ■

□ 제1차 역주자 및 작품

역자	소속	학위	작품
김광순	경북대학교	문학박사	진성운전
김동협	동국대학교	문학박사	왕낭전 · 황월선전
정병호	경북대학교	문학박사	서옥설 · 명배신전
신태수	영남대학교	문학박사	남계연담
권영호	영남대학교	문학박사	윤선옥전 · 춘매전 · 취연전
강영숙	경북대학교	문학박사	수륙문답 · 주봉전
백운용	경북대학교	박사수료	강릉추월전
박진아	경북대학교	박사수료	송부인전 · 금방울전

□ 제2차 역주자 및 작품

역자	소속	학위	작품
김광순	경북대학교	문학박사	숙영낭자전 · 홍백화전
김동협	동국대학교	문학박사	사대기
정병호	경북대학교	문학박사	임진록 · 유생전 · 승호상송기
신태수	영남대학교	문학박사	이태경전 · 양추밀전
권영호	경북대학교	문학박사	낙성비룡
강영숙	경북대학교	문학박사	권익중실기 · 두껍전
백운용	경북대학교	박사수료	조한림전 · 서해무릉기
박진아	경북대학교	박시수료	설낭자전 · 김인향전